JULIA™

AF274921

STELLA BAGWELL
AMOR
TRAIDOR

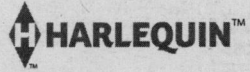

H HARLEQUIN™

Una división de HarperCollins Ibérica, S.A.
Avenida de Burgos, 8B - Planta 18
28036 Madrid

© 2024 Harlequin Ibérica, una división de HarperCollins Ibérica, S.A.
N.º 470 - 5.7.24

© 2007 Stella Bagwell
Amor traidor
Título original: The Rancher's Request

© 2009 Teresa Hill
Caricias muy íntimas
Título original: Single Mom Seeks...
Publicadas originalmente por Harlequin Enterprises, Ltd.
Estos títulos fueron publicados originalmente en español en 2009

I.S.B.N.: 978-84-1074-004-4
Depósito legal: M-11867-2024
Impreso en España por: BLACK PRINT
Fecha impresión Argentina: 1.1.25
Distribuidor exclusivo para España: LOGISTA
Distribuidor para México: Distibuidora Intermex, S.A. de C.V.
Distribuidores para Argentina: Interior, DGP, S.A. Alvarado 2118. Cap. Fed./Buenos Aires y Gran Buenos Aires, VACCARO HNOS.

MIXTO
Papel procedente de
fuentes responsables
FSC
www.fsc.org
FSC® C159065

Capítulo 1

A MATT Sánchez no le gustaban nada las bodas porque cualquier ceremonia sentimental le recordaba todo lo que podía ir mal en la vida de una persona. Normalmente, procuraba no acudir a ningún evento social en el que hubiera implicado un vestido blanco, lanzamiento de arroz y mujeres llorando de emoción.

Pese a todo, había tenido que ir a aquella boda ya que la novia era su prima y la quería mucho. Aunque, en realidad, habría preferido ensillar a su caballo preferido y salir a dar un paseo por el rancho, no podía faltar en el día más importante para ella.

Gracias a Dios, la ceremonia había terminado hacía más de una hora. Ahora, la casa principal del rancho Sandbur estaba llena de invitados y de familiares. Algunos habían ido desde nuevo México. Todos tenían tarta y champán y la cerveza y el ponche corrían como el río San Antonio tras las lluvias de primavera.

Habían retirado las alfombras del salón y el suelo de madera reluciente albergaba a parejas que bailaban al son de una orquesta de cuatro instrumentos. La música, la risa y las conversaciones se mezclaban, resonaban en las estancias, rebotaban en los techos de madera y llenaban todos los rincones de la casa.

En otra época del año, la celebración se hubiera hecho fuera, al aire libre, bajo los centenarios robles, pero estaban en febrero y en el sur de Texas podía hacer frío. Normalmente, el tiempo en aquella época del año era espléndido, hacía sol y las temperaturas eran suaves, pero había ocasiones en las que soplaban vientos del norte y la tía Geraldine, que había ayudado a Raine a organizar la boda, le había dicho que era mejor no arriesgarse.

Matt hubiera dado cualquier cosa por encontrar un lugar tranquilo y solitario en el que aparcar sus botas hasta que hubiera terminado tanto griterío y tanta fiesta, hasta el momento en el que volvería a ser el director general del rancho.

—¿Qué te pasa, Matt? ¡No pareces muy contento de estar por aquí!

La pregunta se la había hecho su primo Lex, que acababa de abandonar la pista de baile, donde había bailado con una pelirroja con mucha energía. De todos los miembros de la familia, Lex era probablemente el más sociable. Se trataba de un hombre alto y rubio que gustaba mucho a las mujeres.

—Hay demasiado ruido —contestó Matt alzando la voz para que su primo pudiera oírlo—. Nuestros nuevos primos de Nuevo México se van a creer que somos gallinas.

El otro hombre se rió.

—No, gallinas no somos, pero sí somos texanos y nos gusta gritar y a mí me parece que los nuevos miembros de la familia se lo están pasando en grande.

Apenas hacía un mes que Matt se había enterado de que Darla, la madre de Raine, había estado casada con un miembro de la familia Ketchum de Nuevo México. Todos se habían sorprendido mucho al saber que tenían un montón de primos a los que no conocían. Ahora, habían tenido oportunidad, durante los últimos días, de conocerse. Matt estaba encantado de tener familiares nuevos, pero también era cierto que iba a estar todavía más encantado cuando se hubieran ido y el rancho quedase de nuevo sumido en la tranquilidad que lo caracterizaba.

Matt se llevó la mano al cuello, a la corbata. No recordaba la última vez que se había puesto un traje y, si por él fuera, iba a tardar mucho en ponerse otro, pues se sentía aprisionado.

—Debe de ser que me estoy haciendo mayor porque todas estas cosas me ponen de los nervios —comentó en tono gruñón.

—Pero si sólo tienes treinta y nueve años, Matt —comentó su primo poniendo los ojos en blanco—. Deberías estar bailando con las guapísimas mujeres que hay en la fiesta. Quién sabe, a lo mejor tienes suerte y una de ellas te seduce. Todos sabemos que tú no vas a dar el primer paso, nunca lo has hecho.

Si cualquier otra persona le hubiera dicho algo así, le habría metido el puño en la boca, pero Lex era como un hermano, así que Matt se limitó a mirarlo de reojo.

—No necesito a ninguna mujer para bailar... ni para ninguna otra cosa.

—Ya. ¿Cuántas veces me habrás dicho eso?

Afortunadamente para Matt, una mujer castaña se acercó a ellos en aquel momento y agarró a su primo del brazo.

—Ven aquí, guapísimo —le dijo sonriente—. Ya hablaréis de vuestras cosas mañana. ¡Llevo un buen rato esperando para bailar contigo!

Matt los observó mientras bailaban y, luego, decidió que ya había aguantado suficiente. No se tenía por una persona antisocial, pues le gustaba la gente, pero nunca se había sentido cómodo en las bodas.

Desde que Erica había muerto, se le hacía muy difícil imaginarse abrazando a otra mujer y bailando con ella.

Imposible.

Matt decidió ir a la cocina por una taza de café para ver si se podía ir fuera sin que nadie se diera cuenta y esperar allí a que todo hubiera terminado.

Incluso los pasillos estaban llenos de gente que charlaba en animados grupos. Haciendo un esfuerzo para abrirse paso entre la muchedumbre, llegó a la cocina para encontrarse con que aquella habitación de la casa estaba tan llena de gente como las demás.

Claro, la cocina era el cuartel general de los camareros que se había contratado para la celebración, que no paraban de servir bebidas y comida. Al llegar, Matt se paró y buscó a Cook, la cocinera que se había hecho cargo de aquel lugar durante toda la vida. Se trataba de una mujer de más de setenta años, que todavía tenía mucha energía. Por ello, Matt esperaba encontrarla organizando a los demás y trabajando con energía y lo sorprendió verla sentada en una silla con una taza de café en la mano.

Mientras se acercaba a ella, pensó que era normal, que tarde o temprano aquella mujer tendría que comenzar a sentirse vieja. La idea no le gustaba en absoluto porque Cook era como una abuela para él y para sus primos y no se quería imaginar el rancho sin ella.

Mientras se servía una taza de café, Matt escuchó la conversación que Cook estaba teniendo con una mujer más joven.

—Lo cierto es que a mí no me ha interesado nunca el dinero. No es que no me guste, entiéndeme, pero nunca le he visto la utilidad. Yo tengo todo lo que necesito aquí, en el rancho, no me hace falta ir por ahí buscando tesoros. Los Saddler y los Sánchez me tratan como a una reina.

—No lo dudo, pero sería emocionante encontrar dinero enterrado en el rancho, ¿no le parece? He oído que podría tratarse de un millón de dólares —contestó la joven.

Matt puso atención mientras se servía la leche y esperaba la respuesta de Cook, que no se hizo esperar en forma de bufido. Al girarse, Matt vio que la joven con la que estaba hablando la cocinera era una mujer a la que no había visto nunca. Tenía el pelo rubio claro recogido en la nuca, llevaba unos pendientes de bisutería imitando diamantes tan largos que le caían por el cuello y un vestido de tirantes de terciopelo azul oscuro.

Su piel sonrosada tenía rasgos perfectos. Desde luego, era una mujer muy bella, pero era evidente que metía las narices donde no debía.

—¡Bah! —exclamó Cook haciendo un gesto despectivo con la mano en el aire—. La señorita Sara tenía mucho más dinero antes de que Nate muriera, pero no creo que lo enterrara. ¿Por qué iba a hacer algo tan estúpido?

—¿Sabe usted algo de la muerte de su marido? —le preguntó la rubia—. Ha habido rumores durante años.

—Exacto, sólo rumores —interrumpió Matt metiéndose en la conversación.

La rubia lo miró con sus perfectos labios color de fresa formando una o.

—Matt, te presento a la señorita Juliet Madsen —le dijo Cook—. Trabaja en el periódico de Goliad.

Matt la miró con escepticismo.

—Soy Matt Sánchez, señorita Juliet y creo que usted y yo deberíamos tener una pequeña conversación. ¿Nos perdonas, Cook?

—Claro, tengo que volver al trabajo —se despidió la cocinera.

—No, no te muevas de donde estás, termínate tu café tranquilamente y descansa. No vamos a tardar mucho en volver —contestó Matt mirando a la inoportuna invitada.

Juliet se puso en pie y siguió al recién llegado a través de la cocina y hasta el porche trasero. Mientras lo hacía, sintió que el corazón le latía aceleradamente, pues aquel hombre tenía unas piernas larguísimas, una espalda bien ancha y el pelo negro. Se había fijado en él antes, durante la ceremonia. Para ser sincera, no había podido quitarle ojo de encima.

Era de una belleza espectacular y con sólo mirarlo sentía descargas eléctricas por la columna vertebral. Después de la ceremonia se había enterado de que era familia de la novia, el hijo mayor de Elizabeth y Mingo Sánchez.

Matt cerró la puerta y Juliet miró a su alrededor. Se encontraban en el patio trasero, que estaba parcialmente cubierto por una pérgola de madera cubierta por una parra. Por encima del entramado, el sol intentaba abrirse paso entre las nubes. Hacía frío y Juliet se abrazó a sí misma para entrar en calor mientras esperaba a que Matt hablara.

—Para empezar, no sé quién la ha invitado a la boda —comentó Matt.

—¿Por qué? ¿Le molesta mi presencia aquí, señor Sánchez? Para que lo sepa, Geraldine Saddler me invitó amablemente a venir para cubrir el evento para la *Fannin Review*. ¿Algún problema? —contestó Juliet decidiendo que la mejor defensa era un buen ataque.

Matt se metió las manos en los bolsillos del pantalón mientras avanzaba hacia ella y Juliet se lo agradeció porque aquel hombre tenía unas manos muy grandes, unas manos que no podría olvidar si la tocara. Claro que no creía que fuera a hacerlo. Más bien, parecía furioso.

—No, no tengo ningún problema con que escriba usted sobre la boda, pero no era de eso de lo que estaba hablando con Cook.

Juliet se sonrojó. La había pillado. ¿Qué podía decir para no parecer una reportera sin escrúpulos y metomentodo?

—Estaba charlando con la cocinera y el tema del rumor del tesoro que está enterrado en el rancho salió a colación.

Matt fijó sus ojos verdes en ella y Juliet se dio cuenta de que en sus veinticinco años jamás se había enfrentado a un hombre así y tuvo que hacer un gran esfuerzo para no darse la vuelta y salir corriendo de allí.

—Sí, claro, seguro que ese tema de conversación salió así de repente —comentó Matt con sarcasmo.

Juliet se mojó los labios e intentó recuperar la compostura.

—Bueno, no exactamente. Estábamos hablando del rancho, pero, por supuesto, no voy a escribir sobre ello.

—Ya, claro —se burló Matt dando un paso más hacia ella.

Juliet se fijó entonces en sus rasgos, en su mandíbula cuadrada y en sus labios cincelados y decidió que no era un hombre exactamente guapo, pero sí increíblemente sensual y peligroso.

La estaba mirando de manera tan intensa que Juliet se sentía como si estuviera acariciándola de verdad. Desde luego, ya la había desnudado con la mirada.

—¿Pasa algo porque hable de la leyenda del dinero de Sara Ketchum?

—Pasa que Sara Ketchum era mi abuela y no quiero que nadie escriba sobre ella y, menos, para la *Fannin Review*.

Juliet intentó adoptar una expresión inocente. Al fin y al cabo, no había obtenido ninguna información de Cook y, aunque así hubiera sido, no estaba segura de que la habría utilizado. Le había advertido a su editor que no le gustaba meterse en la vida personal de la gente. Para empezar, porque podrían producirse incidentes como el que se estaba produciendo en aquellos momentos.

—¿Cree que eso era lo que estaba haciendo, intentar obtener información para la revista?

—Pues claro.

Era evidente que eso era lo que estaba haciendo. Aquella mujer era culpable. Aun así, tuvo el descaro de encogerse de hombros. Con aquel vestido de tirantes que llevaba lo más probable era que se estuviera helando de frío. Matt se encontró mirando de nuevo su escote y tuvo que hacer un esfuerzo para volver a mirarla a los ojos. Iba vestida exactamente igual que cualquier otra invitada, pero era diferente. Su cuerpo grande y voluptuoso habría llamado la atención de cualquiera de los presentes.

—A lo mejor es que me interesa la historia a nivel personal —sugirió.

Matt decidió que aquella mujer no era de por allí, la delataba su acento. Era evidente que era del norte del estado de Texas y también era evidente que no le interesaba su familia sino su trabajo.

—¿De dónde es usted? —le preguntó de repente.

La aludida enarcó las cejas.

—Vivo en Goliad.

Goliad era una población situada a aproximadamente veinte minutos al este del rancho.

—Sí, pero no es usted de por aquí.

—No, soy de Dallas, pero vivo aquí desde hace unos meses, me trasladé para trabajar para la revista.

—Pues alguien debería haberle advertido que a la gente de por aquí no nos gusta que otros se aprovechen de nuestra hospitalidad.

—Eso no es...

—No se moleste en negarlo, señorita Madsen. Los dos sabemos que estaba usted intentando obtener información y ya le digo desde ahora mismo que no hay historia y, aunque la hubiera, no permitiría que usted se acercara. ¿Ha quedado todo claro?

—No sé quién es exactamente usted en este rancho, pero ya estoy harta —le espetó Juliet—. No he cometido ningún delito. Todo el mundo en Goliad sabe que Nate y Sara Ketchum tenían una relación digamos... complicada y, como el asesinato de Nate nunca se resolvió, sigue despertando interés.

—Eso es lo que usted cree.

—No, eso es lo que cree mi editor, que está convencido de que de esa historia se puede sacar un artículo muy bueno. Yo he intentado quitarle la idea de la cabeza, pero me ha insistido para que haga preguntas —admitió Juliet—. Lo siento, yo sólo hago mi trabajo.

—Y lo hace muy bien —contestó Matt sin apiadarse de ella lo más mínimo.

Juliet volvió a enfadarse. Comprendía que a aquel hombre no le hiciera ninguna gracia que se pusiera a hacer preguntas sobre su familia, pero también podía mostrarse un poco más comprensivo.

—Claro, ¿qué va a saber usted sobre esas cosas? Es obvio que nunca ha necesitado trabajar.

Matt siempre se preguntaba por qué la gente de fuera se creía que el Sandbur se llevaba solo. Aquella gente no se imaginaba el trabajo tan duro que había que llevar a cabo para que aquel rancho fuera uno de los mejores del Estado. Claro que tampoco podía esperar que aquella mujer lo entendiera. Seguramente, se habría educado en un colegio privado de Dallas y seguro que jamás había metido aquellas manos de manicura perfecta en un fregadero con platos sucios.

—Usted tampoco parece que acabe de llegar del gueto, señorita Madsen. Para que lo sepa, todo lo que tengo lo he ganado con mi trabajo.

—¿Y cree que yo no? —le espetó Juliet elevando el mentón en actitud desafiante.

—No tengo ni idea —contestó Matt.

—¡Efectivamente, porque no me conoce de nada y aunque sea usted el gran jefe por aquí no tiene derecho a insultarme! —exclamó Juliet poniéndole el dedo índice en el centro del pecho.

Matt se lo agarró con fuerza y se lo retiró.

—Da igual quién sea yo, pero usted ha venido a mi casa haciéndose pasar por quien no es... —protestó Matt.

—¡Eso no es verdad! —lo interrumpió Juliet de manera acalorada—. ¡Es usted un bastardo odioso!

Matt sonrió.

—¿De verdad? ¿Le parezco odioso por proteger a mi familia de una basura como usted?

—¿Ba-su-ra? —repitió Juliet indignada.

Al instante, levantó la mano para abofetearlo, pero Matt la agarró de la muñeca, impidiéndole que se moviera, y la miró furioso.

—Muy mal, señorita Madsen —le dijo.

El brillo de sus ojos verdes hizo que Juliet sintiera una descarga eléctrica. De repente, no podía respirar ni moverse.

—Suélteme.

—¿Para que? ¿Para que vuelva a intentar pegarme?

A Juliet se le pasó entonces por la cabeza pegarle una patada, pero no le dio tiempo porque, en un abrir y cerrar de ojos, se dio cuenta de que sus cuerpos se estaban tocando. El contacto estaba siendo tan intenso que Juliet apenas podía hablar. Tampoco hubiera podido porque Matt se estaba inclinando sobre ella para besarla. Juliet se sintió como un ratoncillo vulnerable en las garras de halcón cuando Matt se apoderó de su boca y ella no se pudo ni mover. Notó el calor que irradiaba su cuerpo y sintió que toda su piel se ponía incandescente.

El beso terminó igual de abruptamente que había comenzado, Matt dio un paso atrás y puso distancia entre ellos. Juliet se quedó mirándolo fijamente, furibunda, pero él no desvió la mirada.

—Espero que esto le sirva de lección —le dijo Matt.

Juliet pensó que era una pena que aquel hombre tan atractivo utilizara su sensualidad de aquella manera.

—¿Qué tipo de lección? —le espetó intentando disimular la zozobra que le había causado el beso.

—El mensaje es claro: déjenos a mí y a mi familia en paz.

Juliet se dijo que no le había dolido, pero lo cierto era que aquellas palabras tan frías habían abierto en ella una herida antigua causada por todas las veces en las que había sido rechazada.

—Si el resto de su familia es tan desagradable como usted, no creo que me cueste —le dijo echando los hombros hacia atrás—. Ahora, si me perdona, señor Sánchez, me voy dentro porque aquí hace mucho frío y no hay ningún caballero que me preste su chaqueta.

Con la sangre hirviéndole en las venas, Matt se quedó mirándola mientras se giraba sobre sus delicados tacones y volvía a entrar en la casa.

Maldición. No debería haber ido una periodista a la boda y le hubiera gustado preguntarle a su tía

Geraldine por qué demonios la había invitado, pero no lo iba a hacer porque no le quería dar tanta importancia, no quería volver a pensar en aquella mujer de Dallas que le había hecho perder la cabeza y a la que había besado.

En el interior de la casa, Juliet se dirigió al baño y, tras cerrar la puerta, se apoyó en el lavabo y se miró al espejo. Al verse, se horrorizó, pues estaba muy pálida. Lo único que tenía color en su rostro eran sus labios, que habían quedado enrojecidos como consecuencia del beso que le había dado Matt Sánchez.

Juliet se pasó los dedos por el pelo con cuidado para peinarse un poco, pues se le habían soltado varios rizos, y se dijo a sí misma que no debería haberse enfurecido por un simple beso porque no era la primera vez que la besaban.

«No, pero nunca me habían besado de esa manera. Durante unos segundos, me he encontrado queriendo más», pensó.

Disgustada consigo misma, se colocó los tirantes del vestido, abrió la puerta y volvió a la fiesta. Una vez en el salón, un hombre detrás de otro la invitaron a bailar. La música era animada y a Juliet le encantaba bailar, pero se encontró con que no se podía concentrar en las conversaciones de los hombres con los que estaba bailando.

Lo estaba buscando a él.

Al cabo de un rato, decidió que no le apetecía seguir en aquella fiesta, así que se dirigió a la cocina a recoger su bolso, que había dejado bajo la mesa mientras hablaba con Cook. Ya había conseguido lo que había ido a buscar, así que se podía ir a casa.

Al llegar a la cocina, encontró a la cocinera haciendo otro ponche, se despidió de ella, recogió sus cosas y salió. Ya le daría las gracias a Geraldine Saddler por correo electrónico.

Una vez fuera de la enorme casa estilo hacienda, Juliet vio que el cielo estaba encapotado. Hacía más frío, pues soplaba viento, lo que la obligó a taparse bien con la estola de terciopelo que llevaba.

Estaba tan concentrada en llegar a su vehículo que estuvo a punto de tropezar con una niña que estaba sentada en las vías del tren que había enterradas junto al aparcamiento. Se trataba de una niña que llevaba un vestido largo rosa y el pelo, castaño y largo, suelto a la espalda. De no haber sido porque no tenía expresión facial, le habría parecido adorable.

—Hola —la saludó sintiendo curiosidad.

¿Qué haría allí fuera ella sola?

La chica, que debía de tener unos doce o trece años, levantó la mirada hacia ella.

—Hola —murmuró.

—¿Por qué no estás dentro disfrutando de la fiesta?

—¿Y usted? —contestó la muchacha alisándose la falda.

Juliet se sentó a su lado, pues era evidente que aquella niña emanaba tristeza, un sentimiento con el que Juliet estaba muy familiarizada. No estaba dispuesta a dejarla allí sola hasta haber descubierto por qué se encontraba así.

—Yo me he ido de la fiesta porque no conozco a nadie y no se me da bien hablar con desconocidos, así que me voy a casa —le explicó.

—Pues yo conozco a todo el mundo menos a usted —contestó la niña mirándola con sus enormes ojos marrones—. ¿Es familia del novio?

—No, me llamo Juliet Madsen y soy periodista. He venido para escribir un artículo sobre la boda.

—Ah —murmuró la niña perdiendo el interés—. Entonces ya sabrá que mi padre era uno de los testigos. Seguro que tiene ya todos sus nombres y esas cosas.

—Sí. ¿Cómo se llama tu padre?

—Matt Sánchez, es el director del rancho. ¿Lo sabía? Por cierto, yo me llamo Gracia.

Juliet se quedó muy sorprendida al enterarse de que Matt Sánchez tenía una hija aunque lo cierto era que aquel hombre debía de rondar la cuarentena y eso quería decir que había tenido mucho tiempo para formar una familia. Sin embargo, la había besado y... bueno, Juliet no había pensado ni por un momento en que su esposa estuviera por allí. ¿Y si hubiera aparecido de repente y los hubiera sorprendido? La idea la hizo sulfurarse de rabia y de vergüenza.

—No, no sabía que tu padre era el director del rancho. Supongo que estarás muy orgullosa de él.

La niña se encogió de hombros.

—Está siempre muy ocupado.

Aquella simple frase decía mucho y a Juliet le hizo recordar su infancia, recordó que nunca veía a su padre aunque lo necesitara. Lo cierto era que la indiferencia de Hugh Madsen le había producido una herida que nunca había sanado.

—Sí, los hombres suelen estar demasiado ocupados —le dijo—. Ese vestido que llevas es precioso. ¿Lo has elegido tú o te ha ayudado tu madre?

La niña apartó la mirada.

—Lo he elegido yo porque mi madre murió hace años.

Juliet sintió al instante compasión por la pequeña. Mirarla era como verse a sí misma doce años atrás y, sin pensarlo, le apartó un mechón de pelo del hombro.

—Mi madre murió cuando yo tenía ocho años, así que entiendo perfectamente lo que has sentido. Es horrible.

Gracia giró la cabeza hacia ella de nuevo y la miró sorprendida.

—¿Tu madre también se murió? ¿De verdad? ¿De qué?

Juliet sintió que el corazón se le encogía al recordar a su madre. Eva Madsen había sido una mujer amable y cariñosa que había convertido el mundo en un lugar mágico para su hija a través de sus sonrisas y de su amor. Cuando había muerto de cáncer, la vida de Juliet había dejado de ser la misma.

—Estuvo muy enferma durante mucho tiempo y murió.

—Ah. Mi madre se cayó del caballo un día y se murió de repente.

Juliet se encontró preguntándose cómo habría

afectado aquella tragedia a Matt. Parecía un hombre fuerte y duro y no se lo podía imaginar de duelo, pero cada persona vivía la pérdida de un ser querido como podía y, a lo mejor, aquel hombre todavía sufría.

—Lo siento, Gracia. A veces, a la gente buena le ocurren cosas malas.

La niña asintió muy solemne, como si ya hubiera aceptado esa realidad.

—¿Tienes madrastra?

—No, sólo tengo a mi padre porque tampoco tengo hermanos.

—Yo, tampoco —le confesó la pequeña—. Por eso no me apetecía estar en la fiesta... por lo de la boda y todo eso... mi padre no...

—¡Gracia, menos mal que estás aquí! ¡Llevo buscándote un buen rato!

La voz de Matt interrumpió las palabras de su hija, que se giró junto con Juliet hacia él. El vaquero llegaba visiblemente consternado y, al ver a Juliet, la miró enfurecido.

—¿Qué demonios hace usted con mi hija? —le espetó mientras la aludida se ponía en pie.

Juliet se dijo que no debía volver a albergar sentimientos de compasión por aquel hombre. Ojalá le hubiera podido cruzar la cara de un bofetón. Habría sido un gran placer.

—Le dije que no se acercara a mi familia, señorita Madsen, y mi hija...

—¡Papá! —exclamó Gracia poniéndose en pie rápidamente y mirándolo avergonzada—. ¿Pero qué haces? Juliet es mi amiga y...

Matt se acercó a su hija y le puso la mano en el hombro.

—Juliet no es tu amiga, ni siquiera la conoces.

La niña miró a Juliet con dolor y a continuación le dedicó a su padre una mirada cargada de lágrimas.

—Sí, sí que es mi amiga, así que deja de tratarla así —le gritó—. ¡Nunca quieres que tenga amigas!

Dicho aquello, salió corriendo hacia la casa. Juliet tuvo que hacer un gran esfuerzo para no ir tras ella. Era evidente que Gracia necesitaba consuelo y comprensión, dos cosas que no iba a obtener de su padre, pero tampoco era su responsabilidad.

—¿Se siente mejor ahora que ha conseguido alejarla de la periodista diabólica?

Matt giró la cabeza hacia ella de nuevo.

—¿Ha visto lo que ha hecho? La estaba buscando para hacernos las fotografías. Ahora va a salir en todas con los ojos rojos. Muchas gracias —contestó Matt apretando los dientes.

Olvidando lo que había sucedido la última vez que se había acercado a él, Juliet dio un paso al frente.

—Su hija y yo estábamos muy bien hasta que ha aparecido usted. Lo que pasa es que estaba tan concentrado en insultarme que no le ha importado hacerle daño o avergonzarla. ¡Es usted un cretino!

—No sé lo que quiere decir esa palabra, pero...

—¡Quiere decir que es un idiota mental! —lo interrumpió Juliet acaloradamente—. Por si no se ha dado cuenta, su hija está sufriendo. Debería dedicarle más tiempo a ella y menos a esconder los trapo sucios de su familia —le espetó Juliet girándose y yéndose hacia su coche.

—¡En mi familia no hay trapos sucios! —gritó Matt a sus espaldas.

Juliet se paró y se giró hacia él.

—Todo el mundo tiene trapo sucios. Incluso usted.

Capítulo 2

LO intenté, señor Gilbert, pero el señor Sánchez prácticamente me echó del rancho. Me dejó muy claro que no quiere que se publique ningún tipo de artículo sobre su familia y yo creo, sinceramente, que nos podrían poner una demanda si se nos ocurre publicar algo sobre la leyenda del dinero enterrado o sobre el asesinato del anterior propietario —le dijo Juliet a su jefe, intentando hacerle entrar en razón.

Era lunes por la mañana, habían pasado solamente dos días desde la boda, y el editor del *Fannin Review* se paseaba por el despacho de Juliet como un león enjaulado. No le había hecho ninguna gracia que no hubiera podido obtener información de primera mano sobre el dinero que supuestamente había enterrado la anterior propietaria del rancho para que su marido no le pusiera la mano encima.

Claro que David Gilbert siempre estaba enfadado por algo. Se trataba de un hombre próximo a cumplir los sesenta años, de aspecto frágil y ceño fruncido perpetuamente que había tenido que hacerse cargo del periódico semanal cuando su padre había muerto de manera inesperada unas semanas antes de retirarse. Juliet tenía muy claro que aquel hombre hubiera deseado estar en cualquier otro lugar menos en aquel trabajo.

—Que se atreva –le dijo—. El hecho de que su familia sea la más rica del condado de Goliad no significa que pueda impedir que la prensa haga su trabajo. El público tiene derecho a enterarse de cuestiones que son de interés general. La prensa tiene derecho a informar.

—No estoy muy segura, señor Gilbert, de que el dinero de su familia sea información de interés general ni de que tengamos derecho a meternos en los asuntos privados de su familia. Podría llevarnos a juicio.

Su jefe dejó de pasearse y la miró.

—Muy bien. Aquí lo estaré esperando. Mientras tanto, a ver qué encuentra. Mire en los archivos antiguos, seguro que hay algo sobre la muerte de Nate Ketchum. Seguro que se cubrió la noticia del asesinato en su momento.

En cualquier otro momento, Juliet se habría mostrado encantada de trabajar en una historia así, que involucraba amor, dinero, asesinato y a una de las familias más ricas de la zona. A los lectores les encantaban las cosas así, pero, aparte de su encontronazo con Matt, se había ido de la boda con la impresión de que tanto los Sánchez como Saddler eran buena gente y ella no quería hacerles daño ni que se enfadaran con ella.

—No estoy segura de...

—Pues más vale que lo esté. Las cifras de ventas han bajado y necesitamos algo que las haga subir, así que le doy dos semanas para que escriba algo sobre este tema.

—¿Dos semanas? —protestó Juliet.

—Me parece a mí que esta idea no le gusta demasiado —la amenazó su jefe acercándose a su mesa.

¿Gustarle? No, claro que no. Aquel asunto le daba náuseas. Seguro que, si su jefe tuviera que vérselas con Matt Sánchez, no estaría tan dispuesto a escribir sobre su familia.

—Lo que pasa es que no estoy segura de que esto esté bien.

Su jefe enarcó las cejas. Evidentemente, no se podía creer que una subordinada lo estuviera desafiando.

—Mire, Madsen, está usted sobrecualificada para este trabajo, así que no hace falta que le diga que no tendría por qué estar pagando el sueldo de una periodista cuando no me costaría nada encontrar a cualquier persona que fuera capaz de poner dos palabras seguidas para formar una frase. Si no quiere seguir trabajando aquí, ya se puede ir volviendo al *Dallas Morning News*.

¿Y tener que volver a ver a Michael? No, imposible. Aquel hombre la había engañado y no estaba dispuesta a volver a trabajar con él cuando le había roto el corazón y cuando la tentación de volverse a perder entre sus brazos era demasiado fuerte.

No, aquel hombre no era para ella, no le hacía ningún bien. Exactamente igual que el novio que había tenido antes que él. Aquellos dos hombres habían sido la gran razón para que Juliet hubiera aceptado aquel trabajucho en una ciudad sin importancia.

Quería olvidar todas las relaciones espantosas que había tenido.

—No hay problema, señor Gilbert, tendrá el artículo en dos semanas —le prometió a su jefe disimulando su enfado.

—Muy bien —contestó el editor saliendo de su despacho.

Una vez a solas, Juliet maldijo a aquel hombre que no sabía nada sobre cómo dirigir un periódico y que se veía ahora en aquella tesitura por ser hijo único. La verdad era que su padre hubiera hecho mejor en vender la publicación.

Lo cierto era que, si quisiera, podría recoger sus cosas e irse, pero le gustaba aquel lugar en el que llevaba unos meses viviendo, en el que tenía amigos y una casa que le encantaba. La gente de por allí era buena gente, excepto Matt Sánchez, y le gustaba el ritmo de aquella pequeña ciudad, muy diferente al de Dallas.

En Dallas estaba el único pariente que tenía, su padre, pero cualquier desconocido de la calle le daba más cariño que su progenitor, así que estaba más o menos sola y tenía derecho a vivir donde le diera la gana.

Juliet se dedicó a leer las notas que había tomado sobre la boda que se había celebrado en el Sandbur y, tres horas después, cuando hizo un descanso para comer, tenía el artículo terminado. Sólo le quedaban unos cuantos retoques y estaría listo.

Así que se fue a su restaurante favorito, el Cattle Call Café, que solamente estaba a tres manzanas del periódico. Se trataba de un edificio de ladrillo rojo del siglo XIX que estaba situado en la calle principal.

Como aquel día no había feria de ganado, tampoco había mucha gente, así que Juliet se sentó en un taburete de vinilo rojo y esperó.

—¡Hola, Juliet! Ahora mismo te atiendo —le dijo Angie Duncan.

Aquella camarera, madre soltera que trabajaba desde las once de la mañana hasta las seis de la tarde y que sacaba tiempo además para estudiar una carrera universitaria, tenía a Juliet anonadada, pues siempre estaba de buen humor.

—¿Qué vas a tomar?

—Me gustaría tomarme una hamburguesa con mucho queso y bien grasienta, acompañada por un buen montón de aros de cebolla y un batido de vainilla —contestó Juliet.

—Pero, en realidad, te vas a tomar una ensalada con un vaso de té con hielo sin azúcar, ¿verdad? —le preguntó su amiga.

—Sí —suspiró Juliet.

La camarera se alejó hacia la cocina para hacer el pedido. Una vez a solas, Juliet se encontró mirando a su alrededor para ver quién andaba por allí. Sólo un par de parejas y un chico joven. De repente, se preguntó si Matt Sánchez iría por aquella cafetería de vez en cuando.

No, seguramente no porque él era rico y aquel local era para gente de clase media y baja. Perfecto porque Juliet no tenía ninguna intención de codearse con él.

¿Por qué demonios no podía dejar de pensar en aquel hombre? Desde que la había besado, no había podido volver a pensar con claridad.

—Pareces alterada —comentó la camarera—. ¿Qué pasa? ¿el señor Gilbert te ha estado persiguiendo por la oficina?

—No, claro que no, ese hombre no tiene suficiente testosterona como para hacer ese tipo de cosas —contestó Juliet—. Seguro que su esposa y él duermen en habitaciones separadas.

—Menos mal para ella —se rió Angie.

—Quiere que le escriba un artículo sobre una cosa que yo no quiero —le confió Juliet—. Cuando se lo he dado a entender, ha amenazado con despedirme.

—Vaya. ¿Y sobre qué es el artículo?

—Sobre la historia personal de una familia de aquí. el señor Gilbert cree que le interesaría a los lectores, pero yo creo que nos daría muchos problemas y que no merecería la pena.

Por suerte, Angie fue lo suficientemente prudente como para no preguntarle más detalles.

—¿Y qué tal la boda? —le preguntó cambiando de tema.

—Muy bien, la casa estaba llena de flores —contestó Juliet—. Flores de verdad. Además, había música en directo, montones de comida, de champán y mucho baile. Te aseguro que nunca había visto tantos diamantes y visones juntos.

—Madre mía, ¿te imaginas una boda así? En mi caso es imposible, como de ciencia-ficción —comentó la camarera en tono soñador.

—Para mí, también —contestó Juliet.

—¿Cómo dices eso? Tú eres guapísima y no te costaría nada casarte con un hombre rico si quisieras.

—Ya he salido con unos cuantos y he cubierto mi cupo de errores —contestó Juliet poniendo los ojos en blanco.

—¿Cómo? ¿Tú has salido con…?

En aquel momento, sonó la campana que indicaba que la comida de Juliet ya estaba lista y Angie fue por ella e interrumpió lo que le iba decir.

—Angie, ¿conoces a los Sánchez y a los Saddler? —le preguntó Juliet cuando volvió.

—No, no los conozco personalmente. He visto a algunos de ellos, pero nada más. Mercedes y Nicolette vienen por aquí de vez en cuando y también Lex y Cordero.

Las cuatro personas que Angie acababa de mencionar eran primos. De eso, se había enterado Juliet en la boda. También se había enterado de que el Sandbur era propiedad de dos hermanas: Geraldine Saddler y Elizabeth Sánchez. La segunda había muerto y la primera estaba prácticamente jubilada, así que actualmente eran sus hijos quienes se hacían cargo de la multimillonaria propiedad.

—¿Y Matt Sánchez nunca viene por aquí? —continuó Juliet pinchando un trozo de lechuga.

—No que yo sepa —contestó Angie—. Por lo que me han dicho, es un ermitaño.

—¿De verdad?

—Sí. Eso me dijo un amigo que trabajaba en el Sandbur. Jamás lo ha visto salir del rancho para nada.

—Bueno, será porque tiene muchas cosas que hacer por allí.

Por ejemplo, insultar a las mujeres.

—Yo diría, más bien, que fue a raíz de perder a su mujer. Ella murió hace unos años y, por lo que dice la gente, no ha vuelto a ser el mismo. Yo no lo conozco, así que no sé si es cierto. Lo que te estoy contando es lo que les he oído decir a los demás —le explicó la camarera—. ¿Por qué me preguntas por él?

Eso, ¿por qué preguntaba por él? No debería ni siquiera pensar en él, pero no podía quitárselo de la cabeza. Qué locura.

—Simple curiosidad. Estaba en la boda y me pareció... bueno, diferente a los demás hombres de la familia.

—Pues a mí el que me encanta es su hermano, Cordero —le confió Angie—. Es guapísimo.

—Vaya, Angie, nunca te había oído hablar así de un hombre —se sorprendió Juliet.

La camarera se encogió de hombros.

—Cuando Jubal me dejó para casarse con la niña rica de ciudad, creí que iba a odiar a los hombres para siempre, pero cuando ha parecido el adecuado...

—Ya te lo he dicho otras veces. No creo que el padre de tu hija se habría casado con otra si hubiera sabido que estabas embarazada —le dijo Juliet—. Te aseguro que no entiendo por qué no se lo dijiste.

—¡Porque no quería que se casara conmigo por estar embarazada, ya te lo he dicho muchas veces!

—Aun así, debería saber que tiene una hija de tres años.

Angie desvió la mirada y se puso a limpiar la encimera aunque estaba impoluta.

—A lo mejor, algún día se lo digo —contestó—. ¿Quieres algo más? Lo digo porque Reynolds está mirando para acá. Supongo que estará esperando su café.

—No, no quiero nada más. Me voy a terminar la ensalada y me vuelvo al trabajo —contestó Juliet.

Mientras se terminaba la ensalada, Juliet se dijo que no debería haberle dado ningún consejo a Angie, pues la camarera no se lo había pedido en ningún momento. Y ella era la persona menos indicada en el mundo para ir por ahí dando consejos a los demás sobre su vida amorosa.

Ella siempre había elegido mal a los hombres y lo peor era que nunca se había dado cuenta de lo mal que los elegía hasta que ya le habían roto el corazón.

«No sé elegir a los hombres».

Debería tatuarse aquella frase en el brazo para no olvidar el sufrimiento que la había impulsado a abandonar Dallas. Aquello tendría que haber sido más que suficiente para olvidarse de Matt Sánchez y del beso que le había dado, pero no podía olvidarse del ranchero.

Dos días después, el señor Gilbert le pidió a Juliet que escribiera un emocionante artículo sobre una fiesta de cumpleaños que se iba a celebrar en una residencia de ancianos en la que uno de ellos cumplía ciento tres años. La homenajeada había trabajado muchos años en el Ayuntamiento y siempre había hecho obras de caridad, así que había que cubrir su cumpleaños.

Aquella tarde, mientras conducía hacia la residencia, Juliet se preguntó por enésima vez si no estaba perdiendo el tiempo en aquella pequeña ciudad y en aquel diminuto periódico en el que sólo se cubrían eventos sociales locales. Era una buena periodista acostumbrada a escribir artículos sobre sucesos o sobre política, pero el ritmo de la ciudad la había agotado y la presión de las fechas de entrega en el trabajo le había causado una úlcera estomacal.

Si su padre se hubiera dignado a hablar con ella cinco minutos le habría dicho que estaba tirando a la basura años de trabajo y de estudio para terminar escribiendo sobre nacimientos, muertes y bodas, pero Juliet no habría aceptado los cinco minutos de Hugh

Madsen aunque su padre se los hubiera dado, exactamente igual que no había aceptado su dinero para ir a la universidad.

Juliet recordaba que su padre no estaba nunca en casa. Ya antes de que su madre muriera, siempre tenía algún negocio entre manos, siempre estaba pensando cómo hacer dinero. De vez en cuando, lo conseguía, pero, al poco tiempo, ya estaba en bancarrota de nuevo.

Ni siquiera cuando su esposa había enfermado había conseguido cambiar. Por muchas promesas que les había hecho a su mujer y a su hija, había seguido con aquel ritmo de vida. Juliet estaba convencida de que su madre había muerto porque se le había partido el corazón y no por el cáncer. Simplemente, había perdido el interés y no había querido seguir luchando por vivir.

Una vez en la residencia de ancianos, Juliet entrevistó a la homenajeada e hizo unas cuantas fotografías de la mujer con su familia y con sus amigos. El personal de la residencia había colocado globos de colores y guirnaldas por todas partes y las parejas mayores bailaban al ritmo de la música de sus tiempos.

Aquello hizo que Juliet recuperara un poco la esperanza. A lo mejor, para cuando llegara a aquella edad habría conseguido conocer al amor de su vida.

Juliet estaba caminando por un pasillo cuando pasó ante la puerta de un residente. Se trataba de un hombre mayor de pelo oscuro que estaba sentado en una silla de ruedas. Había una niña sentada leyendo. La voz de la niña era dulce y clara y se le hacía familiar, así que Juliet se paró y vio sorprendida que se trataba de Gracia Sánchez.

La última vez que la había visto, la pequeña se había ido llorando muy disgustada, así que Juliet llamó a la puerta para saludarla y asegurarse de que había superado el vergonzoso incidente.

—Perdón por interrumpir, Gracia, pero te he visto y quería saludarte —le dijo.

—¡Juliet! —exclamó la niña poniéndose en pie a toda velocidad, corriendo hacia ella y abrazándola de la cintura.

Juliet se quedó tan sorprendida por aquella inesperada muestra de cariño que, por un momento, se quedó sin palabras.

—¡Creía que no iba a volver a verte! —exclamó la niña tomándola de la mano.

Juliet sonrió. Gracia llevaba unos vaqueros azules y una camiseta amarilla y parecía una niña normal y corriente y no la niña triste que había visto la última vez.

—La verdad es que no hubiera esperado encontrarte aquí —contestó Juliet—. ¿Estás visitando a un pariente?

—Sí, a mi abuelo, Mingo Sánchez —le explicó la pequeña—. Le gusta que le lea la Biblia, así que vengo de vez en cuando después del colegio.

Juliet no sabía cuántos años tenía el aludido. No tenía demasiadas arrugas, pero tenía los labios hacia abajo en un gesto que los envejecía. Además, una profunda cicatriz le recorría la cabeza. Juliet se preguntó si lo habrían operado.

—¿Lleva mucho tiempo aquí?

—Dos o tres años, no lo sé exactamente —contestó Gracia—. Tuvo un accidente. ¿Quieres entrar y saludarlo?

Juliet dudó. Por una parte, no se le daban muy bien los minusválidos y, por otra, sospechaba que, si Matt se enterara de que estaba cerca de su padre, no le haría ninguna gracia. Aun así, no quería herir los sentimientos de la niña.

—Muy bien —accedió.

—El abuelo no habla, pero entiende todo lo que le dices —le explicó Gracia llevándola hacia el hombre de la silla de ruedas, con el que habló en español.

Cuando terminó, el hombre alargó una mano lentamente. Juliet dio un paso al frente y se la estrechó.

—Hola, señor Sánchez. Me llamo Juliet y soy amiga de su nieta.

El hombre asintió y consiguió guiñarle un ojo. Aquel gesto le hizo pensar a Juliet que Mingo Sánchez no se parecía a su hijo en absoluto.

—Ya le había hablado de ti y también le había contado que papá fue muy maleducado contigo el otro día —añadió Gracia.

Juliet se sonrojó de pies a cabeza.

—No tendrías que haberlo hecho. Eso ya está olvidado —le dijo deseando que así fuera.

—¿Tú también has venido a ver a alguien? —le preguntó Gracia.

—No, he venido a escribir un artículo para el periódico —contestó Juliet.

—Ah, así que, ¿tienes que volver al trabajo?

—Sí.

—Vaya, entonces, ¿no podemos ir a tomar un refresco? Papá no tiene que venir a buscarme hasta dentro de media hora.

Eso quería decir que Juliet tenía tiempo de sobra para irse antes de que apareciera Matt por allí.

—Lo siento, Gracia, pero tengo que volver al trabajo, pero, si a tu abuelo le parece bien, me puedes acompañar al coche.

—Bueno, no es lo mismo que tomarnos un refresco, pero es mejor que nada —contestó la niña.

A continuación, volvió a hablar en español con su abuelo, al que le dijo que estaría de vuelta en unos minutos. Juliet se despidió del hombre y salieron las dos de la habitación.

—Siempre que vengo a ver al abuelo me pongo triste —le explicó Gracia una vez en el pasillo—. Me gustaría que se pusiera bien y que volviera al rancho porque era mi mejor amigo. Salíamos a montar a caballo juntos. De hecho, estaba entrenando un caballo para mí, para que pudiera competir, pero ahora... —se interrumpió con un suspiro—. Bueno, ahora espero que pueda volver a casa algún día.

—¿Y no hay nadie más en el rancho que pueda entrenar un caballo para ti?

—Claro que sí, pero no sería lo mismo. Yo quiero que lo entrene mi abuelo porque es el mejor. Ha entrenado a muchos campeones. El equipo somos Traveler, él y yo.

—Entiendo —comentó Juliet—. Rezaré por él. A veces, es la mejor medicina.

—Eso es lo que dice Cook también, pero mi padre no cree en la oración. Va a misa, pero nunca sonríe en la iglesia. Siempre está enfadado. Yo creo que es porque mi madre murió y el abuelo está así.

Juliet no supo qué decir. Las palabras de Gracia habían dejado expuesto el dolor de Matt Sánchez y Juliet se sentía como si hubiera entrado en terreno privado sin invitación.

—A veces, cuesta ser feliz cuando las cosas no van bien. En esos momentos, precisamente, debemos tener esperanza, debemos pensar que todo mejorará.

—Yo creo lo mismo —contestó la pequeña—. Yo no voy a dejar de creer nunca que mi abuelo va a volver a caminar y a hablar —añadió sonriendo y cambiando de tema de repente—. ¿Vives en la ciudad?

—Sí, vivo a las afueras, en una casa pequeña y vieja, pero que me gusta —le explicó Juliet abriendo las puertas que daban al aparcamiento—. Puedes venir cuando quieras si tu padre te deja —la invitó sinceramente aunque dudaba mucho que Matt la fuera a dejar.

—Me encantaría. ¿Tienes animales?

—Un gato. Un persa gordo al que le encantan los mimos.

—¡Yo también tengo un gato! —exclamó Gracia—. Se llama Sam, es siamés y tiene el rabo cortado. Le encanta cazar pájaros y Cook dice que le va a poner un cascabel para que no pueda acercarse a los gorriones que hay en el jardín. Papá dice que no sería justo para Sam ponerle un cascabel porque cazar pájaros es su instinto natural. Suele decir algo así como que siempre hay peces grandes y peces pequeños.

Sí, y a Juliet le había tocado ser el pequeño.

Unos metros más allá, Matt Sánchez apagó el motor de su furgoneta. Como de costumbre, tenía prisa. Un comprador de ganado había quedado en ir al rancho en menos de una hora, así que iba a tener que salir a toda velocidad para llegar a tiempo.

Le tendría que haber pedido a Cordero que hubiera ido a recoger a Gracia. Así, de paso, su hermano pequeño habría ido a ver a su padre un poco, pero también era cierto que su padre esperaba ver aparecer a su hijo mayor y que lo único que tenía en aquellos momentos eran las visitas de sus amigos y de su familia, así que se alegraba de haber ido.

Sin embargo, de repente al ver a su hija en compañía de aquella mujer de Dallas, no se alegró tanto. ¿Qué demonios hacía allí? ¿Por qué demonios estaba de nuevo con su hija? Su primera reacción fue interrumpir la conversación que estaba teniendo lugar entre ellas, pero no quería que su hija volviera a enfadarse con él.

Todavía le echaba en cara el incidente del día de la boda. No quería volver a avergonzarla. Lo cierto era que Juliet Madsen había acertado en aquel punto. Además de avergonzarla, había pensado más en sí mismo que en los sentimientos de Gracia.

Su hija había estado sin hablarle durante dos días y Matt se había dado cuenta de que lo había hecho mal, pero jamás lo admitiría ante la rubia, pues, seguramente, se reiría de él.

Sin darse cuenta, se encontró mirándola de arriba abajo, admirando su maravilloso cuerpo, apreciándolo, disfrutando de sus curvas.

Aunque no lo quisiera reconocer, aquella mujer lo excitaba sobremanera. Cada vez que la veía, la deseaba al instante. Aquello no tenía sentido. Desde que Erica había muerto, no había vuelto a desear a ninguna mujer.

No había podido olvidarse de sus labios desde que se habían besado. Habían pasado tres días desde aquello y se daba cuenta de que había sido un gran error hacerlo, pero no podía olvidarse del suceso y lo peor era que una parte de él no quería olvidarse.

Mientras observaba cómo Juliet y Gracia se abrazaban y se despedían con un beso en la mejilla, sintió una mezcla de sentimientos. El primero, fue dolor. Siempre había intentado ser un buen padre para su hija, sobre todo desde la muerte de su madre, pero lo cierto era que Gracia se estaba alejando de él.

Matt se quedó mirando cómo su hija volvía a entrar en el interior de la residencia. Entonces salió de la furgoneta y cerró la puerta. Al hacerlo, Juliet se giró hacia él. Al verla así, en toda su belleza, Matt tragó saliva.

—Buenas tardes, señorita Madsen —la saludó.

—Buenas tardes, señor Sánchez —contestó ella.

—Qué curioso que nos encontremos aquí.

—Sí, el mundo es muy pequeño —contestó Juliet apartándose unos mechones de pelo del rostro.

—He visto que se ha encontrado con mi hija.

—Sí, estaba trabajando en la residencia esta tarde y nos hemos encontrado por casualidad —contestó Juliet echando los hombros hacia atrás.

—Sí, seguro.

—¿Qué se supone que quiere decir eso?

—Seguro que no sabía que mi padre estaba ingresado aquí —contestó Matt con sarcasmo.

—Pues no, la verdad es que no lo sabía. Iba andando por el pasillo y he visto a Gracia.

—Me gustaría poder creerla.

—Crea lo que quiera, señor Sánchez, pero quiero que sepa que ni usted ni su familia me interesan tanto. Bueno, dígale a Gracia que ha sido un placer volver a verla —le espetó caminando hacia su coche.

—¿Adónde va? —le preguntó Matt furioso porque lo dejara allí plantado.

—Resulta que trabajo, señor Sánchez, y tengo que volver a la redacción.

Matt se recordó a sí mismo que también tenía trabajo que hacer, que el comprador de ganado estaría esperándole en breve en el rancho. ¿Por qué demonios perdía el tiempo con aquella mujer?

«Seguramente porque no he podido dejar de pensar en ella desde que nos besamos», pensó.

—Quiero saber por qué demonios insiste usted en meterse en mi familia a través de mi hija.

—Dios mío, está usted enfermo —contestó Juliet—. Claro que, ahora que lo pienso, seguramente lo que le pasa es que tiene miedo. ¿Tiene miedo de que su hija busque atención en otra persona que no sea usted o tiene miedo de otra cosa?

Matt apretó los dientes y los puños.

—¿Qué insinúa? —gruñó.

—Está usted reaccionando de manera exagerada por alguna razón.

Matt sabía que era cierto, pero no sabía por qué lo estaba haciendo. No quería que la historia de sus abuelos se contara en el periódico, pero tampoco podía pretender que la gente de por allí no hablara de ellos. Nate y Sara habían sido iconos locales mientras habían vivido y al haber estado la muerte de él y el dinero de ella rodeados de misterio el interés jamás desaparecería.

—Tiene razón —suspiró Matt—. Si me he equivocado con usted, le pido perdón, pero, ¿cómo puedo estar seguro de que puedo confiar en usted?

Juliet sonrió.

—De ninguna manera, señor Sánchez. Tendrá que esperar a leer mañana mi artículo. Para que lo sepa, he conocido a su padre, pero, como no puede hablar, no lo he interrogado.

—¿Ha conocido a mi padre? —se sorprendió Matt.

Juliet asintió.

—Gracia me lo ha presentado y me alegro de haberlo conocido porque parece un hombre encantador.

Matt sabía que a su padre siempre le habían encantado las mujeres guapas, así que debía de haberle alegrado la tarde el conocer a Juliet Madsen.

—Sí, mi padre es un hombre encantador.

—Gracia se encuentra perdida sin él en el rancho.

Matt había tardado meses en darse cuenta de lo mucho que le había afectado a su hija la ausencia de su abuelo. Por lo visto, a Juliet Madsen sólo le había llevado unos cuantos minutos.

—Ya lo sé, pero no puedo hacer nada. Mi padre necesita mucha ayuda y no se la podemos dar en casa. Habíamos pensado en contratar a una enfermera las veinticuatro horas del día, pero no es fácil y, además, mi padre prefiere estar aquí.

A Matt le pareció que Juliet lo miraba decepcionada y se preguntó si realmente le importaría su padre. Parecía que sí.

—¿Tiene posibilidades de mejorar? —le preguntó.

Matt se encogió de hombros.

—Los médicos no dicen nada. A finales de mes le tienen que hacer pruebas en Houston. A ver qué nos dicen allí.

—Rezaré por él.

«Rezar», pensó Matt con desprecio. ¿De qué servía rezar? Él se había pasado años rezando después de la muerte de Erica para que no le volviera a pasar nada a nadie de su familia, pero aquello no había impedido que su padre no pudiera levantarse de una silla de ruedas y que su cuerpo, antaño fuerte y sano, quedara reducido a la inutilidad.

—Me tengo que ir. Adiós, señorita Madsen —se despidió a toda velocidad.

Una vez dentro, fue directamente a la habita-

ción de su padre y lo encontró solo y viendo la televisión. Al verlo, Mingo apagó el televisor y sonrió encantado.

—Hola, papá. ¿Dónde está Gracia?

El hombre se llevó una mano a la boca e hizo
ademán de beber.

—¿Ha ido a comprarte un refresco?

Mingo asintió y sacó el cuaderno y el bolígrafo
que siempre tenía a mano, escribió algo y se lo dio
a su hijo.

Mujer rubia.

—Sí, Juliet me ha dicho que os habéis conocido
—comentó Matt.

Su padre sonrió todavía más y los ojos le brillaron de placer. A continuación, se señaló la alianza
y Matt supo lo que estaba preguntando.

—No, no está casada.

Ante aquella constatación, su padre lo señaló y
le hizo un gesto con la mano como diciendo que
podrían ser pareja. ¿Dios mío, aquella mujer también le había gustado a su padre? ¿Cómo iba a salir
de aquel lío?

Capítulo 3

DURANTE los siguientes tres días, Juliet estuvo trabajando en acontecimientos sociales y políticos sin importancia y en los ratos que tenía libres comenzó a consultar los archivos en busca de información sobre el rancho Sandbur. Así fue como aprendió mucho más de lo que hubiera imaginado.

Juliet había perdido la esperanza de que su jefe recapacitara. Por lo visto, el señor Gilbert estaba más que decidido a publicar un artículo sobre Sara Ketchum. Juliet no quería hacerlo, pero tampoco quería perder su trabajo. No podía soportar la idea de escribir algo sobre aquella familia. No quería hacer sufrir ni avergonzar a ninguno de sus miembros. Por supuesto, no era por Matt Sánchez sino por su hija, que no lo estaba pasando bien y a la que no creía que le hiciera ningún bien leer sobre los trapos sucios de sus bisabuelos.

En aquel momento, sonó el teléfono que había sobre su mesa.

—Juliet Madsen —saludó.

—Hola, Juliet, soy Gracia. ¿Estás ocupada? ¿Te puedo preguntar una cosa?

Vaya, qué coincidencia. Estaba pensando en ella y la niña la llamaba por teléfono.

—Claro, adelante —contestó Juliet.

—Mira, mañana es mi cumpleaños, cumplo trece años y voy a dar una fiesta. Papá me ha dicho que podía hacer lo que quisiera, así que estoy invitando a todos mis amigos y tú eres una de ellas.

Juliet se quedó pensativa. No quería defraudar a la pequeña, pero la idea de volver a ver a Matt Sánchez tampoco le gustaba demasiado.

—¿La fiesta va a ser en el rancho? –le preguntó.

—Sí. Ven en vaqueros y botas. Cook va a hacer muchas cosas ricas y una tarta de chocolate gigante.

—Qué divertido.

—Sí, va a estar muy bien. Vas a venir, ¿verdad?

—No sé si a tu padre le parecerá buena idea...

—Ya he hablado con él y me ha dicho que sí, que podía invitarte.

Juliet se sorprendió y supuso que habría sido después de suplicar, llorar y gritar.

—¿Estás segura?

—Claro que sí, Juliet. Te aseguro que no mentiría. Si lo hiciera, mi padre me castigaría de por vida.

Aquello hizo sonreír a Juliet.

—Muy bien —accedió—. ¿A qué hora tengo que estar allí?

—A las siete —contestó Gracia—. ¡Qué bien! Por cierto, puedes venir antes si quieres. Así, te enseño a Traveler antes de que lleguen los demás.

El hecho de que Gracia la considerara una invitada especial la emocionó profundamente y, a pesar de que sabía que iba a tener que volver a ver al señor sensual Sánchez, lo cierto era que le apetecía volver al rancho y ver a Gracia.

—Muy bien, entonces, nos vemos mañana. Gracias por invitarme, Gracia.

La niña se despidió de ella y Juliet colgó el teléfono preguntándose qué le podía comprar a una niña que probablemente lo tuviera todo porque su familia tenía mucho dinero. También era cierto que no parecía mimada en exceso. Era evidente que necesitaba atención y afecto, las cosas que Juliet había buscado a su edad también.

Al día siguiente por la tarde, Juliet se acercó a una tienda y le compró a Gracia una camiseta preciosa que tenía lentejuelas en las mangas y en el cuello y la cabeza de un caballo en el frente.

Tras envolverlo y acompañarlo de una felicitación, se puso unos vaqueros oscuros y un jersey blanco, se cepilló el pelo, se lo recogió en una cola de caballo y se maquilló muy poco. Con un poco de suerte, no tendría por qué ver al padre de la niña, pero, si no le quedaba más remedio, no quería que Matt Sánchez creyera que se había arreglado para él.

Cuando nada más aparcar el coche vio que Gracia corría hacia ella, supuso que la niña la había estado esperando.

—Feliz cumpleaños, preciosa —le dijo entregándole su regalo.

—Vaya, no esperaba que me trajeras nada. Te tendría que haber dicho que no hacía falta —contestó la pequeña.

—Bueno, si quieres, me lo puedo volver a llevar —comentó Juliet con una sonrisa.

—¡Oh, no! Ya que lo has comprado, no quiero parecer una maleducada, así que me lo quedo —contestó Gracia poniéndose de puntillas y dándole un beso en la mejilla—. Gracias.

—De nada.

A continuación, Gracia tomó a Juliet del brazo y la condujo hacia las cuadras para presentarle a Traveler.

—Qué guapa estás —le dijo—. Eres la mujer más guapa que he conocido.

Juliet se sonrojó.

—Gracias por el cumplido. Tú también eres muy guapa. Seguro que tu madre era guapa y tú te pareces a ella.

Gracia se quedó pensativa.

—Recuerdo que me parecía guapa, pero era tan pequeña cuando murió que ahora, cuando quiero recordar su cara, no puedo. Recuerdo que era pelirroja y de piel muy blanca. Supongo que por eso yo no soy tan morena como papá.

Aquello sorprendió a Juliet. Así que Matt se había casado con una mujer que no era de origen hispano. Por lo visto, no era tan rígido y tradicional como parecía.

—¿Sabías que mi madre era modelo? Trabajaba en Nueva York y en París y en sitios así, pero, cuando yo nací, lo dejó.

Aquello sorprendió todavía más a Juliet, que jamás hubiera imaginado a Matt Sánchez casado con una mujer trabajadora.

—Supongo que eso quiere decir que me quería mucho —añadió Gracia—. Debía de quererme mucho para dejar su trabajo.

—Claro que sí —le aseguró Juliet con el corazón encogido—. Seguro que te quería mucho.

Al llegar a las cuadras, Juliet vio que había mucho movimiento. De hecho, había unos cuantos hombres metiendo y sacando cosas.

—¿Todo eso es para la fiesta?

—Sí —contestó Gracia riéndose—. Papá dice que después de la música de esta noche las vacas no van a querer entrar, pero lo dice en broma porque en esta cuadra no se guardan vacas.

Así que Matt Sánchez era capaz de bromear, ¿eh? Juliet no se lo podía imaginar, pero se dijo que, quizás, hasta el momento sólo había conocido lo peor de él.

Gracia condujo a Juliet hasta un box y, desde la puerta, llamó a su caballo.

—Traveler, Traveler, ven aquí, que te quiero presentar a una amiga —le dijo.

El caballo, negro y con una mancha blanca a lo largo de todo el hocico, se acercó rápidamente y Gracia lo premió dándole dos galletas.

—Parece que le gustan mucho —comentó Juliet riéndose.

Gracia sonrió mientras acariciaba a su caballo con mucho cariño.

—Son galletas de manzana, zanahoria y avena. Las hace Cook para todos los caballos porque les encanta.

—Tienes un caballo precioso —le dijo sinceramente Juliet—. ¿Hace mucho que es tuyo?

—Sí, nació aquí. Cuando tenía dos años, mi abuelo comenzó a montarlo y a enseñarle cómo trabajar con el ganado. Estaba aprendiendo muy rápido, pero entonces mi abuelo tuvo el accidente y todo se paró.

Juliet recordó al hombre que había conocido en la residencia de ancianos. A pesar de que estaba atrapado dentro de un cuerpo inútil, se veía que todavía era un hombre vibrante y enérgico y era curioso porque parecía que Gracia estaba más unida a él que a su padre.

—¿Sigues montando a Traveler? —le preguntó.

—Sí, pero sólo por los prados cercanos. No lo entreno.

—¿Y por qué no le dices a tu padre que te lo entrene?

—No se lo quiero pedir y no creo que él quisiera hacerlo —contestó la niña sentándose sobre una bala de paja.

Juliet se dio cuenta de que había puesto el dedo en la llaga y se preguntó si sería inteligente seguir adelante, pero ya había ido demasiado lejos, así que quería saber por qué aquel hombre de rasgos cincelados y labios duros ignoraría una cosa tan importante para su hija.

—¿Por qué crees que no lo haría?

—Porque no quiere que monte a caballo —contestó Gracia—. Si por él hubiera sido, habría vendido a Traveler y no me habría vuelto a dejar montar jamás. Menos mal que el tío Cordero no lo dejó. Según mi tío, mi padre se está comportando como un estúpido. Le dijo que el abuelo se enfadaría mucho cuando volviera a casa y viera que había vendido a Traveler.

Menos mal que Matt Sánchez tenía un hermano más sensato.

—A lo mejor tu padre cambia de opinión algún día —le dijo Juliet—. La gente cambia de opinión a veces, ya sabes. Además, seguro que tu abuelo se pone bien pronto y vuelve a casa.

Gracia sonrió, se acercó a Juliet y le pasó los brazos por la cintura, abrazándola.

—Muchas gracias por decirme esas cosas, Juliet. Me hacen sentirme mejor.

—Venga, vamos a la cuadra a ver si está todo listo para tu fiesta—contestó Juliet acariciándole el hombro.

Gracia asintió, tomó a Juliet de la mano y la guió fuera de los establos. Juliet miró a su alrededor por si veía a Matt, pero no había ni rastro de él. Se dijo que estaba bien así, que no había ido al rancho aquella noche para ver al hombre en el que no había podido dejar de pensar.

Cuando llegaron al cobertizo, la adolescente la condujo a una escalera de madera.

—¿La fiesta va a ser ahí arriba? —le preguntó Juliet sorprendida al verse debajo de un agujero cuadrado que comunicaba con la planta superior.

—Sí —se rió Gracia—. Han puesto un montón de heno en el suelo y varias balas para sentarse. Venga, sube tú primero.

Juliet así lo hizo y se encontró en una enorme estancia muy amplia con ventanales en ambos lados, suelo de madera y varias mesas en un extremo donde estaba la comida y la bebida. También había un joven colocando el equipo de música y alguien había colgado guirnaldas y globos de colores por todas partes.

—Está precioso, Gracia. Tus amigos se lo van a pasar fenomenal.

—También he invitado a los mayores —contestó la niña—. Papá dijo que tenía que haber algún mayor en la fiesta y yo pensé que, en lugar de invitar sólo a uno o a dos, invitaría a unos cuantos para que no se aburrieran.

—Muy amable por tu parte —se rió Juliet.

La muchacha sonrió ante el cumplido y agarró a Juliet del brazo.

—Ven, te voy a enseñar la tarta que me ha hecho Cook. ¡Es espectacular! —le dijo conduciéndola hacia una de las mesas.

Estaban admirando la tarta gigante cuando los invitados comenzaron a llegar. Gracia se excusó y salió a darles las bienvenida. La música no tardó en sonar y en mezclarse con las risas de los adolescentes.

Mientras Gracia bailaba con un jovencito, Juliet

se sirvió un vaso de ponche y se sentó en una bala de paja un poco alejada. Se estaba tomando el refresco y moviendo el pie al ritmo de la música cuando una joven alta y delgada de pelo castaño y largo se acercó a ella.

—¿Te importa que me siente contigo? —le preguntó.

—Claro que no —contestó Juliet.

—Soy Nicolette Saddler, la tía de Gracia —se presentó la recién llegada.

—Sí, recuerdo haberte visto en la boda. Geraldine dijo que eras su hija —contestó Juliet sonriendo—. Soy Juliet Madsen, la reportera del *Fannin Review*.

—Sí, ya lo sé —contestó Nicolette sonriendo también—. Gracia le ha dicho a todo el mundo que te había invitado y que ibas a venir, así que no había lugar a duda de quién eras. Mi sobrina te ha tomado mucho cariño y me alegro porque necesita conocer a gente fuera de la familia. Espero que no te esté resultando un incordio.

—Claro que no. Es maravilloso tener contacto con los niños.

Nicolette sonrió con cierta tristeza.

—Sí, tienes razón. Tener niños cerca te alegra el corazón.

—¿Vives aquí, en el rancho?

—Sí, con mi madre. Me vine hace tres años, cuando me divorcié. La casa es muy grande, así que hay sitio para todos. Lex está todo el día trabajando y Mercedes está en el ejército y sólo viene de vez en cuando, así que no hay problema.

Juliet no se podía imaginar vivir así, pues ella había crecido en casas de uno o dos dormitorios como mucho y siempre con muebles de saldo. Jamás había tenido una casa grande, pero, mientras su madre había vivido, sí había tenido mucho amor.

—¿Tienes hijos? —le preguntó Juliet a Nicolette.

La mujer volvió a entristecerse y Juliet pensó que el dinero no daba la felicidad, evidentemente.

—No, no he tenido esa suerte. ¿Y tú?

Juliet se rió para tapar el vacío que sintió en su interior.

—¿Yo? ¿Hijos? No sabría qué hacer con ellos.

—Pues con Gracia te llevas muy bien.

—Sí, es fácil porque es una chica muy especial.

—Me alegro de que te hayas dado cuenta —suspiró Nicolette—. Se ha llevado muchos golpes para lo joven que es. A veces, me preocupo por ella.

A Juliet le hubiera gustado hacerle unas cuantas preguntas más, pero un vaquero joven de amplia sonrisa se acercó e invitó a bailar a Nicolette, poniendo fin a su conversación.

En el otro extremo de la habitación, Matt se sirvió una taza de café. Se estaba tomando un par de canapés cuando la vio. Evidentemente, sabía que iba a estar allí, pero verla le hizo sentir como si le hubieran dado un puñetazo en la boca del estómago.

Cuando su hija le había dicho que quería invitarla a su fiesta de cumpleaños, se había sorprendido mucho. Sabía que Gracia le tenía afecto, pero no tanto como para invitarla a un evento familiar.

Por supuesto, le hubiera gustado negarse porque no quería que aquella mujer se acercara a su hija, pues no le parecía una buena influencia, pero había comprendido que era importante para Gracia y había accedido. Por lo menos, eso era lo que se había dicho a sí mismo. Eso y que, cuanto más se le prohíbe una cosa a una adolescente, más lo quiere hacer.

A lo mejor aquello también se podía aplicar a los adultos, así que, quizás, si se permitía unos cuantos minutos con aquella mujer, se olvidaría de ella de una vez. Aquella idea lo hizo abrirse paso entre los jóvenes para dirigirse hacia ella.

—Buenas noches, señorita Madsen.

—Buenas noches —contestó Juliet algo sorprendida.

—¿Le importa que me siente con usted?

—Claro que no. Hay sitio para los dos.

Matt se sentó en la bala de paja junto a ella, dejó el plato con los canapés en el suelo y le dio un trago al café. Al girarse hacia Juliet, se la encontró mirándolo fijamente y, al instante, sintió que la deseaba.

—Eh... he visto el artículo sobre el cumpleaños en la residencia —comentó.

—¿Me está pidiendo disculpas? —le preguntó Juliet con sarcasmo.

—Yo no diría tanto —contestó Matt desviando la mirada—. Yo sólo he dicho que he leído el artículo y que es cierto que estaba usted trabajando.

—Muy bien.

En otras circunstancias, aquel comentario lo habría enfurecido, pero lo dejó pasar porque tenía otras cosas en mente.

—Me sorprende que haya venido —comentó.

—¿Por qué? Gracia me ha invitado y no quería decepcionarla.

—Porque suponía que tendría otras cosas más interesantes que hacer que venir a la fiesta de cumpleaños de una niña —contestó Matt encogiéndose de hombros—. Suponía que preferiría hacer otras cosas.

—¿Qué cosas?

—Por ejemplo, ir a una fiesta de adultos.

—La verdad es que no voy a fiestas. Sólo cuando es completamente necesario a causa de mi trabajo.

—¿Como hoy?

Juliet lo miró furiosa.

—Hoy he venido porque soy amiga de Gracia y nada más. Para mí es un honor celebrar con ella que ha llegado a la adolescencia. Es un momento importante para ella. Espero que se dé cuenta.

Matt le dio un trago al café, que se había enfriado.

—Soy su padre, señorita Madsen, y la conozco bien. ¿Usted tiene experiencia con niños?

Juliet se sonrojó de repente.

—No, todavía no tengo el honor de ser madre y no tengo hermanos ni hermanas.

—Entonces, ¿por qué dice que conoce a mi hija?

Juliet se giró hacia el grupo de adolescentes que estaba bailando y tragó saliva.

—La conozco porque yo era muy parecida a ella. Sé perfectamente lo que se siente a su edad cuando no se tiene madre.

Matt se quedó mirándola muy serio.

—Supongo que Gracia le habrá hablado de Erica.

—Sólo me ha dicho que era modelo y que murió cuando ella era pequeña.

—Mi esposa se cayó del caballo y se partió el cuello —le confirmó Matt con cierta brusquedad—. No hay manera más bonita de decirlo —añadió al comprender que Juliet se había quedado estupefacta ante sus palabras—. No tendría que haber montado a caballo porque era una mujer de ciudad, una mujer frágil que no sabía nada de caballos, pero quería complacerme. Creo que podríamos decir que yo la maté. ¿Es eso lo que estaba pensando usted también?

Juliet lo miró con expresión más suave y Matt se sorprendió de lo mucho que quería alargar el brazo y tocarle la mano, algo que hacía años que había evitado.

—Lo que estoy pensando es que los accidentes ocurren.

—Claro —suspiró Matt.

Juliet estaba preguntándose qué podía decir cuando vio aparecer a Gracia muy sonriente.

—¡Hola, papá! ¿A que está muy bien mi fiesta? Chula, ¿eh?

—Es una fiesta maravillosa, cariño —contestó Matt acariciándole la mejilla a su hija—. ¿Te lo estás pasando bien?

—¡Sí! ¡Fenomenal! Han venido todos mis amigos, incluida Juliet —exclamó la pequeña mirando a su padre—. ¿Por qué no bailas con ella, papá? Demuéstrale que eres un hombre bien educado.

Matt se quedó estupefacto.

—Es que esta música que están poniendo no me gusta mucho, Gracia.

—No hay problema —contestó la adolescente riéndose—. Ahora mismo le digo al pinchadiscos que ponga algo para vosotros.

Antes de que a Matt le diera tiempo de protestar, Gracia había salido corriendo y estaba hablando con el joven que se encargaba de la música. En un abrir y cerrar de ojos, la canción pop había terminado y se oían los acordes de una balada country.

Entonces, la chiquilla se giró y les hizo una señal con la mano.

—Me parece que tu hija quiere que bailemos —suspiró Juliet, tuteándole.

Matt sonrió, se puso en pie y le ofreció la mano.

—Entonces me parece que no nos va quedar más remedio que hacerlo porque, tal y como tú has dicho, esta noche es muy especial para ella.

Juliet se preguntó si estaría soñando, pero, en cuanto aceptó la mano de Matt y sintió el escalofrío que le recorrió todo el cuerpo, se dio cuenta de que estaba despierta y de que el hombre que la había agarrado de la cintura para bailar era de verdad.

—Vas a tener que perdonarme si te piso, pero hace mucho tiempo que no bailo —dijo Matt mientras comenzaban a moverse al ritmo de la música.

—No te preocupes, procuraré no gritar muy alto —contestó Juliet.

Matt sonrió ante su ocurrencia y Juliet sintió que se derretía. Aquel hombre resultaba peligroso sin ni siquiera intentarlo. Mientras bailaban, Juliet se dijo que no debía dejarse engañar, que aquel hombre era el propietario de un rancho multimillonario y viudo de una modelo y que ella no encajaba en su vida ni por asomo, pero también se dijo que no hacía mal a nadie soñando durante unos minutos.

—¿Así que tu madre murió? —le preguntó Matt tras un rato en silencio.

—Sí, murió de cáncer cuando yo tenía ocho años. Por eso, entiendo bastante bien lo que siente Gracia.

Matt se quedó pensativo.

—Comprendo.

Juliet pensó que era espectacular estar bailando con aquel hombre, sintiendo su pecho y sus piernas. De repente, se encontró pensando en que le apetecía pasarle los brazos por el cuello.

—¿De verdad? —le preguntó.

—Soy vaquero, pero no imbécil.

Sí, efectivamente, era vaquero, vaquero de los pies a la cabeza, un hombre salvaje de espíritu libre, un hombre duro y, probablemente, dulce también cuando la situación lo requiriera.

—Gracia es una chica estupenda. Supongo que estarás orgulloso de ella.

—Claro que sí, pero a veces me preocupa —admitió Matt.

Juliet pensó que aquel hombre tenía los ojos

verdes como dos esmeraldas y se dio cuenta de que el corazón le latía aceleradamente. Intentó calmarse, diciéndose que solamente estaban bailando y charlando civilizadamente.

—¿Por qué? —le preguntó.

—Me preocupa que te tome demasiado afecto y que tú te vayas.

—No me pienso ir a ninguna parte. Vivo aquí y aquí me voy a quedar.

—Ahora dices eso, pero seguro que, al final, vuelves a Dallas.

—¿Por qué iba a querer volver?

—Porque es evidente que has venido aquí huyendo de algo.

¿Cómo lo sabía? ¿Fuera como fuese, no le hacía ninguna gracia que se hubiera dado cuenta, así que ignoró el comentario.

—Cuando Gracia me necesite, estaré aquí —le aseguró.

Matt dejó de bailar de repente y Juliet lo miró sorprendida.

—¿Qué pasa?

—Se ha acabado la canción —contestó Matt sonriente—. La han puesto tres veces, así que yo creo que ya está bien.

Juliet no se había dado cuenta y, al mirar a su alrededor, comprobó que eran los únicos que estaban bailando. Al percatarse de que los demás les habían estado observando mientras ellos giraban por la pista se sonrojó.

—¿Y por qué no me lo has dicho antes? —le preguntó horrorizada.

—Porque me venía bien practicar —contestó Matt sonriendo.

¿Practicar? Pero si bailaba de maravilla. Aquel hombre era más peligroso que los toros que criaba. Tanto cuando estaba enfadado como cuando era encantador tenía suficiente presencia para hacer que Juliet olvidara la promesa que se había hecho a sí misma de no volverse a enamorar.

Capítulo 4

EN el momento en el que abandonaron la pista de baile, Matt apartó la mano de la cintura de Juliet y señaló un grupo de adultos que había junto a la mesa de los refrescos.

—Voy a saludar a un amigo —anunció—. Gracias por el baile.

—De nada —murmuró Juliet.

Matt se alejó y Juliet suspiró, dándose cuenta de que bailar con él la había emocionado demasiado y sintiéndose agradecida de perderlo de vista un rato, pues necesitaba recuperar la compostura y recordarse que aquel hombre estaba fuera de su alcance.

Estaba volviendo a la bala de paja en la que había estado sentada cuando un vaquero de su edad se acercó a ella y le pidió bailar. Al principio, Juliet pensó en declinar la invitación, pero, en el último momento, decidió aceptar. No quería parecer grosera y, además, bailar con otro hombre tal vez la ayudara a olvidarse de Matt.

Aquel baile dio paso a otros y estuvo bailando durante una hora con diferentes hombres. Mientras bailaba con ellos, Juliet intentaba concentrarse en sus conversaciones, pero lo cierto era que no podía dejar de pensar en cómo Matt la había tocado, en las palabras que le había dirigido y en que estar con él la excitaba.

Una hora después, estaba sedienta y sudada de tanto bailar, así que se acercó a la mesa de los refrescos, se sirvió un vaso de ponche de fruta y se dirigió a un extremo de la habitación que estaba más vacío y tranquilo. Se estaba tomando el ponche cuando Matt apareció a su lado.

Juliet se sorprendió, pues lo había estado buscando disimuladamente mientras bailaba con los demás y no lo había visto, así que había creído que se había ido.

—No has parado, ¿eh? —le dijo él sonriente.

Juliet sintió que el corazón le daba un vuelco.

—Siempre me ha gustado bailar —contestó.

—Esta música me está matando —comentó Matt refiriéndose a la música pop que el pinchadiscos había elegido para los más jóvenes—. ¿Nos vamos fuera?

Juliet lo miró sorprendida. El rostro de Matt no parecía reflejar ninguna intención oculta, pero Juliet era consciente de que pasar un minuto a solas con aquel hombre bajo la luz de la luna era peligroso. Aun así, se sentía embrujada y no pudo rechazar la invitación.

—Muy bien, la verdad es que tengo calor —contestó.

Así que ambos bajaron por la escalera de madera, primero Juliet y luego Matt.

—Hace una noche preciosa. Me sorprende que no haya adolescentes por aquí —comentó Juliet una vez fuera.

—No lo tienen permitido. Gracia les ha explicado a todos sus invitados que, una vez que subieran, no podían bajar hasta que la fiesta hubiera terminado y se fueran a casa. Un rancho es un lugar peligroso para la gente joven. Les podría pasar cualquier cosa —le explicó Matt.

—Claro —contestó Juliet—. Entiendo que no quieras que la fiesta de tu hija se vea deslucida por un accidente.

—Ya hemos tenido suficientes.

Juliet no sabía si se refería al accidente que había sufrido su esposa o a otros. A lo mejor, Matt consideraba la muerte de su abuelo un accidente aunque, por la investigación que había realizado Juliet, parecía evidente que a Nate Ketchum lo habían asesinado a sangre fría.

Juliet se dijo que no quería pensar en aquellos momentos en aquella historia ni en la exigencia de el señor Gilbert para que escribiera sobre ella.

—¿Damos un paseo? —sugirió Matt tomándola del brazo y conduciéndola hacia las cuadras donde estaba el caballo de Gracia.

Hacía una noche maravillosa, el cielo estaba

despejado y cuajado de estrellas y, a medida que se fueron alejando del cobertizo y de la música, Juliet percibió el apacible mugir de las vacas y sintió la brisa que mecía las hojas de los árboles.

Intentó concentrarse en todo aquello, pero el calor que irradiaba la mano de Matt sobre su brazo se lo impidió.

—Gracia me ha traído aquí antes de la fiesta para enseñarme a su caballo —comentó—. Es precioso.

—Está obsesionada con ese maldito caballo —contestó Matt con frustración—. He intentado que le interesen otras cosas… ballet, piano, violín, fútbol, pero nada. Si por ella fuera, se pasaría todo el día con Traveler.

—No es difícil de entender que una niña de su edad esté como loca con su caballo —opinó Juliet—. Yo nunca tuve uno, pero siempre soñé con tenerlo. A mí me parece un interés muy sano, pero veo que tú no opinas lo mismo.

—No, no me parece sano en absoluto. Los caballos son muy peligrosos. Cada vez que veo a mi hija sobre Traveler, veo a su madre muerta en el suelo y te puedo asegurar que la sensación es espantosa.

Juliet pensó que aunque hacía años que su mujer había muerto era obvio que Matt seguía pensando en ella. Por lo visto, seguía enamorado de ella y aquello la hizo sentirse incómoda. Para empezar, sintió envidia de Erica Sánchez y del amor que el hombre que caminaba a su lado había sentido por ella.

—Tú montas, ¿no, Matt? Y seguro que tu hermano y tus primos, también. Me apuesto el cuello a que aquí monta incluso tu tía Geraldine.

—Montamos, sí, pero por necesidad y, en cuanto a mi tía Geraldine, es una excelente amazona y no me preocupa en absoluto porque sé que no le va a pasar nada.

—Seguro que tu hija también será una excelente amazona si practica —le dijo Juliet con prudencia.

—Tienes respuesta para todo, ¿eh?

—No, pero sé que Gracia te necesita, necesita toda tu atención y tu admiración —contestó Juliet.

—¿Te lo ha dicho ella? —le preguntó Matt con incredulidad.

—No con esas palabras exactamente, pero es evidente que te adora y que quiere que estés orgulloso de ella.

Matt se relajó y sacudió la cabeza.

—Te aseguro que estoy muy orgulloso de ella. Es una chiquilla maravillosa, divertida y cariñosa y a la que, además, le gusta estudiar. Tengo una hija estupenda.

—Pero le pides que deje lo que más le gusta en el mundo, lo más importante para ella, su caballo.

Matt sonrió con tristeza.

—No, nunca le he pedido que dejara de montarlo… aunque me gustaría que lo hiciera —admitió.

—No quiero que pienses que me estoy metiendo en cómo educas a tu hija, pero quería que tuvieras los elementos necesarios para entenderla desde… la perspectiva de una mujer.

—¿Te refieres a la perspectiva de una madre?

—No sé lo que piensa una madre —confesó Juliet mirándolo intensamente.

Matt se quedó mirándola también.

—No estoy ciego, Juliet, sé que mi hija necesita una madre y me encantaría que la tuviera, pero no quiero volver a casarme y no creo que nunca lo haga.

Aquello no sorprendió a Juliet, pero la entristeció. Además de por su hija, aquel hombre necesitaba amor.

—¿Por qué? ¿Te sentirías culpable amando a otra mujer?

Matt desvió la mirada y Juliet pensó que se había excedido y que le iba a contestar de malas maneras, pero no fue así.

—Antes de contestar a eso, me parece que deberías hablarme de tu vida amorosa. Eres una mujer guapa. Seguro que más de un hombre ha querido casarse contigo. ¿Por qué no estás casada? ¿Lo has estado?

—No, no estoy casada, pero estuve a punto de estarlo una vez —contestó Juliet pensando en Michael Hamlin.

Hasta aquel momento, no se había dado cuenta de lo mucho que las relaciones truncadas que había tenido habían dañado su autoestima como mujer. Su último novio la había engañado de mala manera. Cuando ya tenían fecha de boda, cuando Juliet ya estaba preparando su nuevo hogar para compartirlo con el que pronto iba a ser su marido, había recibido una llamada anónima en la que se le advertía de que Michael no era lo que parecía. Por supuesto, al principio no había querido creerlo, pero la sospecha le había hecho observar más de cerca a su prometido. Al final, había descubierto que mantenía relaciones con otras mujeres.

—La verdad es que no confío en los hombres, siempre me han decepcionado —confesó—. No creo que pueda volver a confiar en uno lo suficiente como para querer casarme.

—Eso es mucho decir. Sobre todo, cuando se es tan joven como tú —opinó Matt frunciendo el ceño.

—Tengo veinticinco años, ya no soy tan joven —contestó Juliet acercándose a Traveler.

Matt la siguió y esperó a que dijera algo más, pero Juliet no quería ahondar en aquel tema, no quería que él supiera que todos los hombres con los que había estado habían terminado haciéndole daño porque no quería que creyera que no sabía elegir a los hombres con los que estaba y que no era capaz de hacer que la quisieran como era debido.

—Mi padre era, más bien es, un canalla —le explicó acariciando al caballo—. Siempre trató mal a mi madre, tuvo relaciones con otras mujeres. No paraba de idear negocios para hacerse rico, pero lo único que consiguió fue arruinarse varias veces. Al principio, de niña, yo creía que tenía mala suerte, creía que de verdad estaba intentando construir un buen hogar, creía que de verdad nos quería... a pesar de que a mí no me hacía ni caso —añadió con amargura—. Es curioso cómo los niños suelen creer que sus padres los quieren por el mero hecho de que son sus padres. No es así. Desde que me di cuenta, sé que soy más feliz sin mi padre en mi vida.

Matt se dijo que la vida privada de aquella mujer no era asunto suyo. No tendría que haberle preguntado nada. Lo había hecho porque ella parecía decidida a averiguar todo lo que pudiera sobre él. Sin embargo, ahora que la oía hablar y que detectaba el dolor en su voz se arrepintió porque aquello lo estaba conmoviendo más lo que le hubiera gustado.

Matt se acercó y le apartó un mechón de cabello dorado que le caía sobre el hombro.

—¿Y qué pasó entre tu padre y tú cuando tu madre murió? —quiso saber.

—Al principio, durante un par de años, intentó encargarse de mí, pero no pudo. Lo cierto era que no me soportaba porque yo suponía una carga para él, pues no tenía tiempo para encargarse de una niña pequeña. Me consideraba un estorbo y solía decírmelo a menudo. Menos mal que la hermana de mi madre vivía a unas cuantas manzanas de casa y yo me refugiaba allí. Poco a poco, dejé de huir de mi casa para ir a la de mi tía y me instalé con ella definitivamente.

Matt no sabía qué decir. No hubiera imaginado jamás que Juliet iba a proceder de una familia tan difícil. Cuando la había conocido, le había dado la impresión de que habría tenido una vida fácil, pero, luego, se había enterado de que su madre había muerto cuando era pequeña y ahora le acababa de contar que su padre no se había ocupado de ella en ningún momento.

Matt pensó en lo injusto que había sido al juzgarla.

—Lo siento mucho, Juliet, de verdad.

Juliet intentó mantener la dignidad, pero Matt vio que todo aquello le hacía daño.

—No pasa nada, Matt. Me da exactamente igual lo que Hugh Madsen piense de mí... si es que piensa en mí alguna vez, claro.

Aquella mujer era tan valiente y tan guapa que Matt se encontró poniéndole las manos en los hombros y atrayéndola hacia sí. Juliet se dejó ir sin resistencia y sus cuerpos se encontraron, encendiendo un fuego abrasador.

Matt le acarició el pelo y la espalda aunque sabía que debía distanciarse. Pasaron algunos segundos mientras sus cuerpos se calentaban mutuamente. Juliet movió la cabeza y sus mejillas se encontraron, sus alientos se mezclaron.

—Matt...

—No hables.

Juliet obedeció. No le quedó más remedio ya que los labios de Matt encontraron los suyos y su cuerpo se apretó todavía más contra él de Juliet. Juliet no esperaba que la fuera a besar de nuevo y se sorprendió, pero, cuando los labios de Matt comenzaron a moverse sobre los suyos con fruición, se olvidó de la sorpresa y se lanzó a disfrutar del momento. No tenía ni idea de los motivos que habían llevado a Matt a hacer aquello, así que lo único que podía hacer era entregarse a la experiencia.

En un abrir y cerrar de ojos, el deseo se había apoderado por completo de ella, que se encontró pasándole los brazos por el cuello y abriendo la boca para besarlo. Aquella invitación fue rápidamente aceptada por Matt, que no dudó en explorar con su lengua el interior de la boca de Juliet. Aquella conexión tan íntima hizo que Juliet sintiera una punzada de deseo entre las piernas y no pudiera evitar gemir de placer.

Sin dejar de besarla, Matt la hizo caminar de espaldas hasta que sus hombros tocaron la pared del cobertizo. La oscuridad les daba la privacidad necesaria y Matt aprovechó el momento para comenzar a besarla por el cuello.

Juliet sentía sus besos como gotas de lava… los sintió posándose en su escote y entre los pechos mientras las manos de Matt encontraban sus nalgas. A continuación, la tomó de las caderas y se apretó contra ella, de manera que Juliet sintió su erección a través de los vaqueros.

Ella también quería tocarlo, así que le quitó el sombrero, lo tiró al suelo y le pasó los dedos por el pelo negro y sedoso. A continuación, lo agarró de la cabeza y se la apretó contra su pecho. Cuando Matt le mordisqueó un pezón por encima del jersey, no pudo evitar gemir.

Juliet estaba a punto de suplicarle que le hiciera el amor cuando oyó a gente charlando y riéndose en la distancia. Matt levantó la cabeza y miró hacia atrás.

—Son unos invitados que se están yendo. Tenemos que volver —anunció con voz grave.

Juliet se dio cuenta de que se había dejado llevar tanto como ella y de que, aunque la asustaba lo que acababa de suceder, no quería apartarse de él. Consciente de que no le quedaba otro remedio sin embargo, asintió. Matt dio un paso atrás y recogió su sombrero del suelo.

Al poner un poco de distancia, Juliet se dio cuenta de que lo que había hecho había sido una estupidez. Si Matt hubiera querido, habría podido hacerle el amor allí mismo y ambos lo sabían, lo que resultaba vergonzoso.

—Bueno... eh... me tengo que ir a casa —murmuró comenzando a caminar.

Había pasado del cobertizo y estaba casi llegando a su coche cuando Matt la agarró del brazo.

—¿Te vas a ir sin despedirte de Gracia?

—Por favor, despídete de ella por mí, dile que me he tenido que ir y que la llamaré para darle las gracias por la maravillosa fiesta —contestó Juliet.

Matt no respondió inmediatamente.

—No hace falta que te vayas porque me haya pasado de la raya—le dijo.

Juliet lo miró sorprendida y no pudo evitar fijarse en sus labios. Al instante, sintió que el deseo volvía a apoderarse de ella. Lo que más le apetecía en el mundo era entregarse al éxtasis que había comenzado en la oscuridad entre ellos.

—No te has pasado... —le dijo mientras Matt se acercaba un poco más.

—Sí, me he pasado y quiero que sepas que no tenía pensado hacerlo —admitió Matt—. Yo... maldita sea... es la primera vez que deseo a una mujer desde que murió Erica —confesó mirando al horizonte—. Eres guapa y sensual y supongo que el hombre que llevo dentro no ha muerto —añadió volviéndola a mirar—. Te pido, por favor, que olvides lo que ha sucedido.

Aquella disculpa hizo que a Juliet le gustara todavía más aquel hombre. Aun así, era evidente que Matt, por una razón u otra, no quería que aquello se repitiera. Juliet sabía que sería lo mejor para ambos, pero la idea hizo que se sintiera vacía.

—A veces pasan cosas que... bueno, está bien, ya lo he olvidado —contestó amablemente.

Matt asintió.

Juliet tuvo la sensación de que no iba a poder dejar de mirarlo, no sabía cómo se iba a despedir de él, pero de alguna manera, encontró fuerzas para desearle buenas noches y avanzar hacia su coche.

Cinco días después, Matt estaba intentando todavía olvidarse de Juliet y de cómo se había comportado la noche de la fiesta de cumpleaños de Gracia. Desde entonces, ni la había visto ni había hablado con ella, pero no podía dejar de pensar en ella.

—Matt, ¿me estás oyendo? —le dijo su primo Lex mientras volvían al rancho después de un duro día de trabajo—. Te he preguntado dos veces si quieres que metamos a los caballos en el río o si prefieres que volvamos por el otro lado.

Aquello sacó a Matt de sus pensamientos que,

por supuesto, estaban versando en torno a Juliet, sus labios, su cuerpo y a lo que había compartido con ella.

—Vamos al río, sí, me parece buena idea. Así, los caballos podrán refrescarse un poco y nosotros aprovecharemos para descansar. Ha sido un día agotador.

—¿Qué te pasa?

—¿A mí? ¿Por qué lo dices?

—Llevas unos días muy raro. Te veo preocupado. ¿Tienes problemas con tu hija?

—No.

—Entonces, ¿qué te pasa? –insistió Lex.

—No me pasa nada —le aseguró Matt—. ¿Por qué crees que me pasa algo?

Lex se encogió de hombros.

—Porque te veo muy perdido, como si estuvieras todo el día pensando en la señorita Madsen.

—¿Cómo?

—Desde que estuviste bailando con ella, pareces otro.

Matt sabía que era cierto, pero no quería admitirlo en voz alta.

—No me pasa nada. El mero hecho de que intente pensar...

—¿En qué? —lo interrumpió Lex—. ¿En cierta rubia de piernas muy largas?

—Te agradecería que te callaras.

—¿Por qué? Es maravilloso que hayas vuelto a mirar a una mujer. Por cierto, a Nicci también le parece fenomenal.

Matt tuvo que hacer un gran esfuerzo para no

dar un respingo. Si solo hubiera sido bailar con ella y mirarla, pero, ¿qué pensarían Lex y Nicci si supieran que había estado a punto de acostarse con ella? Matt cerró los ojos con la esperanza de poder borrar a Juliet de sus pensamientos, pero no fue así.

—Mira, Lex, entre Juliet y yo no hay nada. La invitó Gracia porque la considera su amiga y yo sólo me mostré eh... hospitalario.

Su primo se rió a carcajadas y Matt lo comprendió perfectamente porque lo que había dicho no se lo había creído ni él.

—Venga, hombre, admite que te gusta esa mujer. Han pasado ya siete años desde que murió Erica y ya va siendo hora de que vuelvas al mundo, de que abras los ojos y de que te fijes en otras mujeres. Por ejemplo, en Juliet Madsen.

Matt se dijo que Juliet Madsen era una mujer de ciudad y que, aunque no parecía tan perdida en el rancho como Erica, tarde o temprano, se daría cuenta de que eran muy diferentes y la perdería.

—Tengo los ojos bien abiertos, Lex, y lo único que veo es el río, así que prepárate para darnos un buen baño de agua fría —contestó Matt espoleando a su montura con la esperanza de que el agua helada del río San Antonio le hiciera olvidarse de Juliet.

Capítulo 5

AQUEL día de primavera había amanecido claro y soleado, pero, para cuando Juliet salía de la oficina a la hora de comer, el cielo se había encapotado y llovía un poco.

Como el Cattle Call estaba muy cerca, se pertrechó bajo un paraguas y caminó hasta allí. Llegó con los pies mojados, ya que llevaba sandalias, y comprobó que el local estaba lleno, así que se dijo que había tenido suerte de encontrar una pequeña mesa al fondo. Mientras esperaba a que Angie fuera a tomarle notar, se distrajo mirando a su alrededor.

Era evidente que había feria de ganado porque la cafetería estaba llena de ganaderos de todas las edades que charlaban y llenaban el ambiente con sus risas. Juliet observó a los allí congregados por si veía a Matt o a alguien de su rancho, pero no fue así. Por supuesto, el Sandbur se movía a otros niveles.

—Perdona por tenerte esperando, pero llevo un día de locos —se disculpó la camarera—. ¿Qué vas a tomar?

Juliet se fijó en que Angie tenía ojeras y el pelo recogido de cualquier manera y aquello la extrañó porque, normalmente, lo llevaba suelto y brillante.

—Tranquila, tengo tiempo de sobra, así que no corras. Quiero una ensalada de pollo y un vaso de té con hielo.

—Llevaba un par de días sin venir. Te he echado de menos. ¿Has estado enferma?

—No, he estado comiendo en la redacción. ¿Qué tal estás?

—Estoy bien, ya te contaré —contestó Angie—. Ahora te traigo la comida.

—Muy bien.

Una vez a solas, Juliet tomó un periódico que alguien había dejado sobre la mesa de al lado y, a pesar de que no le gustaba leer mientras comía, se puso a hojear las noticias con la esperanza de olvidarse de Matt.

Maldición. No tendría que haber aceptado jamás la invitación para salir de la fiesta con él. Si se hubiera quedado en la fiesta, que era lo que tendría que haber hecho, no estaría buscándole, preguntándose dónde estaría, qué estaría haciendo y si habría vuelto a pensar en ella después de su encuentro.

Juliet no creía que lo que había pasado le hubiera afectado a él tanto como ella. Seguro que, simplemente, se había dejado llevar. Los hombres se dejaban llevar fácilmente cuando una mujer se lo ponía fácil. Sin embargo, Juliet no podía dejar de pensar en que Matt le había dicho que desde que había muerto Erica no había vuelto a desear a otra mujer.

¿Querría eso decir que era especial para él? No, no debía pensar en ello. Matt le había dado a entender que no tenía interés en enamorarse y ella se había prometido a sí misma no volver a dejarse llevar por su corazón.

Estaba mirando por la ventana cuando alguien cuya voz le resultó conocida la saludó. Al volverse, se sorprendió al ver que se trataba de una de las primas de Matt, Nicolette Saddler.

—Señorita Saddler, me alegro de verla —contestó Juliet.

—Llámame Nicci, por favor —contestó la recién llegada extendiendo la mano hacia Juliet—. Veo que estás comiendo y no te quiero interrumpir, pero es que te he visto cuando salía y te quería saludar.

Juliet sonrió y le estrechó la mano.

—¿Te quieres sentar a tomarte un café conmigo? —la invitó.

—Me encantaría, pero no puedo. Me tengo que ir a trabajar.

—¿Dónde trabajas? ¿En el rancho?

—No, en el rancho ya trabajé demasiado. Ahora, trabajo en una clínica de Victoria.

—Así que eres médico. Vaya, qué bien.

—Bueno, estoy terminando las prácticas —la

corrigió Nicci con modestia—. Quería decirte que tienes a toda la familia revolucionada.

—¿Cómo? ¿He hecho algo mal? —se sorprendió Juliet.

La prima de Matt chasqueó la lengua.

—No, todo lo contrario. Estamos todos anonadados.

—No te entiendo.

—El otro día conseguiste que Matt bailara y eso nos tiene a todos asombrados. Fue un milagro y está toda la familia rendida a tus pies. Todos hemos intentado que… bueno, que volviera a la vida de alguna manera, pero razonar con Matt es prácticamente imposible. Cuando Lex y yo le vimos bailando el otro día contigo nos sentimos muy felices. Lleva solo y amargado mucho tiempo y lo que le hace falta es una mujer como tú.

«Pero él no quiero una mujer como yo», pensó Juliet.

—Gracias por lo que me has dicho, Nicci, pero sólo fue un baile. Matt tiene muy claro lo que necesita y no creo que sea una mujer. Desde luego, no me necesita a mí.

La doctora se quedó mirándola pensativa.

—¿A ti te gustaría estar con él?

Sorprendida ante la pregunta, Juliet la miró a los ojos. Fue entonces cuando Nicolette se dio cuenta de lo que había hecho y sonrió apesadumbrada.

—Perdona. A veces olvido que no estoy en la clínica y que no debo preguntar de manera tan directa —se disculpó—. En cualquier caso, lo que te he dicho te lo he dicho en serio. Tengo la sensación de que te sientes atraída por Matt y quiero que sepas que merece la pena, no te rindas.

Aquella conversación tan surrealista la estaba dejando anonadada.

—Mira, Nicci, tu primo es un hombre increíblemente sensual y yo tendría que ser frígida para no sentirme atraída por él, pero Matt... bueno, voy a ser sincera contigo, Matt es un hombre lleno de dolor y yo ya he estado con unos cuantos así y no quiero volver a tener una relación truculenta.

La otra mujer palideció y asintió.

—Te entiendo y te pido perdón por meter la nariz donde no me llaman, pero es que me caes bien y creo que a Matt también le gustas.

—El sentimiento es mutuo —sonrió Juliet—. En ambos casos.

Nicolette sonrió también.

—Espero que volvamos a vernos —se despidió.

—Yo, también —contestó Juliet.

Angie apareció en aquel momento con la comida de Juliet.

—Ésa era la señorita Saddler, la médico, ¿no? —le preguntó su amiga—. ¿Qué hacía en tu mesa?

Juliet sonrió. A Angie jamás se le ocurriría pensar que la doctora estaba cotilleando.

—Se ha acercado a saludarme.

—¿De verdad? ¿La conoces?

Por cómo lo había dicho, parecía que Nicolette fuera un miembro de la realeza. Juliet supuso que para la gente de Goliad los Saddler y los Sánchez eran lo más parecido a una familia real, pues llevaban muchas generaciones allí y tenían un imperio ganadero. Como le ocurría a con casi toda la gente de dinero los demás sentían envidia, admiración y, a veces, incluso odio por ellos.

—La conocí el otro día en la fiesta a la que fui en el Sandbur.

A pesar de que la cafetería estaba llena a rebosar, Angie se sentó frente a Juliet.

—¿Por qué no me lo habías dicho? —le preguntó emocionada—. ¿Has ido a una fiesta al Sandbur? ¿Te invitaron o fuiste por trabajo?

—No, me invitaron. Me invitó la hija de Matt Sánchez, Gracia, que cumplía trece años.

—Así que ahora te codeas con la elite, ¿eh? ¿Y cómo son?

—Gente normal y corriente, como tú y como yo, Angie. Lo único que nos diferencia es que tienen más dinero en el banco que nosotras.

—Sí, seguro que tienen más que yo. Claro que no es difícil —comentó la camarera apesadumbrada—. De hecho, yo no tengo nada. En cuanto cobro, se me va.

—Eso nos pasa a la mayoría —la tranquilizó Juliet dando un trago al té con hielo—. Angie, no te ofendas, pero no tienes buen aspecto. ¿Te encuentras bien?

La camarera suspiró y se arrellanó en la silla.

—Estoy bien, pero muy cansada. Melanie lleva dos días enferma, tiene fiebre, y llevo dos noches sin dormir, bañándola en agua fría. Durante el día, mientras yo estoy trabajando, la canguro hace lo mismo, pero la fiebre no deja de subirle.

—¿Y qué te ha dicho el médico?

—Me pagan hoy, así que la voy a llevar esta tarde.

—¡Angie! ¿Por qué has esperado? Si es por dinero...

—Juliet, no hay ningún médico que esté dispuesto a ver a un paciente que no puede pagar, todos quieren que les pagues al momento y, además, aunque alguno me hubiera dejado pagarle cuando cobrara, no habría tenido dinero para los medicamentos.

—Hay programas de ayuda, Angie —le recordó Juliet.

—Tendría que dejar el trabajo para poder pedir esas ayudas y no pienso hacerlo —le aseguró Angie—. Te tengo que dejar, acaban de entrar más clientes —añadió poniéndose en pie con aire cansado.

Una vez a solas, Juliet se quedó pensando en la adorable hija de Angie, que tenía tres años. Le parecía espantoso que no pudiera tener atención médica cuando la necesitaba, pero entendía que su madre no pudiera dársela, pues no tenía dinero. Juliet también había tenido que trabajar como camarera para pagarse el alquiler y los estudios en la universidad, pues nunca había querido pedirle nada a su padre, pero la diferencia era que ella no había tenido una hija de la que ocuparse.

Juliet pensó que tenía que haber algún médico por allí al que no le importara el dinero y, de repente, pensó en Nicolette Saddler. Seguro que aquella mujer no se negaba a ver a la hija de Angie. Antes de irse, Nicolette le había dicho que trabajaba en una clínica de Victoria, pero Victoria era una ciudad grande y habría muchas clínicas.

Juliet decidió que podía llamar a Matt, pero pensó que no le haría mucha gracia, así que decidió llamar a Geraldine, la madre de Nicolette, explicarle el problema y ver qué pasaba.

Cuando terminó de comer, dejó dos billetes de veinte dólares junto al plato. Sabía que Angie se iba enfadar, pero ya hablaría con ella cuando llegara el momento. Ahora, de momento, lo único que quería era ayudarla.

Aquella misma noche, Matt se sentó a cenar con su hija.

—Papá, se me había ocurrido que podíamos hacer un picnic este fin de semana —comentó Gracia.

—¿Un picnic? —se sorprendió Matt—. Nunca hemos hecho un picnic.

—Precisamente por eso —razonó Gracia—. Trabajas demasiado, papá, y apenas nos vemos.

—Esta semana estamos cenando juntos todas las noches —le recordó Matt, que estaba haciendo el esfuerzo de llegar a casa todas las tardes a tiempo para cenar con su hija.

—Sí, y está muy bien no tener que cenar sola, pero quiero que hagamos cosas... juntos.

«Gracia te necesita, necesita tu atención y tu admiración».

Matt recordó las palabras de Juliet.

—Así que quieres que hagamos un picnic —murmuró.

—¡Sí! —exclamó Gracia emocionada—. Podríamos ir a caballo al río y nos podríamos bañar.

—Me parece que estoy un poco mayor para esas cosas —contestó Matt.

—Pero seguro que Juliet, no —contestó la niña—. Seguro que a ella le apetece. Si tú no quieres bañarte, nos puedes esperar en la orilla.

—A ver, un momento, ¿desde cuándo has incluido a Juliet en el plan? Yo creía que estabas refiriéndote a nosotros dos.

Su hija lo miró implorante.

—Sería estupendo que Juliet viniera también —contestó—. Monta a caballo y sería guay ir los tres juntos, sería como...

—Continúa, Gracia —la animó su padre—. ¿Sería como qué?

Gracia tragó saliva y se lanzó.

—Bueno, sería casi como tener una familia de verdad.

Matt sintió una punzada de dolor en el interior, pero disimuló para que su hija no se diera cuenta.

—Quieres decir que te gustaría que fuéramos como tu madre y tu padre.

—Sí, eso —contestó Gracia aliviada al ver que su padre la entendía.

—Mira, Gracia, no debes olvidar que Juliet no es tu madre y que no lo va a ser nunca —le recordó Matt.

La adolescente lo miró como si hubiera blasfemado.

—¡Mi madre ha muerto y sé que no la voy a volver a ver! ¡Y Juliet no va a ser mi madre porque tú no quieres, porque eres malo y no entiendes más que a las vacas y a…!

No podía seguir hablando porque las lágrimas se lo impedían, así que se puso en pie y salió corriendo del comedor. Matt se levantó con la intención de ir tras ella, pero lo consideró mejor y volvió a sentarse. Sería mejor dejar pasar un rato antes de intentar hablar con ella.

Al cabo de unos minutos, oyó un portazo y comprendió que Gracia se había ido. Probablemente, a casa de su tía Geraldine, en busca de consuelo femenino.

Matt suspiró y se quedó mirando su cena a medio comer. Había intentado pasar tiempo con su hija y lo único que había conseguido había sido darle un disgusto, pero, ¿qué podía hacer? ¿Darle todo lo que Gracia le pedía?

Matt se puso en pie, se dirigió al salón, se sirvió un bourbon de Kentucky y se fue a su dormitorio. Una vez allí, se sentó en una butaca que tenía colocada frente a los ventanales. El cielo estaba negro, como su corazón. Matt no solía beber, pero se tomó el alcohol de un trago. Necesitaba tranquilizarse para hablar con su hija.

«¡Mi madre ha muerto y sé que no la voy a volver a ver! ¡Y Juliet no va a ser mi madre porque tú no quieres, porque eres malo y no entiendes más que a las vacas…».

Matt recordó las palabras de su hija mientras se terminaba el bourbon. Gracia jamás le había hablado así, tan enfadada y con tan poco respeto. Matt sabía que tenía motivos para estar enfadada con él, pero se sentía preocupado, perdido y frustrado.

Era evidente que su hija necesitaba una madre, pero él no podía dársela. Gracia iba a tener que aprender que un hombre no se enamoraba de mujer y se casaba con ella solamente porque su hija quisiera.

Capítulo 6

JULIET dejó el periódico en el suelo, junto al sofá, y cerró los ojos, que le dolían. Llevaba horas leyendo artículos sobre los abuelos de Matt, Nate y Sara Ketchum. Por lo que había leído, era cierto que la vida de aquel matrimonio había sido interesante.

El señor Gilbert tenía razón. Escribir sobre ellos interesaría a los lectores porque habían sido una pareja fascinante, pero ella no quería escribir sobre ellos porque sería como sentenciar a muerte lo que hubiera entre Matt y ella, por no hablar del daño que podría hacerle a Gracia.

Su jefe le había preguntado ya varias veces cómo llevaba el artículo y ella no sabía lo que iba a hacer. De momento, sólo había leído periódicos antiguos y había tomado unas cuantas notas. El se-

ñor Gilbert le había vuelto a decir que si no escri-
bía un artículo escandaloso sobre ellos, la despedi-
ría y Juliet se sentía al borde del precipicio.

Intentando no pensar en ello, se puso en pie y
se fue a la cocina a prepararse un café. Estaba poniendo el agua a hervir cuando sonó el teléfono.
Juliet supuso que sería Angie para contarle qué tal
estaba Melanie.

—¿Diga?

—¿Juliet?

Juliet sintió que el corazón le latía aceleradamente.

Era Matt.

—Sí —contestó.

—Soy Matt.

—Sí, te he reconocido —admitió—. ¿Qué tal
estás?

—Bien —contestó él escuetamente—. ¿Estás
ocupada?

Juliet pensó en la cantidad de periódicos, de fotografías y de artículos que tenía en el salón sobre
sus abuelos y se imaginó su reacción si supiera lo
que estaba haciendo.

—No —mintió—. Me estaba preparando un
café.

—Ah —contestó Matt pensando que eso era lo
que él debería estar bebiendo—. Mira, no te quiero
entretener, te llamo para preguntarte si tienes planes para el sábado.

—¿El sábado?

—Sí, el sábado, ¿tienes planes para el sábado?

—No. ¿Por qué?

—Verás, yo... o sea, Gracia y yo queríamos invitarte a salir a montar a caballo. A lo mejor, nos llevamos algo de comer y comemos en el río. Si hace buen tiempo, claro.

—¿Un picnic? ¿De verdad?

—Por cómo lo dices, parece como si no creyeras que yo fuera capaz de organizar un picnic.

—La verdad es que no pareces muy propenso a ese tipo de cosas —sonrió Juliet—. Seguro que me has llamado en nombre de tu hija.

—Lo importante es que te he llamado y basta —gruñó Matt.

—¿Eso significa que lo único que te importa es poderle decir a Gracia que me has llamado y que has cumplido con tu parte?

—¿Por qué me lo pones tan difícil? —se impacientó Matt—. Limítate a decirme si quieres venir o no.

Juliet se quedó pensativa.

—No sé, Matt. Después de lo que pasó la otra noche... es obvio que tú no quieres nada conmigo y...

—Dijimos que nos íbamos a olvidar de lo la otra noche, así que...

—Sí, es cierto que te dije que me iba a olvidar, pero no he podido y, además, soy curiosa y quiero saber qué se esconde detrás de esta invitación.

Matt pensó que Juliet tampoco había podido dejar de pensar en él y se dio cuenta de que no sabía si aquello lo aliviaba o lo preocupaba.

—No hay nada detrás de la invitación, Juliet. A Gracia le gusta estar contigo y... a mí, también. Es sólo un picnic, nada más —añadió irritado.

—Está bien, acepto. ¿A qué hora tengo que estar allí?

No parecía muy entusiasmada, pero había aceptado, que era lo importante.

—A las diez está bien. Ven a la casa de los Sánchez. Saldremos desde aquí.

Juliet se despidió a toda velocidad y colgó el teléfono. Matt se quedó mirando el aparato y decidió que se estaba haciendo tarde y que tenía que ir a hablar con su hija, así que la buscó en la habitación donde solía hacer los deberes y ver la televisión, pero no estaba allí. Se dirigió entonces a la cocina, pero tampoco había ido a cenar, así que subió a los dormitorios y vio que había luz en su habitación. Aliviado, llamó a la puerta.

—¿Gracia?

Al no obtener respuesta, abrió y vio a su hija tumbada boca abajo en la cama.

—¿Gracia?

La niña se incorporó y lo miró desafiante.

—Supongo que vendrás a castigarme —le dijo.

Matt sintió que el dolor se apoderaba de su corazón. Siempre había querido que su hija tuviera un instinto indómito y lo tenía porque la sangre Sánchez corría por sus venas, Matt no quería machacarle aquel espíritu ni dañarla de ninguna manera, pero parecía que siempre la estaba disgustando.

—No, no he venido a castigarte aunque no estoy nada contento con tu comportamiento.

—Lo siento —se disculpó Gracia—. No debería haberte dicho las cosas que te he dicho.

Matt pensó que había hecho bien en decírselas. Así, le había hecho pensar en otra cosa que no fuera la venta de ganado. Matt se sentó en la cama y tomó la mano de su hija entre las suyas. Gracia levantó la cabeza y lo miró y Matt se dio cuenta de que quería comprenderla.

—Te tengo que decir una cosa.

—¿Qué?

—Yo... he llamado a... he llamado a Juliet —contestó Matt sintiéndose incómodo.

—¿De verdad? —se sorprendió la niña mirándolo con incredulidad.

Matt asintió, se puso en pie y comenzó a pasearse por la habitación.

—Le ha parecido bien venir con nosotros de picnic el sábado.

—¡Gracias, papá! ¡Gracias! —exclamó Gracia poniéndose en pie y abrazándolo—. ¡Es el mejor regalo que me has hecho en la vida!

—Me alegro de que estés contenta —contestó Matt besándola en la frente—, pero te quiero pedir que, por favor, no te hagas ilusiones. Recuerda que sólo es un picnic con una amiga. Nada más, ¿de acuerdo?

—Lo que tú digas, papá —contestó Gracia sonriendo encantada.

«Sólo es un picnic».

El sábado por la mañana, Juliet se repitió aquellas palabras varias veces mientras paraba el coche frente a la casa de los Sánchez.

Sin embargo, por muchas veces que se lo repitió, no acababa de creérselo. Haber quedado con Matt era importante para ella.

Tras agarrar el bolso y la cazadora, se bajó del coche. A continuación, siguió el sendero que llevaba hasta la casa de dos pisos y, mientras caminaba, se fijó en la típica estructura de plantación sureña. La casa tenía unas enormes columnas blancas en el frente que aguantaban un balcón situado en la segunda planta y servían de porche. Los enormes ventanales estaban provistos de persianas de madera blancas. Era una casa preciosa, pero muy diferente a la casa estilo hacienda en la que vivían los primos de Matt. De hecho, aquella casa no tenía nada que ver con ninguna de los alrededores y Juliet se preguntó por qué la habrían construido así.

Frente a ella tenía una sólida puerta de madera con una aldaba dorada. La puerta se abrió y apareció Gracia ataviada con vaqueros, botas y camiseta de manga larga. En cuanto la vio, la saludó y corrió hacia ella.

—¡Hola, Juliet! ¿Te apetece ir de picnic? —le preguntó emocionada.

—Claro que sí —contestó Juliet—. ¿Y a ti?

—Sí, voy por unas cosas que tengo en casa y estoy lista. ¿Quieres pasar? Papá ha ido por los caballos y ahora viene —le dijo la niña volviendo a entrar en la casa.

Juliet la siguió, cruzó el porche y entró en un vestíbulo muy grande lleno de plantas. Sobre un banco de madera había un sombrero marrón, una cazadora vaquera y una botella de agua. Gracia lo agarró todo y se volvió sonriente hacia Juliet.

—¡Es increíble, Juliet, papá va a salir a montar a caballo conmigo!

Juliet recordó que Matt le había comentado que no le gustaba nada ver a su hija a lomos de un caballo.

—Me alegro —contestó con una sonrisa sincera—. A lo mejor, así cambia de opinión y empieza a gustarle que montes a caballo.

—Yo creo que mi padre ya está cambiando de opinión en muchas cosas y ha sido gracias a ti —contestó la niña sonriendo encantada.

Juliet la iba a corregir cuando la puerta se abrió y entró Matt. Iba vestido con vaqueros, botas, una camisa de cuadros verdes y azules y un sombrero negro bien calado, pero que dejaba al descubierto sus ojos, unos ojos que se posaron inmediatamente en ella y en los que Juliet se vio reflejada mientras se sonrojaba de pies a cabeza.

—Ah, estáis aquí. Hola, Juliet.

Juliet dio un paso al frente y, aunque su primera reacción fue darle un beso en la mejilla, se contuvo y le tendió la mano.

—Buenos días, Matt.

Matt se quitó un guante de cuero y se la estrechó.

—Me alegro de que hayas venido —le dijo sonriendo levemente.

—Yo también me alegro de estar aquí —contestó Juliet.

—Los caballos están listos —anunció Matt

apretándole la mano—. ¿Te has traído un sombrero?

—No, no tengo —contestó Juliet.

—Gracia, cariño, ve por uno de los tuyos para dejárselo a Juliet —le indicó Matt a su hija.

—¡Ahora mismo vuelvo! —exclamó la niña saliendo del vestíbulo a todo correr.

—Gracia está muy emocionada y creo que yo, también —confesó Matt cuando se quedaron a solas, sin soltarle la mano.

Juliet se había quedado muy sorprendida por aquel comentario, pero intentó que no se le notara. Matt era un hombre complejo y Juliet había decidido que no quería darle demasiada importancia a nada de lo que dijera o hiciera. Era la única manera de mantener la cordura.

—Me alegro. Espero que no se me haya olvidado montar a caballo.

—He elegido una montura muy dócil para ti —le dijo Matt sin dejar de mirarla—. Ya verás, lo único que le vas a tener que decir es cuándo quieres andar y cuándo quieres parar y él hará todo lo demás.

Juliet sentía que sus ojos la estaban acariciando y que sus dedos estaban comenzando a quemarle la piel de la mano. Si Gracia no volvía pronto, iba a hacer una estupidez, como abrazarlo.

—Aunque no haya competido nunca en un rodeo, no necesito un percherón —le dijo.

Matt chasqueó la lengua y Juliet sintió que el corazón le daba un vuelco.

—Te aseguro que en este rancho no hay ningún percherón –dijo Matt.

—Me fío de lo que tú me digas —murmuró Juliet.

Matt había alargado la otra mano para acariciarle la mejilla cuando oyeron los pasos de Gracia, que volvía al galope. Matt carraspeó, se apartó de Juliet y se dirigió a la puerta.

—Toma, Juliet —le dijo la adolescente entregándole un sombrero de vaquero de color marrón—. Es viejo, así que no importa que se manche.

Juliet aceptó el sombrero y se lo puso.

—Espero que los caballos no se asusten de mí —bromeó.

—Estás muy guapa —se rió Gracia—. Pareces una vaquera de verdad.

Matt les abrió la puerta con expresión reservada.

—Vamos —les dijo—. Será mejor que nos vayamos si queremos llegar al río a la hora de comer.

Hacía una mañana espléndida y cálida aunque soplaba una ligera brisa que movía las hojas recién nacidas de los árboles. Los pájaros cantaban por todas partes y el sol comenzaba a calentar.

A Juliet siempre le había gustado salir al campo, pero raramente lo hacía. El caballo que Matt había elegido para ella era un ejemplar marrón con una mancha blanca en la frente y las cuatro pezuñas blancas también. Se llamaba Chigger y, tal y como le había dicho su propietario, no era un percherón en absoluto sino un caballo bonito y muy obediente con el que Juliet no estaba teniendo ningún problema, pues se dejaba controlar con facilidad.

—No he visto ninguna vaca —comentó Juliet mientras recorrían las laderas—. ¿Dónde están?

—Vas a empezar a verlas en breve —contestó Matt, que trotaba a su izquierda—. Ahora, los mejores pastos están un poco más al oeste, cerca del río. La mayoría de los rebaños están al norte, donde han pasado el invierno. Los vamos a trasladar muy pronto.

—Supongo que será mucho trabajo —comentó Juliet.

—Sí, tienen que participar absolutamente todos los hombres del rancho.

—He oído decir que en algunos ranchos de por aquí se utilizan helicópteros y vehículos todoterreno para reunir al ganado —comentó Juliet—. ¿Vosotros también lo hacéis?

—No, mi padre nunca haría algo así —contestó Gracia, que iba a su derecha—. A mi padre le gusta hacer las cosas a la manera tradicional, como lo hacen los vaqueros.

Matt sonrió.

—Gracia tiene razón, pero eso no quiere decir que sea un anticuado. No me gustan los helicópteros ni los vehículos todoterreno porque los ruidos aterrorizan al ganado y hacen que se produzcan estampidas y que los animales se escondan entre las rocas y los árboles. Se asustan tanto que, normalmente, hay que sacarlos a lazo y me parece que no hay necesidad de hacer pasar a un animal por tanta tensión. Además, cuando un animal es sometido a estrés, pierde peso y eso, al final, redunda en mi bolsillo porque, si pesa menos, me pagan menos por él. Si lo haces a caballo, sin embargo, todo es mucho más sencillo, pues lo único que hace el vaquero es aproximarse a los animales y guiarlos. Así se ha hecho durante cientos de años y es la mejor manera.

—Tiene sentido —contestó Juliet girándose hacía Gracia—. Parece que conoces muy bien a tu padre —le dijo sonriendo.

La niña se encogió de hombros.

—Le gusta hablar de ganado, así que sé mucho de las tareas del rancho.

Pero Gracia acababa de cumplir trece años y necesitaba tener otras conversaciones, necesitaba hablar sobre el colegio, sobre ropa y sobre cosas de chicos y chicas, no saber sobre ganado.

—¿Y si quieres hablar de vestidos o de algo así? —le preguntó ignorando la presencia de Matt.

Gracia se rió.

—Papá no sabe nada de vestidos, pero tengo a la tía Geraldine y a Nicci, a veces, también a Lucita, la hermana de papá, pero da igual, no me importa, porque los vestidos no me gustan demasiado... a menos que tenga que ir a un sitio muy arreglada.

—¿Tienes una hermana? —se sorprendió Juliet girándose hacía Matt—. No lo sabía. ¿Estaba en la boda de tu prima?

—No, no pudo venir porque su hijo estaba enfermo y se tuvieron que quedar en Corpus Christi —contestó el vaquero.

—Vaya, qué pena. ¿Viven en Corpus Christi?

—Sí, mi hermana es profesora en un colegio público allí.

—Pues Marti se quiere venir a vivir aquí —comentó Gracia—. Ojalá vinieran porque, así, tendría a alguien de mi edad con quien hablar. Mi primo tiene diez años –le explicó a Juliet.

Juliet se dio cuenta de que Matt hacía una mueca de disgusto. Estaba comenzando a entender a aquel hombre. Al principio, había creído que no tenía sentimientos, pero ahora comprendía que su familia le hacía sentir muchas cosas.

—Sería estupendo que se vinieran a vivir con nosotros, pero ya sabes que tu tía... creo que no deberíamos hablar de esto delante de una invitada, cariño.

—Juliet no es una invitada —contestó Gracia frunciendo el ceño—. Es una amiga y, además, no creo que a la tía le importe que lo sepa porque no se lo va a contar a nadie.

Juliet percibió la tensión que había entre padre e hija e intentó aligerar el momento.

—Gracia, no olvides que soy periodista —bromeó—. Mi trabajo consiste en contarlo todo.

—Sí, pero yo sé que nunca le harías eso a mi familia —contestó la niña.

Juliet recordó la amenaza del señor Gilbert y no se atrevió a mirar a Matt.

—Gracia, la vida de los miembros de tu familia no es asunto mío —le dijo.

Mientras avanzaban en silencio, Juliet intentó sacar otro tema de conversación, pero no se le ocurría nada.

—Si Gracia quiere que lo sepas, te lo cuento, no hay problema —anunció Matt de repente—.

Mi hermana está divorciada. Su marido... la engañaba.

—Tenía una amante —intervino Gracia.

Matt miró a su hija indignado.

—¡Gracia! ¿Por qué utilizas esa palabra si ni siquiera sabes lo que significa?

—Claro que sé lo que significa. La tía Geraldine me lo ha explicado y también me ha dicho que al padre de Marti habría que colgarlo por los...

—¡Basta! —la reprendió Matt—. Voy a tener que ir hablar con Geraldine. Si no se comporta, vas a tener que dejar de ir a su casa.

Gracia apretó los dientes y Matt suspiró.

—¿En qué estará pensando mi tía para decirle semejantes cosas a Gracia? —se lamentó mirando a Juliet.

Juliet intentó no sonreír.

—Matt, no olvides que Geraldine es madre y sabe lo que hace. Gracia está creciendo y va a tener que oír cosas y que aprender cosas en la vida aunque a ti no te gusten.

—Gracias, Juliet —intervino la niña—. Cuéntale todo lo demás, papá.

Matt puso los ojos en blanco.

—El canalla de su ex marido... se llevó todo el dinero—. Verás, nuestros padres nos dieron a todos al cumplir veinticinco años una buena cantidad de dinero, varios miles de dólares por si teníamos problemas. Pues ése hombre se lo llevó todo.

Juliet lo miró sorprendida.

—¿Y cómo pudo llevárselo? ¿No lo tenía ella en un sitio seguro?

—Sí, en tres bancos diferentes, pero en todas las cuentas figuraba él como segundo titular, así que no tuvo ningún problema para llevarse el dinero. Lo tenía todo planeado y mi hermana no se dio cuenta porque no sabía que la iba a dejar.

—Pero si lo llevara a juicio, seguro que el juez le daría la razón, ¿no?

—Nunca lo pudo llevar a juicio. De hecho, nunca se pudo divorciar de él porque desapareció y no le hemos encontrado. Suponemos que estará en México.

—¿Y la policía?

—Lo buscó durante un tiempo, pero perdieron la pista y supongo que tendrán cosas mejores que hacer. No era un caso de asesinato ni de violación, no debía de ser prioritario.

—Debería ser prioritario porque le robó la herencia y mucho más. Debería pagar por ello.

—Sí, pero mi hermana dice que lo único que quiere es que su hijo esté bien, que eso es lo único que le importa. Sin embargo, está teniendo problemas económicos y no quiere aceptar nuestra ayuda. Hemos intentado hablar con ella, decirle que vamos a mandarle dinero, pero no lo quiere aceptar y tampoco quiere venirse a vivir aquí.

—Lo siento mucho. Supongo que estaréis preocupados.

—Así es. Cada vez que voy a ver a mi padre, me pregunta por ella. A él le gustaría que volviera al Sandbur.

A pesar de que se había mostrado completamente reacio en un principio, Matt le había abierto otra puerta a su familia y Juliet cada vez se sentía más cerca de aquel hombre, de sus problemas y de sus tristeza y sus alegrías.

Entonces se dio cuenta de que quería realmente formar parte de aquella familia, quería formar parte de la vida de Matt. Aquella idea la hizo sentir pánico y decidió apartarla de su mente.

—Bueno, yo sé que ningún hombre se acercaría a mí por mi dinero porque no tengo un centavo —bromeó Juliet.

—Ni falta que te hace, Juliet porque mi padre tiene mucho —comentó Gracia.

—¡Gracia! —exclamó Matt.

Su hija estalló en carcajadas, espoleó a Traveler y salió al galope. Matt se quedó mirándola y se giró hacia Juliet.

—Lo siento mucho. No sé en qué estará pensando esta niña.

—Sólo ha sido una broma, Matt —lo tranquilizó Juliet poniéndole la mano en el brazo—. Seguro que Gracia sabe que tú... que no quieres volverte a casar.

—Sí, ha sido sólo una broma —contestó Matt espoleando también a su montura.

Mientas observaba cómo padre hija galopaban uno detrás de otro, Juliet se preguntó por qué ninguno de los dos reía.

Capítulo 7

JULIET comenzó a bajar una colina y vio que Matt y Gracia la estaban esperando abajo. Cuando llegó junto a ellos, continuaron hacia el oeste durante otra media hora y se adentraron en un terreno cubierto de enormes robles en el que había mucha hierba y rebaños de vacas por todas partes.

Gracia estaba más callada ahora, pero no parecía disgustada, así que Juliet supuso que Matt no la habría regañado demasiado. Menos mal. De hecho, la niña estaba encantada. Juliet supuso que salir a cabalgar con su padre era motivo más que suficiente para que se sintiera feliz.

Una hora después, llegaron al San Antonio. El río llevaba mucha agua y, como Gracia quería bañarse, Matt decidió que iban a ir a un lugar que él conocía donde el agua estaba más tranquila.

Así que tardaron otro cuarto de hora en llegar hasta allí, un lugar que estaba resguardo del sol porque había varios cedros y en el que era fácil extender una manta para comer porque el suelo estaba listo. Matt ató a los caballos mientras Juliet y Gracia sacaban la comida de las alforjas.

Mientras colocaban el mantel y el resto de las cosas, Gracia no paró de hablar. Matt se dio cuenta de que su hija estaba muy contenta. Cuando estaba con Juliet, parecía otra niña. Claro que, cuando él estaba con Juliet, también era otro hombre. Cuando la había visto aquella mañana, le habían entrado ganas de cantar, de bailar y de sonreír. Sabía que era una locura, pero aquella mujer lo hacía sentirse muy bien.

Juan, el cocinero del rancho, les había preparado unos enormes sándwiches de jamón ahumado en pan casero alemán y había metido en la cesta también patatas fritas, judías con tomate y todo tipo de condimentos. De postre les había preparado natillas con una capa de azúcar quemado por encima que estaba deliciosa.

—Mmm, qué bueno está todo —comentó Juliet sinceramente—. ¿Tenéis cocinero en tu casa o se encarga la misma mujer que en casa de los Saddler?

—Cook sólo cocina en casa de la tía Geraldine aunque normalmente hace tanta comida que hay para todo el rancho —contestó Matt—. Nosotros tenemos otro cocinero que se llama Juan.

—Juan cocina fenomenal, pero siempre dice que no es cocinero, que él es vaquero —añadió Gracia.

—Pues cuando volvamos le voy a decir que todo estaba buenísimo —comentó Juliet mirando a Matt, que estaba tumbado junto a ella—. ¿Antes era vaquero?

—Sí, Juan ha sido vaquero toda su vida, pero se hizo daño el año pasado en una cadera y tuvo que dejarlo. Menos mal que resultó que sabía cocinar porque le ofrecí el trabajo sin pensarlo.

Juliet se rió.

—¿Le ofreciste el trabajo de cocinero sin saber si sabía cocinar?

—Sí, se me ocurrió que era la mejor manera de ayudarlo en aquel momento —contestó Matt encogiéndose de hombros.

Así que aquel hombre tenía más corazón de lo que parecía. Aquello le hacía todavía más atractivo.

—Fue muy generoso por tu parte —le dijo Juliet sinceramente.

Sus ojos se encontraron y Matt sonrió, pero no dijo nada. Desde el otro extremo de la manta, su hija sonrió orgullosa.

—A mi padre le gusta ayudar a los demás, trata a todos los empleados del rancho como si fueran de la familia. Bueno, menos cuando no le obedecen. Entonces les grita.

Juliet se rió y Matt sonrió todavía más. Verlo así de relajado y tumbado sobre la hierba era más que suficiente para desearlo.

—Hablando de ayudar a los demás, tu prima Nicci me ha ayudado mucho —comentó Juliet terminándose las natillas.

—¿La conoces? —se sorprendió Matt.

—La conocí en la fiesta de cumpleaños de Gracia y he hablado con ella porque una amiga mía que es camarera en el Cattle Call tiene una hija que está enferma. Como es madre soltera, no tiene dinero para llevarla al médico. Nicci ha accedido a verla a cambio de lo que mi amiga le pueda pagar buenamente.

—¿Son pobres? —le preguntó Gracia con la franqueza de una niña.

—¡Gracia! Qué pregunta tan fea —la reprendió su padre.

—Ser pobre no es una buena situación —le dijo Juliet—. Estoy segura de que Angie saldrá adelante porque va a la universidad por la noche y trabaja mucho.

—Te aseguro que Nicci tiene un gran corazón —le dijo Matt—. Si la clínica en la que trabaja se lo permitiera, trabajaría gratis. Ha viajado en varias ocasiones a países del Tercer Mundo para tratar a la gente de allí. Te aseguro que va a tratar muy bien a la hija de tu amiga. Seguro que incluso les consigue los medicamentos gratis.

Juliet pensó que era una suerte que hubiera gente con dinero y conciencia como ellos porque era evidente que todos eran generosos.

Y el señor Gilbert quería escribir un artículo malicioso sobre aquella gente. Aquel hombre no tenía escrúpulos. Si Matt supiera lo que el editor del periódico se proponía, seguro que iría a hablar con él y, luego, se encararía con ella, pero Juliet no tenía intención de contarle los planes de su jefe

Gilbert. Al menos, hasta que no hubiera decidido cómo capear la situación.

Pensar en ello la hizo ponerse nerviosa.

—No sé cómo le voy a poder agradecer a tu prima lo que está haciendo. Seguramente, mucha gente le va con historias igual de tristes que la de mi amiga —comentó.

Gracia se terminó el sándwich que se estaba tomando y se puso en pie.

—He terminado de comer, así que me voy a nadar. ¿Te vienes conmigo, Juliet?

—Ve tú primero. Yo ire dentro de un rato. Voy a recoger un poco.

—Si quieres, te ayudo.

—No, no hay mucho que recoger y, además, me quiero tomar un café —le aseguró Juliet.

La niña miró a Juliet y luego a su padre y volvió a mirar a Juliet como si le gustara verlos juntos.

—Muy bien, estaré allí —se despidió.

—No te metas donde no haces pie y ten cuidado con las serpientes —le dijo su padre.

—Sí, papá –prometió la adolescente.

Dicho aquello, se giró y se fue. A Juliet le pareció que se iba muy contenta. No debía olvidar que la primera vez que se habían visto Gracia le había dicho que quería tener una madre. Juliet supuso que debería decirle en algún momento que ella no iba a ser su madre y que no debía intentar emparejarla con su padre, pero aquel día estaba resultando delicioso y no le pareció el mejor momento.

Cuando Gracia se perdió de vista, Matt agarró

el termo del café y se lo pasó a Juliet, que se lo agradeció. Se sirvió y lo probó.

—¿Quieres? —le preguntó con una sonrisa.

—Matt negó con la cabeza.

—¿Te lo estás pasando bien en el picnic o estás pensando en que preferirías estar en el rancho con tu hermano y con los caballos?

—La verdad es que hace un día maravilloso y no suelo tener oportunidad de ver estas partes del rancho, sólo cuando venimos por motivos de trabajo, así que es un placer estar aquí —confesó Matt—. Estaba pensando en que mis abuelos y mis bisabuelos verían esta tierra así cuando llegaron, salvaje y yerma, llena de cactus, serpientes y coyotes. A lo mejor, yo en su lugar no hubiera tenido la vista de construir aquí el Sandbur.

Juliet movió de manera ausente la taza que tenía entre las manos mientras miraba a Matt, que se había quitado el sombrero al empezar a comer, y se fijó en cómo la brisa jugaba con sus cabellos negros como el azabache.

—Debe de ser maravilloso haber conocido a tu familia —comentó con la mirada fija en sus labios—. Yo sólo conocí a mis abuelos maternos. Del resto de la familia, no tengo ni idea. A mi padre le importaban muy poco sus padres y su familia y mi madre era adoptada. Supongo que hay familias destinadas a estar siempre unidas y otras que no.

Matt se incorporó.

—Incluso las familias unidas tienen problemas, Juliet. Tanto los Sánchez como los Saddler tienen problemas, preocupaciones y disgustos.

Juliet pensó en la esposa de Matt y en su padre y también en su hermana, a la que había abandonado su marido y suspiró.

—Sí, supongo que sí.

De repente, Matt adoptó una expresión más suave, alargó el brazo y le acarició el rostro.

—¿Sabes lo que he sentido cuando te he visto esta mañana?

Juliet sintió que el corazón le daba un vuelco.

—No —murmuró.

—Me he sentido feliz, Juliet, muy feliz.

—Eso no es propio del Matt Sánchez que yo conozco —contestó Juliet frunciendo el ceño.

—Es cierto, no es propio de él, pero tú me haces sentir cosas que no entiendo.

A medida que le había ido hablando, se había ido acercando a ella y ahora sus rostros estaban a pocos milímetros de distancia. Juliet ni se movía por miedo a que el momento se rompiera.

—Me he dicho una y otra vez que no quería invitarte, que sólo lo hacía por mi hija, pero, en cuanto te he visto, me he dado cuenta de que me había estado mintiendo porque, en realidad, quería volver a verte porque no he podido dejar de pensar en ti, no he podido olvidar tu cuerpo, no puedo olvidar lo mucho que te deseo —le explicó Matt murmurando las últimas palabras sobre sus labios.

Juliet abrió la boca y cerró los ojos y sintió cómo Matt la besaba con suavidad. Llevaba días pensando en aquel momento, creyendo que jamás volvería a estar entre sus brazos, pero estaba sucediendo y las sensaciones eróticas se estaban apoderando de ella.

Juliet sintió la lengua de Matt en el labio inferior. A continuación, se retiró y apoyó su frente sobre la de Juliet.

—Si Gracia no estuviera aquí, te tumbaría en el mantel y te haría el amor.

La franqueza de sus palabras sorprendieron a Juliet, a quien se le entrecortó la respiración.

—Matt... dijiste que no querías... que no querías que sucediera nada entre nosotros...

—Ya lo sé, Juliet, sé que te dije eso y, cuando te lo dije, te lo dije en serio, pero, desde entonces, he pensado mucho en ti y en mí, en nosotros, y he decidido que, a lo mejor, no es tan peligroso que nos veamos.

Sí, peligroso, ésa era la palabra que definía la naturaleza explosiva de su relación. Aun así, Juliet también quería creer que podían estar juntos sin sufrir ninguno de los dos.

—¿Quieres que nos veamos?

—¿A ti qué te parece? —contestó Matt sonriendo y volviéndola a besar.

Juliet estaba a punto de pasarle los brazos por el cuello cuando oyó que Gracia la llamaba.

—¡Juliet! —exclamó la pequeña—. ¡Ven, el agua está buenísima! ¡No está fría!

Juliet miró a Matt, que sonrió lentamente.

—Esta hija mía es de lo más oportuna. Será mejor que vayas. De lo contrario, vendrá a buscarte.

—Sí —murmuró Juliet poniéndose en pie—. ¿Y tú qué vas a hacer?

—No te preocupes por mí. Tengo muchas cosas en las que pensar.

Tres días después, Juliet estaba sentada en su despacho, intentando trabajar. Desde el día del picnic, no había podido parar de pensar en Matt. Su cambio de actitud la había dejado anonadada. ¿A qué habría obedecido?

¿Y qué más daban los motivos? Lo que importaba era que Matt confiaba por fin en ella y quería estar con ella. No debía intentar entenderlo todo, los motivos daban igual.

En aquel momento, llamaron a la puerta y apareció el señor Gilbert.

—Madsen, estaba viendo las fotografías que tomaste el otro día en los juzgados y no me gustan porque los obreros están en el suelo y parece que no están haciendo nada. Prefiero que vayas a hacer otras en los que se les vea en los andamios.

—No hay problema, iré esta tarde —le aseguró Juliet, porque los juzgados estaban a apenas dos calles de allí.

—Por cierto, supongo que ya tendrás el artículo sobre los Ketchum casi terminado.

—Sigo investigando —improvisó Juliet.

—¿Investigando? ¡Madsen, llevas dos semanas con esto y no creo que haya tanto que investigar! —exclamó su jefe.

Juliet dejó el bolígrafo que tenía entre las manos sobre la mesa y miró a su jefe a los ojos.

—Yo tampoco creía que iba a necesitar tanto

tiempo, pero, cuando me he puesto con la historia a fondo, ha resultado que ha salido mucha información sobre el matrimonio y quiero leerla toda para poder escribir un buen artículo.

—Has tenido tiempo de sobra, así que quiero el artículo para la próxima semana —le advirtió el señor Gilbert.

Juliet pensó en Matt y en Gracia y sintió náuseas.

—No va a poder ser, voy a necesitar más tiempo —contestó.

—Tengo la sensación de que no tienes intención de escribir ese maldito artículo —comentó el señor Gilbert.

Juliet nunca había sido una periodista sin escrúpulos y no estaba dispuesta a serlo ahora. Por mucho que el señor Gilbert fuera su jefe, tenía principios morales y no estaba dispuesta a saltárselos por nada.

—Estoy intentado tener una perspectiva global de los hechos. No quiero que mi nombre aparezca en un artículo que no sea objetivo y justo.

—No estamos en el *New York Times*, Madsen, por favor —se burló el señor Gilbert—. No pasa nada porque dramatices un poco. Nadie de por aquí va a venir a cuestionarnos ni a investigarnos.

Juliet se quedó mirándolo anonadada.

—Su padre era un hombre muy respetado porque su periódico tenía unos principios éticos muy sólidos y tengo la sensación de que todo el mundo en esta ciudad respeta esta publicación, precisamente, por eso.

Su jefe se rió.

—¿Desde cuándo vende periódicos la ética? Lo que necesitamos es vender para ganar dinero y poder mantener el periódico funcionando.

Juliet estaba segura de que aquel periódico no tenía problemas financieros, lo que hacía que la actitud de su propietario fuera todavía peor.

—Usted haga lo que quiera, señor Gilbert, pero yo no voy a comprometer mi ética por vender más, yo tengo otros principios.

—Qué fácil es decir eso cuando no se está al frente —protestó el señor Gilbert—. Bueno, usted limítese a escribir sobre los Ketchum, Madsen, y procure que sea un buen artículo.

«Algo bueno», pensó Juliet.

Claro, ¿cómo no se le había ocurrido antes?

—Muy bien, señor Gilbert. Haré todo lo que pueda para tener ese artículo para la semana que viene. Le prometo que a los lectores les va a encantar.

—Eso espero porque, de lo contrario, tendremos que hablar de su futuro en este periódico.

Dicho aquello, salió de su despacho. Una vez a solas, Juliet maldijo en silencio a aquel hombre. Menos mal que la retahíla de insultos se vio interrumpida por el teléfono.

—Madsen —contestó.

—¿Juliet?

Juliet dio un respingo.

—Sí, soy yo.

—Pareces sorprendida de oír mi voz —se rió Matt.

—Sí, un poco –admitió Juliet.

El día del picnic, cuando había abandonado el

rancho por la noche, se habían despedido con un apasionado beso, pero Juliet no había contado con que Matt se pusiera en contacto con ella tan pronto.

—No quiero interrumpirte. Sólo te llamaba para preguntarte si te apetece que salgamos a cenar esta noche.

¿Salir a cenar con Matt? Juliet sabía que la invitación al picnic había partido de Gracia, pero esto era algo diferente, algo personal. La idea la hizo temblar. Si fuera una mujer pragmáticas y racional, diría que no, pero no era eso lo que le apetecía hacer, lo que le apetecía hacer era quedar con él.

—¿Juliet? ¿Estás ahí?

—Eh... sí... estaba intentando recordar si tengo algo que hacer después de trabajar, pero creo que no.

—¿Eso significa que quedamos para cenar?

Juliet cerró los ojos y tomó aire.

—Sí —contestó.

A continuación, escuchó un suspiro al otro lado y comprendió que Matt creía que no iba a aceptar su invitación. ¿Acaso no se daba cuenta de que se estaba enamorando perdidamente de él?

—Muy bien, pasaré a buscarte a las siete. Dame tu dirección.

—¿No vamos a cenar en el rancho? —se sorprendió Juliet.

—No, yo había pensado salir por ahí, pero si prefieres cenar en el rancho...

Era evidente que Matt quería que estuvieran

ellos dos solos, sin Gracia ni Cordero ni ningún otro miembro de su familia. La idea hizo que Juliet se estremeciera de placer. Al instante, se dio cuenta de que se estaba adentrando en terreno peligroso, pero ya era demasiado tarde para echarse atrás.

—No, me parece bien que salgamos por ahí —contestó indicándole cómo llegar a su casa.

Tras colgar el teléfono, se echó hacia atrás en su butaca y suspiró.

Capítulo 8

JULIET salió tarde del trabajo y sólo tuvo media ahora para ducharse y cambiarse de ropa. Como no tenía ni idea de adónde la iba a llevar Matt, tuvo que elegir algo que pudiera valer tanto para una cafetería normal y corriente como para un buen restaurante.

Al final, eligió un vestido de algodón de flores con cinturón ancho que le llegaba justo por encima de la rodilla. Para completar el conjunto, se puso unas sandalias de tacón alto, unos aros dorados y un delicado collar de perlas.

Matt llamó a la puerta en el momento en que se estaba terminando de pintar los labios, así que Juliet metió la barra color salmón en el bolso y corrió a abrir la puerta.

A Matt le sorprendió gratamente ver dónde vivía

Juliet. Había imaginado que viviría en un piso que no le acarreara mucho trabajo y descubrir que vivía en una casita llena de flores, con césped y árboles le gustó. Desde luego, no encajaba muy bien con la imagen de una mujer de ciudad, pero se dijo que Juliet debía de haber cambiado en los meses que llevaba en el campo.

O eso quería creer él, quería creer que se encontraba bien allí, quería creer que jamás querría irse.

Sus pensamientos se vieron interrumpidos cuando Juliet abrió la puerta. Cuando la vio y se fijó en su silueta, se preguntó por qué había tardado tanto tiempo en ceder a sus deseos, por qué había luchado por reprimir la atracción que sentía por ella.

—Hola, ya estoy casi lista. Pasa mientras termino.

Al entrar, Matt percibió el dulce perfume de Juliet y le entraron ganas de tomarla entre sus brazos, pero sabía que, en cuanto la tocara estaría perdido, así que se contuvo.

Una vez en el salón, miró a su alrededor.

—No me esperaba que tu casa fuera así —admitió fijándose en la mecedora de madera y en los jarrones llenos de flores.

—¿Y qué te esperabas? —contestó Juliet sonriendo.

—Algo más moderno, espacios diáfanos, muebles de cromo y paredes blancas y negras, ya sabes —contestó Matt tomando una fotografía.

—No soy así, señor Sánchez —sonrió Juliet—. Me gustan los espacios acogedores y hogareños, me gusta estar rodeada de gente y de cosas —contestó Juliet—. Es mi madre conmigo antes de ponerse enferma —le explicó refiriéndose a la fotografía que Matt tenía en la mano.

—Era muy guapa. Como tú.

—Sí, era muy guapa —contestó Juliet—. Por dentro y por fuera. Todos los días pienso en ella y la echo de menos.

Matt dejó la fotografía en su sitio y se giró hacia Juliet.

—Es una pena que nuestras madres hayan muerto. Estoy seguro de que te hubiera caído bien la mía porque era una mujer fuerte y con mucho carácter... como alguien que yo me sé —comentó sonriendo en tono burlón.

Juliet se rió.

—Sí, seguro que me habría caído bien y seguro que habría resultado interesante oírle contar cómo hizo para apañárselas con Cordero y contigo —bromeó—. Voy a cerrar la puerta de atrás y nos vamos —añadió—. ¿O prefieres que nos tomemos una copa aquí antes de irnos?

Matt ya no quería ni tomar copas ni salir a cenar ni nada. Lo único que quería era estar con ella, acostarse con ella. Se sentía como un toro joven.

—No, ya tomaremos algo allí —contestó.

Matt la llevó a un edificio antiguo que estaba situado a las afueras de la ciudad y que había convertido en un restaurante en el que se servía comida mexicana y tradicional. Ambos optaron por comida mexicana y una margarita y, para cuando terminaron de comerse la carne envuelta en tortillas de maíz con frijoles refritos y arroz blanco, Juliet se encontraba cómoda y relajada

Tan cómoda y relajada que apenas se dio cuenta cuando Matt salió del restaurante y tomó la autopista en dirección oeste en lugar de hacia la ciudad.

—¿Adónde vas? Mi casa está hacia el otro lado —comentó.

—He pensado que podríamos ir al rancho a tomarnos el postre porque Cook ha hecho su famoso bizcocho de nueces. Ya verás, está buenísimo.

El rancho estaba a casi media hora, pero Juliet no dijo nada, pues era evidente que eso Matt ya lo sabía. Por lo visto, le sobraba el tiempo y, desde luego, el dinero.

—Muy bien, así veo a Gracia.

—Gracia no va a estar. Se ha ido a dormir a casa de su tía Geraldine —contestó Matt.

—¿Se ha ido a dormir fuera porque tú no ibas a estar?

—No, no ha sido porque se fuera a quedar sola porque, aunque Cordero no está, está Juan —le explicó sonriendo de manera maliciosa—. Si estás pensando en que la he mandado yo para poder estar a solas contigo, te equivocas. Fue idea suya. Lo suele hacer a menudo. Le gusta quedarse con su tía y con su prima de vez en cuando.

Juliet no pudo evitar preguntarse, sin embargo, si la niña no lo habría hecho adrede.

—¿Qué le ha parecido que saliéramos a cenar juntos?

—¿Tú qué crees? Estaba encantada —contestó

Matt—. Supongo que ya te habrás dado cuenta de que quiere que seas su madre.

—No sabía que te hubieras dado cuenta tú —contestó Juliet sorprendida.

—A veces soy lento entendiendo a mi hija, pero esta vez ha sido completamente transparente —contestó Matt encogiéndose de hombros.

Juliet suspiró y miró por la ventana mientras se preguntaba cómo sería su vida siendo la esposa de aquel hombre, compartiendo con él su hogar, su cama y su vida. Desde siempre, había querido formar un hogar y tener una familia, pero, cuanto más lo había buscado, peor le había salido y no quería ni pensar en que Matt fuera a ser otro fracaso en su lista.

—Espero que no te lo hayas tomado mal —comentó—. Gracia es muy pequeña y no entiende que tú no te quieras volver a casar.

Matt no comentó nada. Juliet esperó por si decía algo, pero no fue así. De hecho, permanecieron un rato en silencio y, cuando Matt volvió a hablar, fue de un tema completamente diferente. Para cuando llegaron al rancho, las únicas luces encendidas que había eran las del porche y las del camino de entrada.

A Juliet no le sorprendió que Matt abriera la puerta sin llave, pues el Sandbur era como un pueblo en sí mismo y había perros de seguridad sueltos para evitar que nadie entrara en la propiedad.

—Si quieres, espérame en el salón mientras yo voy a la cocina por el bizcocho —le dijo una vez dentro.

—No, prefiero acompañarte —contestó Juliet.

—Como quieras —contestó Matt guiándola hasta una espaciosa cocina—. Juan suele dejar la cafetera preparada y yo lo único que tengo que hacer es encenderla —añadió haciéndolo.

—Qué maravilla. Debe de ser increíble que una persona te mime tanto. Qué fácil —comentó Juliet.

—Bueno, me levanto a las cuatro de la mañana y no paro de trabajar hasta que se pone el sol, no te creas —contestó Matt sacando dos tazas de un armario.

Mientras lo hacía, Juliet se fijó en su cuerpo, que podría haber sido el cuerpo de un hombre que pasara muchas horas en el gimnasio. En el caso de Matt, estaba segura de que no era así. Él no debía de haber puesto un pie en un sitio de aquéllos en su vida.

—¿En qué te ayudo? Si me dices dónde está el bizcocho, lo voy cortando —le dijo para apartar de su mente aquellos pensamiento.

—Está ahí —contestó Matt señalando la mesa—. Toma —añadió entregándole una paleta de servir.

Juliet procedió a cortar dos pedazos.

—¿Quieres que nos lo tomemos aquí o en el salón? —le preguntó Matt cuando el café estuvo listo.

Juliet miró a su alrededor. La cocina era muy acogedora con sus cortinas rojas, sus armarios de pino y sus botes llenos de cosas.

—Aquí se está muy bien y, además, no tendremos que preocuparnos de las migas.

—En el salón tampoco tendremos que preocuparnos por las migas porque tenemos tres asistentas que se encargan de tener las dos casas como una patena.

Juliet pensó que aquélla era otra enorme diferencia entre ellos y probó el bizcocho de Cook.

—Mmm, está delicioso —comentó sinceramente—. Tenías razón, merecía la pena venir hasta aquí para probarlo.

—¿Y qué me dices de la compañía? —bromeó Matt.

Juliet lo miró y Matt se dio cuenta de que tenía un trozo de azúcar glas en la comisura de los labios. Estaba pensando en rodear la mesa y darle un beso para quitárselo cuando Juliet se lo quitó con la lengua.

—La compañía también está muy bien —le dijo.

—No te debe de resultar difícil perdonar —comentó Matt—. De lo contrario, no estarías aquí sentada.

—¿Por qué dices eso?

—Porque, cuando nos conocimos, me comporté de manera muy desagradable contigo —contestó Matt acariciándole el brazo.

—Sí, fuiste bastante desagradable —recordó Juliet riéndose—. Claro que entonces no me conocías de nada y no confiabas en mí.

—En nuestra familia no podemos ser muy confiados porque, cuando tienes dinero, la gente intenta aprovecharse. Ahora que mi padre está incapacitado, me siento responsable del rancho y de la gente que vive en él –le explicó Matt.

—No hace falta que te justifiques —lo tranquilizó Juliet probando el café.

—Por supuesto que sí —insistió Matt—. Cuando pienso en las cosas que te dije... la verdad es que estuvo muy mal, pero quiero que sepas que ahora... confío en ti porque sé que jamás le harías daño a mi familia.

Las amenazas del señor Gilbert resonaron en la cabeza de Juliet, que no tuvo valor para decirle a Matt que el editor estaba empeñado en escribir un insidioso artículo sobre la familia Ketchum. Al instante, decidió que, cuando su relación se hubiera afianzado un poco, en unos cuantos días, se lo contaría, pero aquella noche era demasiado especial como para estropearla.

—Tienes mi palabra en eso —le aseguró—. Cambiando de tema, desde que estuve aquí por primera vez me llamó la atención esta casa. No se parece en nada a la otra, que es estilo hacienda. Ésta parece sacada de una plantación.

—Sí, mis padres fueron a la vez a Houston y mi madre vio una casa como ésta y le dijo a mi padre que quería una igual, así que, cuando volvieron, mi padre contrató a un arquitecto. En aquel entonces, vivían con Geraldine y con Paul, su marido, en la casa grande, pero eso fue mucho antes de que las hermanas tuvieran cada una sus hijos.

—Qué romántico por parte de tu padre construirle a tu madre la casa que le gustaba. Supongo que la adoraba.

Matt se quedó pensativo.

—Sí, la quería mucho. De hecho, cuando murió mi madre, todos creímos que mi padre se vendría abajo, pero nos sorprendió diciéndonos que a Elizabeth le hubiera gustado que fuera más fuerte que nunca y que no podía defraudarla.

Juliet había oído que había parejas que realmente se querían durante toda la vida, pero siempre había creído que ella no sería de las afortunadas en pasar toda la vida con un hombre con el que pudiera contar en lo bueno y en lo malo.

—¿Qué le pasó a tu madre? —le preguntó con curiosidad.

—Tenía diabetes y la diabetes le ocasionó otras complicaciones. Al final, le falló el corazón. Murió a los cincuenta y seis años y todos nos sentimos robados y enfadados porque era muy joven, pero, transcurrido un tiempo, nos dimos cuenta de que habíamos tenido suerte de poder disfrutar de ella durante aquellos años.

Juliet le apretó la mano.

—Sí, claro que tuvisteis suerte. Mientras te oía hablar de la adoración que tu padre sentía por tu madre, estaba pensando en cómo habría sido mi vida de diferente si mis padres se hubieran querido así. Yo recuerdo a mi madre llorando constantemente y a mi padre dándole la espalda. De pequeña lo odiaba y pronto tuve muy claro que no quería verme jamás en el lugar de mi madre.

—¿Por qué no se separó de él?

—Supongo que, al final, estaba demasiado enferma y débil para hacerlo y, al principio, cuando era joven y estaba sana... la verdad es que no lo sé. Últimamente me ha dado por pensar que estaba enamorada de él y no quería abandonarlo —contestó Juliet suspirando.

—¿Por eso tú no te has casado todavía? ¿Por tu padre?

Aquella pregunta la sorprendió e incluso la molestó porque la hacía pensar en cosas de su vida en las que no le gustaba hacerlo.

—Quizás. Supongo que tengo miedo de casarme con un hombre que no sea adecuado para mí y terminar sufriendo tanto como mi madre —contestó poniéndose en pie para dejar su plato y su taza en el fregadero—. Estuve a punto de casarme una vez, pero no sabía que Michael me engañaba con varias mujeres. Cuando me enteré y rompí el compromiso, él me suplicó que le diera otra oportunidad y me prometió que iba a cambiar. Estuve a punto de hacerlo, pero, entonces, recordé a mi padre prometiéndole exactamente lo mismo a mi madre y eso me dio fuerzas para seguir adelante, romper el compromiso y no mirar atrás.

Matt se puso en pie y fue hacia ella. Juliet sintió que el corazón se le desbocaba cuando le puso la mano en la nuca.

—Me alegro de que no miraras atrás —murmuró Matt.

—¿Me estás diciendo que te alegras de que esté aquí contigo?

—Te he traído a mi casa, así que ya sabes la respuesta a eso.

Juliet se acercó a él y le puso las palmas de las manos en el pecho.

—A veces, me cuesta comprenderte, Matt. Desde el principio, he tenido la impresión de que sigues enamorado de tu esposa.

—¿De dónde te has sacado eso?

—Me dijiste que no querías volverte a casar y yo di por hecho que era porque seguías enamorado de ella.

—Si me estás preguntando si sigo enamorado de Erica, la respuesta es no. Está muerta y no se puede estar enamorado de un recuerdo. Por lo menos, yo no puedo. La recuerdo con amor, pero su muerte lo cambió todo.

—¿Os fue bien mientras estuvisteis juntos? —quiso saber Juliet.

Matt palideció y se apartó y Juliet se preguntó si iba a confiar en ella o no.

—Hubo buenos momentos y otros que no lo fueron tanto —contestó Matt por fin—. Erica era de la Costa Este y eso explica muchas cosas. Nos conocimos en Fort Worth. Yo había ido a una convención de ganaderos y ella estaba allí con un grupo de modelos para hacer un desfile. Estábamos todos alojados en el mismo hotel y nos conocimos en el ascensor. Después de un noviazgo bastante breve, nos casamos al cabo de unos meses. Ella no sabía nada de ranchos ni de la vida rural, pero se esforzó para adaptarse.

—Eso quiere decir que te quería mucho.

Matt, que se había puesto a deambular por la cocina, se paró y la miró.

—Me quería a su manera, pero yo creo que de lo que realmente estaba enamorada era de mi imagen. Ya sabes, el vaquero, el ganadero, el macho mexicano que monta a caballo y se sube encima de los toros. Cuando la conocí, me dieron igual los motivos por los que se sentía atraída por mí. Lo único que me importaba era que era guapa y fascinante y lo único que yo quería era traerla al rancho y tenerla sólo para mí... lo que yo quería hacer era meterla en una jaula de oro para tenerla siempre conmigo.

A Juliet le hubiera gustado acercarse y hacerle una caricia para consolarlo, pero no lo hizo porque quería que siguiera hablándole de aquella mujer que le había dado una hija.

—Lo dices como si casarte con ella hubiera sido un error —comentó frunciendo el ceño.

Matt se encogió de hombros y se giró hacia una ventana.

—No lo sé. Siempre me he sentido culpable de su muerte. Debería haberla vigilado más de cerca.

—Por favor, Matt, que no era una niña para que tuvieras que estar vigilándola constantemente.

—No, pero... Erica hacía muchas cosas a mis espaldas. No estoy diciendo que fueran cosas malas, pero las hacía y esas cosas nos causaron problemas porque yo tenía la sensación de que no podía confiar en ella. Ella no era completamente sincera conmigo, no me lo contaba absolutamente todo. El día en el que se mató, por la mañana, encontré unos billetes de avión para Grecia que había comprado sin decirme nada. Nos enfadados y discutimos y yo le dije que había tirado el dinero porque no pensaba ir con ella.

Juliet no pudo más y se acercó a Matt, que estaba apesadumbrado.

—Oh, Matt, ¿no sería que quería darte una sorpresa?

Matt negó con la cabeza.

—No era la primera vez que lo hacía. De haber sido la primera vez, yo también me lo habría tomado así, pero ya te digo que no era la primera vez. Erica no paraba de hacer cosas a escondidas. En la discusión que tuvimos, le dije que íbamos a tener que tener una conversación muy seria sobre nuestro matrimonio y, luego, me fui porque había quedado con Lex. Mientras estaba fuera, Erica fue a los establos y le pidió a un mozo que le ensillara un caballo que no había montado jamás. Se trataba de un animal con mucho carácter al que yo le había dicho que no se acercara.

—Como tú no estabas, aprovechó para desafiarte —supuso Juliet.

Matt asintió.

—Mi primo y yo la encontramos cuando volvíamos a casa. Yo no podía parar de preguntarme por qué lo había hecho. Evidentemente, para hacerme enfadar. Claro, que a Erica jamás se le pasó por la cabeza que aquella temeridad le fuera a costar la vida.

—Lo siento mucho, Matt —se lamentó Juliet acariciándole el brazo.

—Llevo siete años intentando olvidar, diciéndome que no volveré a confiar en una mujer, pero ahora apareces tú y no me queda más remedio que confiar en ti —le dijo acariciándole la mejilla—. Por que te deseo, Juliet.

Juliet sintió que las rodillas le temblaban. Menos mal que Matt la abrazó.

—Te mentiría si te dijera que yo no te deseo –admitió.

—Cariño —suspiró Matt besándola con pasión—. Te quiero hacer el amor —confesó con solemnidad.

—Yo, también, pero tu hermano...

—Cordero no duerme hoy en casa y Gracia, tampoco —le recordó Matt—. No lo había planeado así, pero confieso que estoy encantado de que estemos solos.

Juliet sintió que el corazón le latía desbocado, pero no dijo nada, se limitó a depositar su mano en la de Matt para permitirle que la guiara.

Capítulo 9

EN un extremo del salón había una escalera que llevaba a los dormitorios. El rellano estaba tenuemente alumbrado. Mientras Matt la conducía de la mano, Juliet percibió el esplendor de la vivienda.

Los suelos de madera barnizada y los pomos de cristal de las puertas le recordaron a Juliet lo diferente que eran, pero sin embargo, sentir la mano de Matt alrededor de la suya se le hacía agradable y correcto.

Al llegar al final del pasillo, Matt abrió una puerta y, a continuación, la cerró con llave tras haber entrado. Saberse en una habitación oscura y privada con él hizo que Juliet sintiera un escalofrío por todo el cuerpo. Para cuando llegaron junto a la cama, temblaba de pies a cabeza y el corazón le latía aceleradamente de manera que le costaba respirar.

—¿Ésta es tu habitación? —murmuró.

—Sí –contestó Matt.

A continuación, se apartó de ella un momento para encender una lamparita que había en un extremo de la habitación. La luz iluminó una enorme cama cubierta por una colcha granate.

A Juliet no le dio tiempo de ver más, pues Matt volvió a su lado, la tomó entre sus brazos y comenzó a besarla. Primero, en la boca y, luego, por el cuello y por los hombros. No pasó mucho tiempo antes de que sus dedos encontraran la cremallera de su vestido.

La prenda cayó al suelo y Matt buscó el cierre del sujetador. En aquel momento, Juliet gimió desesperada y comenzó a desabrocharle la camisa. A partir de entonces, los movimientos de ambos se fueron haciendo cada vez más apresurados y vertiginosos, la ropa fue cayendo al suelo y sobre la cama hasta que los dos estuvieron desnudos y sus cuerpos cayeron sobre el colchón entrelazados.

Mientras Matt la besaba, Juliet le acariciaba la espalda, las caderas y los hombros. Matt tenía la piel suave y caliente.

—Hacía mucho tiempo que te deseaba —comentó Matt mirándola—. Y ahora, cuando por fin te tengo, no sé si va a ser suficiente. No sé si va ser suficiente jamás.

Aquellas palabras llenaron de emoción a Juliet, que se encontró con los ojos humedecidos por las lágrimas. Quería que le dijera que la quería, quería que Matt le prometiera que iban estar juntos para siempre, pero sabía que, de momento, por aquella noche, iba a tener que conformarse con que le hubiera dicho que la deseaba.

—Después de que me besaras en la boda, me pasé una semana diciéndome a mí misma que no me había gustado, pero era mentira porque sabía... estaba segura...

Matt se inclinó sobre ella y comenzó a besarle un pecho.

—¿De qué estabas segura? —murmuró.

Juliet le pasó los dedos por el pelo y le colocó la cabeza sobre su pezón. Cuando la boca de Matt entró en contacto con aquella parte tan sensitiva de su anatomía, suspiró de placer.

—Estaba segura de que... no querrías volver a verme —contestó con la voz tomada por el deseo.

—Eres la mujer más sensual que he visto en mi vida, así que, ¿por qué no iba a querer volver a verte? —se sorprendió Matt explorando el valle que había entre sus pechos.

—Porque me odiabas o, más bien, odiabas lo que creías que era, pero...

—Mira, Juliet, di por ciertas cosas que no lo eran, pero ahora nada de eso importa —la interrumpió Matt poniéndole un dedo sobre los labios—. Me he dado cuenta de que quiero estar contigo y yo creo que tú quieres lo mismo.

Lo había dicho con tanta ternura que Juliet se encontró en una nube de ensueño.

—Oh, sí, Matt, yo quiero lo mismo, quiero estar contigo —murmuró besándolo lenta y dulcemente, intentando expresar lo que sentía su corazón, la increíble necesidad que tenía de él.

En breves instantes, la pasión se había apoderado de ambos y Juliet tenía la respiración entrecortada.

—Espero que estés tomando algún tipo de anticonceptivo porque no tengo preservativos —murmuró Matt—. Tal vez, en la habitación de Cordero...

—No hace falta —contestó Juliet—. Estoy tomando la píldora, así que no te preocupes, pero... ¿no tienes preservativos porque... cuando me dijiste que no tenías trato con mujeres lo decías literalmente?

Matt sonrió.

—Exactamente. Desde que murió Erica, no he estado con ninguna mujer. No he querido estar con ninguna hasta que te conocí a ti.

Juliet se quedó pensativa, asumiendo lo que aquellas palabras significaban tanto para él como para ella y, a continuación, con un gritó de júbilo, se puso de rodillas le pasó y los brazos por el cuello.

—Oh, Matt —murmuró dándole besos por la cara y por el cuello—, quiero que esto sea especial para ti. Te voy a hacer el amor de manera especial.

Dicho aquello, lo empujó suavemente del pecho hasta que Matt se tumbó, se colocó a horcajadas sobre él y se tumbó encima. Al instante, Matt le pasó los brazos por la cintura y le mordió el hombro.

—Ya lo has hecho, cariño.

Aquellas palabras fueron como preciosos diamantes que Juliet atesoró en su corazón y que la ayudaron a tapar la incertidumbre y la soledad que la habían acompañado durante tantos años. Matt la deseaba a ella y a nadie más. Aquello la llenó de una poderosa energía que compartió con él a través de sus besos y de sus caricias.

Sus cuerpos se incendiaron con llamas de pasión y la necesidad se apoderó de sus movimientos. Cuando, por fin, Matt se adentró en su cuerpo, Juliet sintió que se transportaba a un lugar en el que no había imágenes ni sonidos, sólo nubes doradas y un calor delicioso.

Matt no se hartaba de tocarla, no podía parar de besarla ni de acariciarla, de su boca pasaba a sus caderas y a sus muslos, sus dedos exploraron todo su cuerpo y los labios los siguieron hasta que el deseo fue tan intenso que se perdió dentro del cuerpo de Juliet y comenzó a moverse de manera desesperada y frenética, sintiendo que el sudor le resbalaba por la frente y por el pecho.

Oía gritar de placer a Juliet, sentía sus caderas moviéndose al mismo ritmo que él. Intentó controlarse, intentó aguantar, intentó que el fuego que se había desatado entre ambos durara para siempre, pero era imposible controlar la tormenta que se había desencadenado en su interior.

Había bebido de ella, había saciado su alma sedienta y ahora debía devolvérselo en forma de lluvia sagrada.

Pasaron algunos minutos antes de que Juliet se diera cuenta de que había vuelto a la tierra y estaba en la cama de Matt. El peso de su cuerpo la clavaba al colchón y le impedía moverse, pero, aunque hubiera podido hacerlo, no lo habría hecho porque estaba agotada.

Aun así, jamás se había sentido tan feliz ni tan completa. Al cabo de un rato, su respiración volvió a la normalidad. La de Matt, también. Entonces se apartó de ella y se tumbó a su lado.

—Espero no haberte hecho daño —comentó apartándole un mechón de pelo del rostro.

Juliet abrió los ojos y sonrió encantada.

—Me siento de maravilla —comentó poniéndole la mano en el pecho.

Matt suspiró aliviado, la tomó entre sus brazos y la abrazó.

—Yo, también —contestó—. Nunca me he sentido tan bien.

—Entonces, ¿no te arrepientes?

—¿Cómo me iba a arrepentir? —contestó Matt frunciendo el ceño.

Juliet se dio cuenta mientras lo miraba de que aquel hombre se había convertido en alguien muy importante para ella. Todas sus esperanzas y todos sus sueños tenían que ver ahora de alguna manera con él, lo que la hizo rezar para no tener que separarse de él jamás porque lo amaba.

Era imposible negar lo que sentía su corazón.

—No sé, a lo mejor... como ha pasado tanto tiempo, te ha parecido que no he estado a la altura...

—Juliet, cariño, no creo que sea muy buena idea pasarnos la noche haciéndonos preguntas. Yo creo que hay mejores maneras de aprovechar el tiempo que nos queda —comentó Matt volviéndola a besar.

En un abrir y cerrar de ojos, Juliet sintió que el deseo volvía a apoderarse de ella.

—Tienes razón, Matt —declaró abrazándolo con fuerza.

Al día siguiente, tras haber pasado la noche prácticamente en vela, Juliet estaba que no se tenía en pie por la falta de sueño. Aun así, cuando salió de la redacción para ir al Cattle Call, se sentía muy bien y le apetecía bailar y cantar.

—¿Te has cambiado el maquillaje o algo? Estás radiante —le dijo la camarera sacándose el cuaderno y el bolígrafo del delantal.

—No, nada de maquillaje, es que me siento muy bien —contestó Juliet.

Angie miró a su alrededor y, al ver que no tenía ningún cliente esperando, se sentó frente a Juliet.

—Dime qué ha ocurrido y no me digas que nada porque nunca te he visto así —le dijo a su amiga.

Juliet sonrió todavía más.

—Lo siento, pero no te lo puedo contar. Es muy íntimo, pero digamos que se están produciendo cambios en mi vida muy buenos.

Angie puso los ojos en blanco.

—Eso no puede ser más que un hombre. Me voy a empezar a preocupar.

—No me des sermones, Angie. Las mujeres necesitamos a los hombres de vez en cuando. Incluso tú.

—No te digo que no, pero, normalmente, cuando llega un hombre, lo hace con problemas y, luego, cuando se va, es la mujer la que se queda con los problemas.

Juliet se dijo que no debía dejar que la actitud de Angie le influyera.

—Deberías salir más —le dijo—. Por cierto, ¿cómo está Melanie?

Al pensar en su hija, la camarera se apaciguó.

—Está estupenda —contestó encantada—. Por cierto, te quiero volver a dar las gracias por habernos puesto en contacto con la doctora Saddler. Nunca me ha gustado pedir favores, pero...

—Pedir ayuda de vez en cuando es necesario —la interrumpió Juliet—. No tiene nada de malo. Sobre todo, cuando la pides para otra persona.

Angie se quedó pensativa.

—Sí, supongo que tienes razón. Además, la doctora Saddler es un encanto. No me ha hecho sentirme inferior en ningún momento y eso me ha sorprendido, te lo confieso porque creía que, viniendo de donde viene, de esa familia tan rica del Sandbur, me iba a mirar por encima del hombro, pero no ha sido así. A lo mejor, es cierto que son gente normal y corriente.

Juliet pensó que no, que Matt no era un hombre normal y corriente. Aunque no tuviera dinero, para ella, sería especial.

Aquella mañana, a primera hora, antes de que el rancho se pusiera en funcionamiento, la había llevado a casa. Aunque habían dormido los dos solos en la casa, era evidente que Matt había querido proteger su reputación sacándola del rancho antes de que los vaqueros la vieran. Aquel hombre era todo un caballero. Al acordarse de él, Juliet no pudo evitar sonreír. Qué ironía. Cuando lo había conocido, le había parecido un canalla. Era increíble cómo había cambiado la opinión que tenía sobre él.

—Las Saddler y los Sánchez son gente normal y corriente, pero no son como nosotras, Angie.

—Supongo que tienes razón —contestó la camarera poniéndose en pie—. Tengo que volver a trabajar. ¿Qué quieres? ¿Una ensalada?

—No, quiero una hamburguesa bien grande y grasienta como mucho peso y patatas fritas.

—¿Te has vuelto loca?

—No, es que no he desayunado y estoy muerta de hambre —contestó Juliet chasqueando la lengua.

—Sé que te pasa algo y, tarde o temprano, terminarás contándomelo —comentó Angie sacudiendo la cabeza antes de irse.

Lo único que le pasaba a Juliet era que se moría por volver a ver Matt, pero, cuando la había dejado aquella mañana en casa, no había dicho que la fuera a llamar y no había hablado tampoco de la próxima vez que se verían.

En cualquier caso, Juliet suponía que no iba a pasar mucho tiempo. Si lo que él sentía se parecía mínimamente a lo que ella sentía por él, lo vería pronto.

Aquella misma tarde, Matt se encontraba en una de las cuadras recogiendo el equipo de vacunación cuando entró su primo Lex.

—Ah, estás aquí, te estaba buscando por todas partes —le dijo—. ¿Qué haces aquí? Creía que habíamos quedado para ir a caballo a la sección cinco a buscar al rebaño. Williamson, el comprador de Clovis, me ha estado llamando y le tengo que mandar algo para que se calle.

—Se me había olvidado —contestó Matt—. Les he dicho a los chicos que nos íbamos a quedar trabajando aquí. Quiero sacar a los toros a los pastos cuanto antes porque han perdido peso —añadió guardando lo que le quedaba y mirando a su primo.

—Madre mía, qué mal aspecto tienes –comentó Lex.

—Gracias, tú siempre tan encantador —contestó Matt con sarcasmo.

—¿Qué te pasa? ¿No has dormido? —se extrañó su primo—. Sí, ahora lo entiendo todo. Gracia se quedó ayer a dormir en casa y dijo que habías quedado con la periodista. ¿Qué tal te fue? Parece que no muy bien.

—No es asunto tuyo, pero te diré que me fue bien, muy bien —contestó Matt cerrando la bolsa en la que había guardado el equipo.

—Ahora lo entiendo todo.

—Lex, te advierto que, si no mantienes la boca cerrada, te vas a encontrar tragando barro.

Lex chasqueó la lengua y, en aquel momento, sonó el teléfono móvil de Matt.

—¿Diga?

—Matt, soy Geraldine, no te quiero entretener, te llamaba solamente para invitarte a cenar esta noche. Nicci va a llegar pronto a casa del trabajo por una vez y queríamos… habíamos pensado que, a lo mejor, te apetecía venir a cenar con Juliet.

¿Su tía estaba intentando emparejarlo? Aquello era de risa. Si supiera que ya se había emparejado él solito con Juliet.

—Geraldine, Juliet y yo ya cenamos juntos ayer. Seguro que Gracia ya te lo habrá dicho.

—Sí, claro que me lo ha dicho, pero no creo que pase nada porque os veáis dos noches seguidas, ¿no? Además, Juliet tendrá que cenar en algún sitio y Cook está preparando costillas asadas.

—¿Tu hijo va a estar? —le preguntó a su tía mirando a Lex.

—No lo sé, pregúntaselo a él.

—Está bien —murmuró Matt—. Cuenta con nosotros. Siempre y cuando Juliet pueda venir, claro.

—Seguro que la convences. Bueno, nos vemos a las siete —se despidió Geraldine—. Ah, y no te preocupes por Gracia porque se va volver a quedar a dormir aquí.

Evidentemente, su familia tramaba algo. Matt se dijo que no debería sentirse molesto porque, en realidad, estaban todos de acuerdo, pues él lo único que quería era pasar todo el tiempo posible con Juliet.

—Está bien, Geraldine, nos vemos esta noche —se despidió Matt colgando el teléfono y guardándoselo de nuevo en el bolsillo de la camisa.

—Fuera de bromas, Matt, quiero que seas feliz, siempre lo he querido y espero que esta mujer sea lo que tú necesitas —le dijo su primo poniéndose serio.

—No lo sé, Lex. Yo no tenía intención de que esto sucediera, pero ha sucedido y lo cierto es que me gusta mucho Juliet —admitió—. No sé si es la persona adecuada para mí o no. Espero que sí.

—Seguro que sí. Venga, vamos a trabajar un rato —lo animó su primo.

Aquella misma noche, mientras oscurecía, Juliet se encontró de nuevo en la furgoneta de Matt rumbo al Sandbur. Una hora antes, estaba llegando a casa para prepararse algo de cenar cuando sonó el teléfono. Era Matt para invitarla a cenar. Aquello la había sorprendido mucho porque no esperaba que la llamara tan pronto.

Por supuesto, se había apresurado a aceptar la invitación. Juliet no tenía intención de darle largas ni de jugar a cosas extrañas para hacerse la dura.

Después de lo que había ocurrido la noche anterior, era completamente ridículo esconder que le apetecía volver a verlo. Lo que habían compartido había sido tan fuerte que no hacía falta andarse con rodeos.

—Admito que me ha sorprendido que me llamaras —comentó mirándolo.

—Lo cierto es que ni iba a llamarte porque suponía que estarías cansada, pero digamos que la tía Geraldine quería que viniéramos a cenar con ellos —contestó Matt sonriendo.

Era cierto que Juliet estaba cansada. Apenas había dormido tres horas y le dolía el cuerpo, pero no le importaba. Le bastaba con mirar a Matt para sentirse llena de vida y de fuerza. Sabía que aquella noche iban a cenar con otras personas y que todavía iba a pasar un buen rato hasta que pudieran estar a solas de nuevo.

—Me alegro de que nos haya invitado —comentó Juliet—. ¿Te invita a su casa muy a menudo?

—Tres o cuatro veces al mes —contestó Matt encogiéndose de hombros—. Así, Lex y yo, y a veces también Cordero, tenemos oportunidad de hablar del rancho. A Geraldine le encanta tener gente alrededor y, como Nicci está muy ocupada en la clínica y su hija pequeña, Mercedes, está en el ejército, se tiene que conformar con nosotros.

Juliet sonrió y miró por la ventana.

—Seguro que sois buena compañía y que se lo pasa bien con vosotros. Por cierto, ¿de que murió su marido?

—¿Paul? —contestó Matt frunciendo el ceño—. Se mató en un accidente en el mar cerca de Corpus, había salido a navegar con unos amigos del trabajo, de cuando estaba en Coastal Oil, y se cayó por la borda. Para cuando se dieron cuenta, y volvieron por él, se lo había tragado el mar.

—¿Encontraron el cadáver? —se sobresaltó Juliet.

—Sí —se extrañó Matt—. ¿Por qué me lo preguntas?

Juliet se dio cuenta de que debía de haber parecido una abogada o, todavía peor, una periodista cotilla.

—Perdón por la pregunta, pero estoy acostumbrada a asimilar hechos y hay algo en esa historia que me parece sospechoso.

Matt la miró con admiración.

—Desde luego, eres rápida e inteligente. Geraldine siempre ha creído que la muerte de su marido no fue tan sencilla como le dijo la policía.

—¿Le hicieron autopsia?

—Sí, el forense nos dijo que, por lo visto, a Paul le había dado un ataque al corazón y que, por eso, se cayó al agua, pero mi tío nunca había tenido dolencias cardiacas, se hacía chequeos periódicamente, no fumaba y hacía ejercicio, así que no tiene sentido pensar que le diera un ataque al corazón. Claro que ya sabes que Dios decide cuándo ha llegado la hora de cada uno.

Juliet volvió a pensar en Geraldine e intentó imaginarse la terrible pérdida que había sufrido. Si a Matt le sucediera algo de repente y la vida se lo arrebatara, no sabía qué haría. Seguramente, no podría sobrevivir sin él.

—Sí, tienes razón, pero, a veces, también hay personas diabólicas que intervienen en la muerte de otras —contestó Juliet intentando apartar aquellos pensamientos tan desagradables de su mente.

—Geraldine cree que es extraño que dos de los amigos de su marido se hicieran millonarios un poco después vendiendo las acciones que tenían en la petrolera. Hubo rumores de que había habido tráfico de influencias, pero no se pudo demostrar nunca nada y la muerte de mi tío quedó clasificada como accidente.

—¿Cómo? —se sorprendió Juliet—. Deberíais haber contratado a un buen detective privado. Geraldine...

—Estaba preocupada —la interrumpió Matt—. Nos contó que su marido llevaba un tiempo comportándose de manera muy extraña. Parecía muy distraído. Ella había comenzado a pensar que estaba viéndose con otra mujer, pero, cuando murió de manera tan sospechosa, comenzó a temer que hubiera sido por algo que tenía que ver con la empresa. Mi tía estaba convencida de que su marido era un hombre sincero y honrado, pero hacía un tiempo que no le contaba absolutamente nada y aquello la hizo sospechar y preocuparse. Por eso, después de su muerte, decidió que lo mejor era no remover lo que hubiera sucedido.

—Lo entiendo. Su marido había muerto y lo único que le quedaban de él eran recuerdos bonitos y no quería perderlos.

Matt la miró con ternura.

—Ahora estás pensando como una mujer y no como una reportera.

Juliet alargó el brazo y le acarició la mano.

—La mujer que hay en mí siempre gana, Matt, no lo olvides.

—No lo olvidaré, cariño.

Capítulo 10

UNOS minutos después, llegaron a casa de los Saddler. A Juliet, le pareció que la casa estaba exactamente igual que el día de la boda. La única diferencia era que el salón tenía muebles, no los habían quitado para bailar, y que ahora no había grupos de gente charlando y riéndose por todas partes.

Geraldine en persona los recibió en la puerta principal y, mientras los guiaba hacia el salón, Juliet se maravilló al ver que había flores frescas por todas partes, al fijase en los preciosos muebles antiguos y en las fotografías y en los cuadros que colgaban de las paredes.

Todo lo que había en aquella casa exudaba carácter e historia. Era evidente que Geraldine estaba orgullosa de su linaje. No era de extrañar que no quisiera rebuscar en los motivos de la extraña muerte de su marido ni de su abuelo. Seguro que no le haría ninguna gracia que la imagen de su familia se viera empañada y, menos, para aumentar las ventas de un periódico.

Juliet no quería pensar en aquella cuestión. Amaba a Matt y su familia se estaba convirtiendo también en la suya. Junto a ellos estaba encontrando lo que siempre había ansiado tener.

¿Qué les parecería a Matt y a Geraldine que escribiera un artículo sobre sus antepasados aunque fuera con buenas palabras? ¿Se enfadarían con ella? Juliet se dijo que tenía que hacer las cosas bien. De lo contrario, perdería todo lo que era importante para ella.

Gracia y Lex los estaban esperando en el salón y Nicci apareció a los pocos minutos. Cook sirvió a los adultos unas margaritas bastante fuertes en copas aflautadas y la niña se tomó un refresco con hielo.

A Juliet le sorprendió verla vestida con una minifalda y una camiseta de tirantes. Gracia llevaba el pelo recogido en una trenza y parecía mucho más madura que la niña que ella había conocido el día de la boda. También parecía mucho más feliz y Juliet esperaba sinceramente ser razón en parte de la sonrisa que brillaba en su rostro.

Matt parecía muy cómodo sentado junto a Juliet en presencia de su familia y lo demostró tomándola de la mano a menudo y mirándola. Cada vez que lo hacía, Juliet sentía el deseo que sentía por ella. Juliet sabía que, cuando estuvieran a solas, pasarían la noche haciendo el amor y aquella idea le hacía difícil poder concentrarse en las conversaciones con los demás.

—Ahora que la casa no está llena de invitados, veo que es preciosa —le dijo a Geraldine.

—Gracias, Juliet —contestó la aludida—. Cuando terminemos de cenar, Matt te la puede enseñar. De pequeño, vivió aquí, así que la conoce muy bien.

—¿Cómo fue la experiencia de vivir con tu hermana y tu cuñado? —le pregunto Juliet.

—Fue maravilloso —contestó Geraldine riéndose—. Fueron unos años estupendos. Liz y yo éramos muy jóvenes y teníamos mucha energía. Y la necesitábamos para hacernos cargo de nuestros hijos y ayudar, además, con ciertas cosas del rancho. Por motivos de trabajo, mi marido tenía que dar muchas cenas y muchas fiestas, así que yo me pasaba el día recibiendo ejecutivos en casa —añadió mirando a Matt—. Al padre de Matt no le hacía ninguna gracia todo aquello de tener que socializar y siempre encontraba alguna excusa para quedarse en las cuadras hasta que se habían ido los invitados.

—Ahora sabemos por qué Matt es también tan antisocial —bromeó Nicci.

—No soy antisocial —se defendió Matt—. Es que me gustan las cosas tranquilas.

—Sí, tan tranquilas como tumbas —comentó Lex.

Todos se rieron.

—La tía Geraldine dice que papá era muy travieso de pequeño, pero él no quiere contarme nada —comentó Gracia.

—Bueno, yo te puedo contar que éramos todos bastante traviesos —le dijo Nicci—. De hecho, me sorprende que la casa sobreviviera porque nos pasábamos el día corriendo de arriba abajo de las escaleras, patinando y tirándonos por la balaustrada. Solíamos hacer experimentos en la cocina y una vez terminó explotando el colorante amarillo, manchando todas las paredes y el suelo. Otra vez, cuando teníamos diez u once años, Matt se trajo su lazo y lo ató al pomo de la puerta de mi habitación para que no pudiera salir.

—Así que era un vaquero ya de pequeño —comentó Juliet mirando a Matt, que sonreía divertido.

—De siempre —contestó Geraldine—. Mi hermana tenía que bajarlo, literalmente, del caballo para que hiciera los deberes.

—¿Y yo qué, hermanita? —protestó Lex—. No le has contado a Juliet que, cuando Matt te encerró en tu habitación aquella vez, fui yo el que te sacó. Tuve que cortar su lazo con mi cuchillo de campo y Matt se enfadó mucho.

—Sí, tanto que terminaste con un ojo morado —recordó Nicci riéndose.

La charla y las risas continuaron hasta que Cook anunció que la cena estaba lista. Entonces los allí reunidos se trasladaron al comedor. Matt agarró a Juliet de la cintura y ella se lo agradeció, pues aquel gesto la hacía sentirse acompañada y conectada con él de una manera especial.

Cuando llegaron al comedor, Gracia le indicó que se sentara junto Matt y ella se sentó enfrente.

El comedor era una estancia muy grande de ventanales muy amplios en el que había una mesa enorme que estaba cubierta por un mantel rojo y una vajilla mexicana muy colorida. Una hora después, los comensales habían dado buena cuenta de la cena y Lex fue el primero en anunciar que se tenía que ir.

—Gracias por la cena mamá, me ha encantado, pero tengo que hacer varias llamadas antes de acostarme —se disculpó poniéndose en pie—. Juliet, me alegro mucho de que hayas venido a cenar. Ha sido un placer disfrutar de tu compañía. Espero que vuelvas pronto.

—Gracias —murmuró Juliet.

—Yo también me voy a ir porque tengo unos cuantos expedientes médicos que leer —dijo Nicci poniéndose en pie también.

—Pues nosotros nos vamos a ir también —anunció Matt mirando a Juliet.

—Pero si no le has enseñado la casa a Juliet —protestó Geraldine.

—Me tengo que levantar a las cuatro de la mañana y Juliet también tiene que trabajar, así que ya se la enseñaré otro día —le dijo Matt.

—Está bien —contestó su tía muy sonriente—. Así, tenemos excusa para que vuelva a cenar en otra ocasión.

Juliet asintió, dio las gracias por la cena y por la hospitalidad y se puso en pie.

—Si no te importa esperarme un par de minutos, me gustaría ir a la cocina para decirle a Cook que me ha encantado la cena —le dijo.

—Por supuesto, te espero en el porche.

—Te acompaño —le dijo Gracia a Juliet poniéndose en pie a toda velocidad, tomándola de la mano y sacándola del comedor—. Supongo que sabes ir a la cocina tú sola, pero quería hablar contigo sin que me oyera mi padre —le dijo una vez a solas en el pasillo.

—¿Te pasa algo? —le dijo Juliet algo preocupada.

—No, todo lo contrario. ¡Estoy fenomenal! Lo que quería decirte es que le gustas a mi padre, le gustas mucho. Me he dado cuenta.

—Bueno, cariño, lo cierto es que tu padre y yo cada vez nos llevamos mejor —contestó Juliet sonriendo prudentemente.

Gracia suspiró de alegría y esperanza.

—Oh, Juliet, ¿no sería maravilloso que te convirtieras en mi madre?

—Gracia, escúchame bien, para mí sería un gran honor ser tu madre porque eres todo lo que yo podría desear en una hija, pero esto no depende ni de ti ni de mí. Tu padre también tiene algo que decir en el asunto. Además, deberíamos pensar en cómo cambiaría nuestras vidas si nos convirtiéramos en una familia.

Gracia abrió la boca para protestar, pero se lo pensó mejor y sonrió.

—Supongo que tienes razón, pero no quiero ser vieja cuando papá se decida a casarse. Te quiero como madre ahora.

Ver que Gracia la quería tanto hizo que a Juliet se le nublara la vista a causa de las lágrimas y, sin dudarlo, abrazó a la adolescente.

—Gracia, a ti no te gustaría que tu padre eligiera a tu novio, ¿verdad?

—¡No, claro que no! —exclamó la niña—. Prefiero hacerlo yo.

—Pues a él le pasa lo mismo, así que ten paciencia. Mientras tanto, nos veremos todo lo que podamos, ¿de acuerdo?

Gracia se puso seria y asintió, le pasó los brazos a Juliet por el cuello y la abrazó con fuerza.

—Te quiero mucho, Juliet, haga mi padre lo que haga.

Juliet tragó saliva emocionada.

—Yo también te quiero mucho. Pase lo que pase.

Unos minutos después, Juliet y Matt abandonaron el rancho. El trayecto de vuelta a la ciudad transcurrió prácticamente en silencio. Juliet intentó conversar en varias ocasiones, pero Matt estaba muy callado. Para cuando llegaron a su casa, temía que estuviera enfadado por algo.

—Has estado muy callado —le dijo mientras Matt aparcaba el coche frente a su casa—. ¿Te pasa algo?

—No, es que estaba pensando en la cena de hoy en el rancho.

Juliet vio que estaba muy serio y pensativo.

—Me ha resultado muy agradable que hayas ido conmigo. No me había dado cuenta de lo mucho que echaba de menos tener a alguien con el que poder compartir las cosas —suspiró tomándola

de la mano—. Lex llevaba mucho tiempo diciéndome que estaba muerto y supongo que tenía razón. Ahora comprendo que me había vuelto un ermitaño —añadió—. Tú me has hecho ver cosas a
las que no me quería enfrentar, Juliet, y ahora... la
verdad es que me haces sentirme como un hombre
nuevo.

Juliet se quedó mirándolo sorprendida y sintió
que el corazón le daba un vuelco. Sin pensarlo, le
pasó los brazos por el cuello y lo besó.

—Oh, Matt, tú también me haces sentirme una
persona nueva. Nueva y feliz.

Matt le tomó el rostro entre las manos y la besó
lenta y suavemente.

—Vas a entrar, ¿verdad? —le preguntó Juliet
presa del deseo.

Matt le acarició el pelo y Juliet le besó la palma
de la mano.

—No debería hacerlo porque no hemos dormido nada esta noche y los dos tenemos que trabajar
mañana, pero no me puedo resistir a ti —murmuró.

Juliet volvió a besarlo en la boca antes de col-
garse el bolso del hombro y salir del coche. Matt la
siguió hasta la puerta de su casa. Juliet abrió con
las llaves y, una vez dentro, ni se molestó en encender la luz, agarró a Matt de la mano y lo llevó
hasta su dormitorio, situado en la parte trasera de
la casa.

La única iluminación que había en la estancia
era la que procedía del despertador digital que había sobre la mesilla de noche, pero fue suficiente
para encontrar el camino hasta la cama.

Después de eso, no necesitaron luz para desnudarse el uno al otro y para tumbarse la cama.

—Eres el primer hombre que entra en esta casa
—le dijo Juliet.

—Querrás decir, el primer hombre que está en
este dormitorio contigo —contestó Matt sorprendido.

—No, el primer hombre al que invito a esta
casa —lo corrigió Juliet—. No he salido con ningún hombre desde que estoy aquí. Supongo que
yo también me había convertido en una ermitaña.
No quería volver a salir con ningún hombre porque no quería volver a sufrir —confesó acarician-
dole las mejillas—. Por favor, no me hagas daño,
Matt, es lo único que te pido.

—No, cariño, claro que no —le prometió Matt—.
No te preocupes por eso. Entre tú y yo jamás habrá
sufrimiento porque tenemos cosas mucho mejores
que hacer.

Juliet estaba de acuerdo. Estaba enamorada de
aquel hombre y lo único que quería era confiar con
él y entregarle su corazón.

—Tienes razón, Matt —admitió—. Llevo toda
la noche pensando en acostarme contigo. Supongo
que estoy hecha una fresca, ¿verdad?

—Sin duda —contestó Matt chasqueando la
lengua.

Juliet se rió y Matt comenzó a acariciarla. La
noche anterior, en el rancho, la urgencia los había
llevado hacer el amor de manera casi frenética,
pero esta noche Matt parecía más dispuesto a hacer
las cosas con lentitud, como demostró acariciando

a Juliet tomándose su tiempo para explorar, encontrando lugares de su cuerpo que le hicieron gemir de necesidad y suspirar de placer, murmurando palabras de adoración en sus oídos, besándola por la frente, las mejillas y los labios y concentrándose, a continuación, en sus pechos.

Cada uno de ellos recibió las delicadas caricias de su lengua húmeda y las atenciones de sus dientes hasta que Juliet se encontró arqueando la espalda de deseo, aferrándose a los hombros de Matt con fuerza y dejándose llevar por las oleadas del orgasmo.

—Matt, Matt, no voy a aguantar más —jadeó.

—Sí, claro que sí vas a aguantar, no hemos hecho más que empezar.

Dicho aquello, abandonó sus pechos y bajó por su tripa hasta colocarse entre sus muslos. Una vez allí, deslizó una mano entre los delicados pliegues de su feminidad e introdujo un dedo en el interior de su cuerpo.

Juliet sintió que un gemido desesperado y gutural se le formaba en la garganta mientras sentía que perdía el control. Intentó aguantar y disfrutar de las caricias y de los besos, pero el placer era demasiado intenso y comenzó a gritar, momento que Matt eligió para comenzar a acariciarla con la lengua.

Aquel contacto tan increíblemente íntimo hizo que Juliet se encontrara al borde del orgasmo, lo que la llevó a arquear la espalda y a apretarse contra él mientras sentía que todo su cuerpo estallaba de placer.

Matt sintió que también quería dejarse llevar,

esperó a que Juliet hubiera recuperado el aliento y, entonces, la penetró. Al sentir su humedad caliente envolviéndolo como el terciopelo y las caderas de Juliet moviéndose al unísono con él, comprendió que Juliet estaba lista para otro orgasmo.

Intentó que su acoplamiento durara todo lo posible, que el éxtasis no disminuyera, pero pronto se encontró aferrándose a sus caderas, sembrando en ella su semilla, su corazón y su alma.

El encuentro había sido tan intenso que pasaron varios minutos hasta que ambos recuperaron el ritmo de respiración normal. Desnudos y abrazados, Juliet descansó la cabeza sobre el hombro de Matt y le pasó el brazo sobre el pecho.

—No te vas a ir, ¿verdad? —le preguntó.

—No —contestó Matt acariciándole el pelo—. Duerme, cariño.

Juliet no quería dormirse, quería saborear el estar tan cerca de aquel hombre al que tanto amaba, pero estaba tan cansada que no pudo evitar quedarse dormida. Y no se despertó hasta que amaneció y los primeros rayos del sol entraron por la ventana.

Cuando abrió los ojos, no vio a Matt, pero percibió el aroma del café recién hecho que llegaba desde la cocina. Estaba peinándose con los dedos un poco e intentando reunir fuerzas para levantarse de la cama cuando Matt apareció en la habitación con una taza de café humeante.

—No sé cómo me habrá salido porque tu cafetera no es automática —comentó sonriendo con inocencia y entregándole la taza.

Juliet se fijó en él, que sólo llevaba puestos los

vaqueros, y se dijo que, en lugar de tomarse el café, preferiría comérselo a él, pero Matt le estaba ofreciendo una taza de café y debía aceptarla, así que se llevó el líquido a los labios y lo probó. Estaba rico y fuerte, como él.

—Supongo que Juan se estará preguntando por qué no has bajado a desayunar hoy —comentó—. Suponía que, cuando me despertara, te habrías ido.

—Estás preciosa recién levantada —contestó Matt acariciándole el rostro.

—No digas tonterías, seguro que tengo un aspecto espantoso —contestó Juliet sonrojándose.

—No sé si Juan se habrá percatado de mi ausencia, pero lo que sí que te puedo asegurar es que Lex me matará si no vuelvo pronto a casa porque tenemos que hacer un montón de cosas y ya llego tarde —dijo Matt poniéndose la camisa.

Juliet miró el reloj y comprobó que tenía cuarenta minutos para ducharse, vestirse y llegar a la redacción. Sabía que, si se daba prisa, podía hacerlo todo en un cuarto de hora. Así, tendría el resto del tiempo para estar con él.

—¿Quieres que prepare algo de desayunar? —le preguntó.

—Lo siento, me encantaría, pero me tengo que ir —contestó Matt.

Juliet había decidido que no podía seguir retrasando el hablar con Matt sobre el artículo que el señor Gilbert quería que escribiera, quería contárselo todo antes de que su relación fuera más seria.

—Lo entiendo, pero... verás, quiero hablar contigo de una cosa muy importante —le dijo agarrándolo de la mano y entrelazando los dedos con los suyos—. Había pensado que podríamos hablar mientras desayunábamos.

—Si es algo muy importante para ti, será mejor que esperemos a una ocasión en la que no tengamos prisa, ¿no te parece?

Juliet asintió. Matt tenía razón, pues explicarle la situación que tenía en el trabajo no iba a ser fácil y le iba a llevar su tiempo. Sobre todo, porque quería que Matt lo entendiera bien.

—Tienes razón, puede esperar —le dijo.

Matt la miró aliviado, pero, de repente, frunció el ceño.

—Juliet, no será algo sobre nosotros, ¿verdad? ¿Has cambiado de opinión y ya no quieres estar conmigo?

—Oh, Matt, claro que no —contestó Juliet ocultando su rostro en la curva de su cuello—. Estoy muy contenta de estar contigo, eres lo mejor que me ha sucedido en la vida —añadió tragando saliva y mirándolo a los ojos.

—Escucharte decir eso me hace feliz —dijo Matt sonriendo de nuevo.

A continuación, la besó en los labios, se puso en pie y se metió la camisa en los vaqueros.

—Te acompaño hasta la puerta —anunció Juliet envolviéndose en una sábana.

Matt la dejó pasar para salir de la habitación y la besó lánguidamente en la puerta de su casa. A continuación, se fue. Juliet lo observó mientras se subía en su furgoneta y se alejaba, pero, en cuanto volvió al dormitorio en el que habían compartido aquella noche de intimidad, su mente comenzó a llenarse de dudas.

Matt parecía una persona recién despertada de un profundo sueño, no dudaba de que gracias a ella había vuelto a la vida porque, desde luego, Matt parecía muy interesado en revivir su vida sexual, pero eso no quería decir que la amara.

Y aunque la amara, si ella escribiera el artículo sobre los Ketchum, ¿cambiaría lo que sentía por ella? Desgraciadamente, la respuesta a esa pregunta iba a tener que esperar hasta que se volvieran a ver.

Capítulo 11

MINGO Sánchez dibujó ante sí con las manos la silueta de una mujer con curvas y miró a su hijo Matt.

Lo normal era que Gracia acudiera a ver a su abuelo para leerle la Biblia, pero aquella tarde la niña había vuelto del colegio algo resfriada y Matt había decidido ir él a leerle la Biblia a su padre.

Así que Mingo había escuchado a su hijo mayor hablarle sobre las desgracias de Job, pero, al cabo de veinte minutos, había decidido que ya había oído suficiente sobre juicios y tribulaciones.

—¿Te refieres a Juliet Madsen? —contestó Matt enarcando una ceja.

Su padre sonrió y asintió desde su silla de ruedas y, a continuación, tomó el cuaderno y el lapicero que tenía en el regazo. Haciendo un gran esfuerzo escribió una palabra.

Cita.

Matt la leyó en voz alta y su padre sonrió y lo señaló. El significado estaba muy claro.

—Sí, Juliet y yo hemos quedado varias veces —contestó Matt—. Supongo que eso te gusta, ¿verdad?

Mingo asintió y volvió a escribir.

Amor.

Matt se sorprendió ante la pregunta de su padre. Aunque lo cierto era que a Mingo siempre le había gustado tomarles el pelo a sus hijos sobre las mujeres y el sexo, cuando la cosa se había puesto seria, jamás había hecho preguntas y siempre se había guardado su opinión a menos que sus hijos le hubieran pedido consejo. A Matt lo sorprendió que su padre rompiera aquella norma.

—¿Me estás preguntando que si la quiero? Papá, es muy pronto para esas cosas. De momento, me gusta mucho, que ya es un buen principio, ¿no te parece?

Sin embargo, Matt se dio cuenta mientras contestaba a la pregunta de su padre de que lo que sentía por Juliet era bastante fuerte, era más que una simple atracción. ¿Pero amor? No quería plantearse que su corazón estuviera tan comprometido en tan poco tiempo, pero se preguntó si la desesperada necesidad que sentía por aquella mujer sería amor.

Habían pasado tres días desde que se había despedido de ella en su casa y estaba desesperado por volver a verla.

Su padre frunció el ceño y Matt suspiró.

—Papá, no debo saltar al fuego inmediatamente. Primero, tengo que recapacitar si voy a poder aguantar el calor.

Mingo puso los ojos en blanco y Matt se dio cuenta de que no le iba a engañar a él ni a su padre. Ya había saltado al fuego.

—Está bien —accedió—. Estoy loco por ella, pero no sé si lo que siento es amor y tú tampoco lo sabes.

Su padre lo miró disgustado y a Matt le dieron ganas de irse, pero no lo hizo porque sabía que Mingo lo necesitaba y él también necesitaba a su padre, así que suspiró, se puso en pie y dejó la Biblia junto a la cama de su padre, a su alcance.

Cuando volvió, vio que su padre le quería decir otra cosa. Mingo se señaló la alianza de boda que llevaba en el dedo y cruzó los brazos e hizo un movimiento que recordaba a una persona acunando a un bebé.

—¿Casarnos? ¿Tener hijos? —se sorprendió Matt—. ¡Papá, por favor! Tengo casi cuarenta años. Es demasiado tarde para mí.

La respuesta de Matt enfureció a Mingo, que le hizo un gesto para que se fuera.

—Sí, me voy, pero tenemos que hablar de las pruebas que te van a hacer la próxima semana —contestó Matt aproximándose a su padre—. ¿Sigues queriendo ir a Houston? ¿Estás dispuesto a que los médicos y las enfermeras te hagan todo tipo de perrerías?

Mingo apretó los labios y asintió.

—¿Y si nos dicen que no pueden hacer nada? No quiero que caigas en una depresión y, si decidieran operarte, podría ser peligroso, muy peligroso —le advirtió Matt.

La idea de perder a su padre lo aterrorizaba.

Mingo miró a su hijo a los ojos y volvió a escribir.

Mírame.

Matt así lo hizo y sintió que se le rompía el corazón. Su padre tenía una pierna y un brazo tan débiles que apenas le servían para nada y no podía hablar ni comer. Matt entendió que su padre no quería seguir viviendo así y comprendió qué injusto por su parte era pedirle que se quedara allí sentadito sin hacer nada.

Con una con un nudo en la garganta, le apretó los hombros.

—Tienes razón, papá, yo tampoco te quiero ver así, pero soy egoísta porque tengo miedo de perderte.

Mingo sonrió y le acarició la mano para, a continuación, escribir una última palabra.

Fe.

Sí, cuántas veces se había dicho Matt a sí mismo que debía tener fe, pero aquella palabra se había reído de él muchas veces. Si aquella palabra lo iba a ayudar a ser feliz, desde luego, se estaba tomando su tiempo.

Tras salir de la residencia de su padre, Matt decidido pasarse por el periódico para ver si Juliet todavía estaba por allí.

Llevaba tres días buscando el momento de llamarla, pero habían ido surgiendo cosas en el rancho que lo habían mantenido muy ocupado hasta altas horas de la noche. Sin embargo, ese día estaba decidido a verla y hablar con ella aunque eso significara tener que ir a su casa.

Quería invitarla a que lo acompañara a Houston a llevar a su padre la siguiente semana. No sabía si iba a poder faltar tanto al trabajo, pero necesitaba que fuera con él, necesitaba su apoyo y estaba dispuesto a pedírselo.

Al llegar al aparcamiento del periódico, vio que el pequeño coche de Juliet estaba allí, así que aparcó también y entró en el edificio por la puerta de atrás. Nada más hacerlo, el olor de tinta y de productos químicos lo invadió.

Un joven que estaba preparando unas prensas lo vio y se acercó.

—¿Busca a alguien?

—Sí, estoy buscando a Juliet Madsen —contestó Matt.

—Muy bien, sígame —contestó el joven.

Matt lo siguió por pasillos y escaleras hasta que llegaron a una puerta que estaba abierta y sobre la que había una placa con el nombre de Juliet.

—Ésta es la oficina de la señorita Madsen. Parece que no está en este momento, pero pase, siéntese y espérela.

Matt pensó que aquel hombre era muy confiado, pero entró y se sentó. Una vez cómodo, miró con curiosidad a su alrededor. Allí era donde trabajaba Juliet. Había muchas cosas, cajas con papeles y documentos por todas partes, más papeles, muchos bolígrafos, marcadores de colores, un gran atlas y una taza de café frío junto al ordenador.

En una estantería había un pequeño equipo de música y, en aquellos momentos, estaba sonando una canción que hablaba de un hombre que estaba caminando por la calle donde vivía su amada y que describía cómo estar cerca de ella lo transformaba y transformaba su mundo en un lugar mágico.

Aquella letra describía lo que Matt sentía porque la aparición de Juliet en su vida lo había cambiado todo. Ahora, el sol le parecía más brillante y más cálido, el cielo se le hacía más azul y la comida incluso le sabía mejor.

Aquello le hizo recordar la idea de su padre. Casarse con Juliet y tener hijos. Por primera vez desde que Erica había muerto, Matt se preguntó si podría volver a empezar.

¿Querría Juliet casarse con él y tener hijos? Jamás hubiera pensado que se iba a hacer aquellas preguntas, pero lo cierto era que estaba emocionado y deseoso de tener un futuro.

Nervioso, se puso en pie y comenzó pasearse impaciente por el despacho. Vio un mapa de Texas en la pared y se acercó a estudiarlo, pero, al final, se aburrió y se dirigió a la mesa de Juliet.

Fue entonces cuando se fijó en un montón de fotocopias que había en un extremo de la mesa. Se trataba de periódicos antiguos y uno de los titulares le llamó la atención.

Asesinato en el Sandbur.

Matt lo tomó y comenzó a leer. Se trataba de un ejemplar de 1962 en el que se hablaba de la inesperada muerte de su abuelo. Sin molestarse en leer más, comenzó a mirar las demás fotocopias y sintió que el corazón se le caía a los pies.

Todos los periódicos hablaban de sus abuelos, de Nate y Sara Ketchum. Aquello sólo podía querer decir una cosa. Juliet estaba recabando información para escribir un artículo sobre su familia, aquel artículo que estaba planeando escribir cuando había ido a la boda de Raine.

¿Cómo había sido tan estúpido y tan ingenuo? La había creído cuando Juliet le había asegurado que jamás haría nada que dañara a su familia. ¿Y qué creía que les iba a ocasionar aquello?

Matt apretó los dientes y se dispuso a dejar las fotocopias de nuevo sobre la mesa, pero oyó pasos a sus espaldas y se giró. En aquel momento, Juliet entró en el despacho y se quedó pálida al verlo. Matt estaba rígido y acalorado y comprendió que era por los papeles que tenía entre las manos.

—Hola, Matt —le dijo poniéndose nerviosa—. No sabía que habías venido. Alguien debería haberme avisado.

—¿Para qué? ¿Para que te diera tiempo a esconder todo esto para que yo no lo viera? —le espetó Matt—. ¿Por qué tienes estos artículo sobre mis abuelos en tu mesa, Juliet? ¿Me puedes decir algo que haga que crea que no me has estado mintiendo?

Juliet lo vio tan compungido que le entraron ganas de llorar, pero sabía que aquello no arreglaría la situación, así que echó los hombros hacia atrás y se acercó a él.

—No te he mentido, Matt. Te he dicho que jamás escribiría nada malo sobre tu familia y no lo voy hacer. Esas fotocopias son sólo parte de una investigación —le aseguró.

Matt la miró furioso y tiró las fotocopias en cuestión sobre la mesa. Algunas cayeron al suelo, pero a ninguno de los dos les importó.

—¿Y para qué quieres investigar sobre mis abuelos? Lo único que te importa es ese maldito artículo. Tú lo único que querías era meterte en mi familia para escribir sobre ellos —la acusó.

Juliet sintió que aquellas palabras la enfurecían. ¿Cómo se atrevía a no confiar en ella después de todo lo que habían compartido, después de haberle prometido que siempre confiaría en ella y que jamás le haría daño? ¿Cómo era posible que tardara tan poco tiempo en desconfiar?

—¡Yo nunca me he metido en tu familia! —exclamó acercándose a él y poniéndole el dedo índice en el pecho—. Por si no te acuerdas, me invitaste tú.

—¡Como para olvidarlo! —gritó Matt.

—Matt, estás sacando conclusiones apresuradas y te estás equivocando. Deja que te explique...

—¿Y qué me vas a explicar? ¿Me vas a decir que no ibas a escribir un artículo sobre mis abuelos?

Juliet negó con la cabeza, apartó el dedo índice del pecho de Matt y se pasó la mano por el pelo.

—No, no te voy a decir eso, lo que te quiero decir es que el señor Gilbert me está exigiendo que escriba un artículo.

Matt la miró tan furioso que Juliet temió que fuera al despacho del editor y lo estrangulara.

—¡Pues mándalo al infierno! —aulló Matt.

Juliet se apresuró a cerrar la puerta para que los demás no los oyeran.

—No puedo —contestó intentando calmarse—. Trabajo aquí y mi trabajo consiste en escribir artículos. No estudié periodismo para dejar un trabajo cada vez que me encuentro con un editor que no me gusta.

—¿Ni siquiera por mí?

Juliet sintió una punzada de dolor en el corazón y le entraron ganas de ceder, de decirle que estaba dispuesta a dejar el trabajo, pero comprendió que dejar el trabajo y huir no iba a arreglar las cosas porque, tarde o temprano, sentiría rencor hacia Matt por no haber confiado en ella.

Además, el señor Gilbert encontraría a otra persona dispuesta a escribir aquel artículo y, a lo mejor, esa persona no resultaba tan benévola con las familias que vivían en el rancho como ella.

—Matt, te aseguro que dejaría el trabajo si creyera que eso arreglaría las cosas entre nosotros, pero es así —le dijo.

Matt sacudió la cabeza.

—Llevaba siete años sin acercarme a una mujer y me iba bien así y, de repente, apareces tú y te burlas de mí. Yo creía que... te importaba, Juliet.

Juliet sintió que el corazón se le partía.

—Claro que me importas, Matt —le aseguró poniéndole la mano en el pecho—. Te quiero. Te quiero a ti y también quiero a Gracia.

—¿De verdad crees que me voy a tragar eso? —le espetó Matt apartándose de ella.

Sin esperar a que contestara, se dirigió a la puerta. Juliet lo siguió y lo agarró del brazo.

—Matt, huir no te va a servir de nada —le dijo intentando razonar con él—. Para que lo sepas, he intentado hablar de esto contigo. El otro día, antes de que te fueras de mi casa, te dije que quería hablar contigo de algo importante. Era de esto. Te lo digo para que entiendas que no iba a hacer nada a tus espaldas.

—Da igual que me lo fueras a decir o no. Has hecho tu elección y no me has elegido a mí —le espetó girándose de nuevo hacia la puerta.

Pero Juliet volvió a tirarle del brazo. En aquella ocasión, cuando Matt la miró, la encontró muy enfadada e incapaz de controlar las lágrimas.

—Creía que yo también te importaba a ti, Matt, creía que confiabas en mí, pero no era así. Para ti, no he sido más que sexo —le dijo.

Matt apretó las mandíbulas y la miró.

—Había venido a invitarte a venir conmigo a Houston la semana que viene porque a mi padre le van a hacer varias pruebas y quería que estuvieras conmigo... con nosotros. Ahora me alegro de no haberle dicho a mi padre que te iba a invitar. Esperaré a que todo esto haya pasado para decirle cómo eres en realidad —le espetó abriendo la puerta y yéndose antes de que a Juliet le diera tiempo de contestar.

Una vez a solas, sintiéndose pisoteada y desmadejada, fue hacia su mesa, se sentó en su butaca y dejó caer la cabeza entre las manos.

Diez días después, Matt estaba sentado en la cafetería del hospital de Houston, intentando co-

merse el sándwich de atún que había pedido. Llevaba allí cuatro largos días. Estar lejos del rancho
y los nervios de las pruebas de su padre lo estaban
matando. Por no hablar de lo destrozado que se
sentía cada vez que pensaba en Juliet, lo que solía
ocurrir durante veintitrés horas al día.

Lo cierto era que se encontraba fatal. No quería
comer, le costaba pensar y no podía dormir. Llevaba unos cuantos días funcionando por necesidad y
se estaba empezando a preguntar si volvería a ser
normal.

Antes de salir de viaje, Juliet lo había llamado y
le había dicho que quería verlo para hablar y arreglar las cosas. Al oír su voz, se le había vuelto a
romper el corazón, pero le había dicho que no quería volver a verla y había colgado. Desde entonces,
no había vuelto a saber de ella y así era mejor.

Aquella mujer lo había engañado, lo había de-
safiado y se había reído de él. Entonces, ¿por qué
sufría por ella?

—Perdón, señor Sánchez, siento mucho inte-
rrumpirlo —le dijo alguien—. ¿Le importa que me
siente con usted?

A levantar la mirada y ver que era el neurociru-
jano de su padre, Matt sintió pánico. Ya había perdido a muchas personas queridas en su vida y no sabía
si iba a ser capaz de soportar una pérdida más.

—Por favor, siéntese —le dijo señalando una
silla—. ¿Ocurre algo?

—No —contestó el médico sonriendo—. Acabo de ir a ver a su padre y quería hablar con usted
de una cosa.

—¿Tiene los resultados de las pruebas de mi padre? Estoy muy nervioso, ya se puede usted imaginar.

—Sí —contestó el doctor—. Las he contrastado con otros tres médicos y estamos todos de acuerdo. La condición de su padre podría cambiar si pasara por el quirófano.

Matt se quedó mirándolo con la boca abierta. Aquello era lo último que hubiera esperado oír. Lo cierto era que no había tenido fe en que su padre se pudiera recuperar.

—¿Me está usted diciendo que podría volver a ser el hombre de antes?

—Exactamente —contestó el médico cruzándose de brazos—. Por supuesto, necesitaría mucha rehabilitación después de la operación, pero creo que es posible que volviera a ser el hombre de antes. Su padre está dispuesto a intentarlo.

—Seguro que hay alguna pega.

—La operación es arriesgada. Si las cosas no salieran bien, su padre podría empeorar o incluso morir. Me gustaría que viniera a mi consulta para poder enseñarle los escáneres del cerebro y explicarle mejor todo esto.

—No hace falta, doctor —contestó Matt—. Si mi padre quiere operarse, está todo dicho.

—Sí, él quiere pasar por quirófano, quiere tener la posibilidad de volver a estar bien. Y lo quiere cuanto antes, así que le vamos a operar mañana por la mañana. Así, durante el día de hoy, tendrá usted tiempo para ponerse en contacto con otros miembros de la familia que quieran venir.

Matt asintió y el médico procedió a contarle en qué iba a consistir la operación. Cuando terminó, se puso en pie y se fue no sin antes dirigirle una palabra de ánimo.

Una vez a solas, Matt se terminó el refresco que se estaba tomando y corrió hacia la habitación de su padre. En cuanto lo vio aparecer, Mingo sonrió encantado y le indicó que se acercara.

—Acabo de hablar con tu médico, papá. Me ha contado lo de la operación —le dijo Matt acercándose a él y acariciándole el pelo—. Supongo que estarás muy contento.

Mingo asintió, se llevó la mano a la cabeza, se tocó la cicatriz y levantó el pulgar flexionando los demás dedos, indicándole a su hijo que todo iba a salir bien.

—Sí, papá, ya sé que tú siempre has confiado en recuperarte —musitó Matt intentando sonreír—. Debería haberte hecho caso. Sé que te quieres arriesgar porque quieres tener una oportunidad, pero no sé qué haría si te pasara algo —añadió poniéndose serio.

Muy sereno, Mingo se tocó la alianza y señaló el cielo. Matt comprendió que a su padre no le importaría marcharse si llegara el momento, que estaría encantado de reunirse con su esposa. Pasara lo que pasara, su padre iba a salir ganando con la operación.

—Sí, mamá te está esperando, pero también sabe que aquí te necesitamos mucho. Sobre todo, Gracia. Ha llamado todos los días dos veces y no para de preguntar cuándo vas a volver. Ella sí que está convencida de que vas a volver a hablar y a caminar, así que no la puedes defraudar.

Mingo sonrió y asintió, pero, de repente, su expresión facial cambió y miró a su hijo preocupado. Al final, señaló su dedo anular y enarcó las cejas.

—No quiero hablar de eso, papá —dijo Matt suspirando—. Juliet y yo... bueno, ya no estamos juntos.

«¿Por qué?», le preguntó su padre con los ojos.

—Nosotros... bueno, tuvimos una discusión porque yo me enteré de que Juliet quería hacer una cosa que yo no quería que hiciera —murmuró alejándose de la cama y dirigiéndose al sofá que había en la habitación mientras los recuerdos de Juliet lo bombardeaban, su olor y su sonrisa, sus manos y su cuerpo.

¿Cómo iba a conseguir olvidarla y sobreponerse a lo que habían tenido? De repente, se dio cuenta de que su padre había escrito algo y se acercó a leerlo.

Yo también me enfadaba con tu madre. Lo único que importa es el amor.

¿Amor? ¿Sería eso lo que sentía en el pecho? ¿Por eso no podía olvidarse de ella? ¿Por eso no podía imaginarse su futuro sin Juliet a su lado?

Matt llevaba algún tiempo creyendo que la quería, pero hasta aquel momento no se había atrevido a admitírselo a sí mismo abiertamente.

Entonces, se fijó en que su padre volvía a escribir. Al ver el gran esfuerzo que tenía que hacer para conseguir mover el lapicero, Matt comprendió que para su padre era importante lo que estaba escribiendo.

Aprovecha el tiempo.

Para enfatizar sus palabras, Mingo se tocó la alianza de casado, se llevó la mano al corazón y, al final, señaló el cielo.

Su padre sabía lo que era el amor, sabía lo que era amar de verdad y le estaba diciendo que no perdiera el tiempo.

Matt sintió que se le formaba un nudo en la garganta y se dio cuenta de que la verdadera razón por la que había roto su relación con ella no había sido porque se hubiera sentido engañado o porque creyera que iba a escribir aquel artículo. Había sido porque, en lo más profundo de sí mismo, tenía miedo de perderla, como había perdido a Erica, como había perdido a su madre y a otros miembros de su familia.

Sin embargo, su padre le estaba diciendo que viviera, que amara y que no perdiera el tiempo.

¿Tendría valor suficiente para hacerlo?

—Voy a llamar a la familia para decirles que te van a operar —anunció sacándose el teléfono móvil del bolsillo.

Mingo negó con la cabeza y se apresuró a dibujar la silueta de una mujer de curvas. Por lo visto, estaba más interesado en que llamara a Juliet que en que llamara a los demás.

—No sé, me lo voy a pensar —le aseguró su hijo suspirando.

Mingo sonrió.

Capítulo 12

MÁS de una semana después, Juliet estaba sentada en el Cattle Call sin ver la ensalada que tenía delante de ella. Angie se sentó en la silla que había junto a la suya.

—¿No te gusta la ensalada? ¿Está mala? ¿Quieres que le diga a la cocinera que te prepare otra?

Juliet suspiró y negó con la cabeza mientras daba vueltas con el tenedor a la lechuga y al tomate.

—No, la ensalada está buena, pero es que no tengo hambre. La verdad es que no sé ni para qué he venido. Supongo que para salir un rato de la oficina.

La camarera se quedó mirando a su amiga.

—Tienes muy mal aspecto. Lo cierto es que llevas unos días muy mal. ¿Te ha pasado algo?

—¿Te acuerdas de cuando hablamos sobre la boda a la que fui al Sandbur y tú te preguntabas cómo sería ser miembro de una familia así?

Angie asintió confundida.

—Sí me acuerdo, pero no comprendo a qué viene eso ahora.

—Hace unos días, alguien me dejó muy claro que yo tampoco tengo nada que ver con esa gente —le explicó Juliet.

Su amiga la miró con compasión.

—Bueno, a veces, los cuentos no tienen final feliz —la consoló.

—Es cierto —murmuró Juliet sorprendida al ver que Nicci Saddler se aproximaba a su mesa.

—Hola a las dos —saludó la prima de Matt amigablemente.

—Doctora Saddler, es un placer verla —exclamó Angie poniéndose en pie para estrecharle la mano.

—¿Qué tal está tu niña? –le preguntó Nicci.

Juliet observó cómo a Angie se le iluminaba el rostro y se dio cuenta de que, aunque su amiga no tenía mucho dinero, era millonaria en otras cosas. Para empezar, tenía una hija y las dos formaban una familia.

Ella, sin embargo, estaba sola.

—La canguro me dice que no para, así que supongo que se encuentra muy bien —contestó Angie—. Gracias a usted —añadió indicándole con la mano a un cliente que ya iba a atenderlo—. Ahora mismo vuelvo a tomarle nota.

—No hace falta, sólo he venido a hablar con Juliet un momento —le aseguró Nicci.

Angie se alejó.

—¿Te importa si me siento contigo? —le preguntó Nicci a Juliet una vez a solas.

—Claro que no. Me alegro de verte —contestó Juliet preguntándose qué querría Nicci porque, desde que lo había dejado con Matt, no había vuelto a ver a ningún miembro de la familia.

Seguro que incluso Gracia estaba enfadada con ella.

—Te iba a llamar a la redacción, pero prefería hablar contigo en persona y he supuesto que estarías aquí comiendo —comentó Nicci sonriendo.

—Sí, como aquí todos los días. No me gusta nada comer delante del ordenador.

—Pues no debes de tener mucha hambre porque esa ensalada tiene pinta de que no la has tocado.

—Bueno, qué te voy a decir a ti que eres médico. A veces, las cosas que sabemos que son saludables no nos apetecen. Hoy debería haberme pedido una hamburguesa con queso.

Nicci se rió y Juliet comprobó que parecía muy contenta, lo que la hizo volverse a preguntar por qué habría ido a buscarla.

—Te hemos echado de menos en el rancho.

Juliet sintió que el corazón se le llenaba de lágrimas.

—Te refieres a ti y a tu madre, ¿no?

—Bueno, a nosotras y a Gracia también. La niña se muere por llamarte.

Juliet la miró sorprendida.

—¿De verdad? ¿Y por qué no lo ha hecho? ¿Se lo ha prohibido su padre?

—No, no lo ha hecho porque mi madre y yo hemos hablado con ella. No queríamos que te llamara para suplicarte, no queríamos que te pusiera en una situación incómoda, así que la convencimos para que esperara a que su padre arreglara las cosas contigo.

—Entonces ya puede esperar porque Matt y yo hemos terminado —le explicó Juliet—. Suponía que lo sabríais.

—¿Eso es lo que tú quieres?

—No, pero Matt...

—Matt es muy testarudo. Todos los sabemos, pero tienes que darle tiempo. Durante las últimas dos semanas han ocurrido muchas cosas. A su padre lo han operado y...

—¡Lo han operado! —exclamó Juliet—. ¿Y qué tal está?

—Está fenomenal —contestó Nicci sonriendo encantada—. Lo han operado en Houston y han reparado el daño cerebral que había sufrido. Hay muchas posibilidades de que se recupere.

—¿Me estás diciendo que va a poder hablar y caminar de nuevo? —exclamó Juliet tomando a Nicci de la mano y apretándosela sinceramente emocionada.

—Va a tener que hacer mucha rehabilitación, pero hay muchas posibilidades de que así sea.

—Es un milagro —comentó Juliet.

—Sí. Fue una operación muy complicada. Mingo podría haber muerto en cualquier momento, así que ya te imaginarás que toda la familia ha estado sometida a mucha tensión. Matt no ha querido separarse de su padre ni un instante. Acaba de volver al rancho.

Así que Matt había estado fuera todo aquel tiempo. Tal vez, por eso no había vuelto a saber nada de él. Juliet se dijo que no, que no debía engañarse, que aunque hubiera estado en Houston, la podría haber llamado por teléfono. Además, la última vez que habían hablado, le había dicho que no quería volver a verla.

—¿Y dónde está Mingo ahora? —quiso saber.

—En un centro de rehabilitación en Victoria donde las enfermeras le cuidan maravillosamente bien —le explicó Nicci.

—Me alegro mucho y te doy las gracias por haber venido a contármelo.

—Lo he hecho por motivos egoístas, porque quiero que formes parte de mi familia —le dijo Nicci acariciándole la mano—. Matt también lo quiere aunque todavía no se haya dado cuenta.

Juliet tragó saliva y desvió la mirada.

—Matt me odia porque iba a escribir un artículo sobre sus abuelos y, a lo mejor, tiene razón, pero te aseguro que el artículo que voy a escribir no es lo que él cree. Claro que eso le da igual.

—Oh, Juliet, ese artículo sobre Sara y Nate... no es por eso por lo que Matt está enfadado, te lo aseguro. Estamos acostumbrados a que escriban crónicas buenas y malas sobre nuestros abuelos, ya no nos afectan. Matt se dará cuenta, no te preocupes, pero mientras tanto deberías intentar hablar con él.

—Te aseguro que me encantaría hablar con él, pero no sé si él va a querer hablar conmigo —suspiró Juliet—. Si me vuelve a rechazar, no sé si podría soportarlo.

—Inténtalo —la animó Nicci poniéndose en pie—. Me tengo que ir. Estaremos en contacto.

Una vez a solas, Juliet se dio cuenta de que ella también tenía que volver al trabajo. Le había entregado al señor Gilbert el artículo que había escrito sobre los Ketchum y estaba esperando su reacción.

Una vez de vuelta en el periódico, se dirigió a su despacio y estaba dejando el bolso sobre la mesa cuando oyó que alguien entraba. Al girarse, comprobó que era su jefe, que llegaba con los folios mecanografiados que ella le había entregado.

—Supongo que sabes perfectamente que este artículo no era lo que yo esperaba, Madsen —comentó el señor Gilbert mirándola por encima de la montura de sus gafas, que llevaba apoyadas en la punta de la nariz.

—Soy perfectamente consciente de ello. La decisión de escribir sobre Sara y Nate Ketchum desde una perspectiva nueva ha sido completamente consciente —contestó Juliet tomando los folios que su jefe le entregaba—. Mientras estaba investigando sobre esa familia, me di cuenta de que se habían escrito ríos de tinta sobre ellos, pero ningún artículo sobre sus vidas y sobre cómo contribuyeron a la comunidad a través de la ganadería y de las obras de caridad. Hasta el momento, nadie se ha molestado en escribir sobre ellos más que para hablar de adulterio y de asesinato.

—Tú los pones como si fueran un matrimonio ideal.

Juliet no se quería dejar intimidar, así que echó los hombros hacia atrás.

—Sí, por lo que yo sé, estaban muy enamorados y sus cuatro hijos así lo atestiguan. Admito que, a veces, su matrimonio pareció truculento y así lo he recogido en el artículo, pero también digo que la devoción que sentían el uno por el otro era total.

—Sí, y también insinúas que la persona que mató a Nate Ketchum no fue su esposa. ¿Tienes pruebas para sostener esa teoría?

—Quizás. Ahora mismo, es sólo intuición, pero, si tuviera oportunidad, creo que podría encontrar pruebas que corroboraran mi teoría —contestó Juliet—. ¿Por qué me lo pregunta?

—Porque me gusta el artículo que has escrito, Madsen —contestó el señor Gilbert sorprendiéndola con una sonrisa—. Y creo que a los lectores les va a encantar también porque se van a sentir intrigados. Quiero que investigues, quiero que averigües la verdad porque, a lo mejor, la verdad no es lo que la gente de por aquí siempre ha dado por hecho.

—¿Lo dice en serio? —se sorprendió Juliet.

—Soy consciente de que no soy el mejor editor del mundo, pero sí soy lo suficientemente inteligente como para darme cuenta de que eres una buena periodista —contestó el señor Gilbert—. Me has hecho abrir los ojos y te lo agradezco —añadió señalando los papeles que Juliet tenía en la mano—. Eso va a salir publicado la próxima semana. Mientras tanto, sigue investigando.

—Gracias, señor Gilbert —contestó Juliet—. Muchas gracias —añadió mientras su jefe salía de su despacho.

Aquella misma noche, mientras volvía a casa, Juliet se dio cuenta de que debería estar cantando de alegría por que su artículo le había gustado a su jefe y, además, le había demostrado que el señor Gilbert era más humano de lo que parecía.

Sin embargo, no se sentía alegre. Por supuesto, se sentía aliviada, pero no alegre. ¿De qué le servía escribir, de qué le servía su trabajo si no tenía a nadie con quien compartirlo, nadie que se sintiera orgulloso de sus logros? ¿De qué servía vivir si no tenía al dado a alguien a quien amar?

«Matt, oh, Matt».

Juliet sintió que las lágrimas le resbalaban por las mejillas. Cuánto lo echaba de menos. Ojalá pudiera hacerle entender lo que sentía por él, ojalá pudiera conseguir que confiara en ella, pero, ¿cómo? Ni siquiera quería escucharla.

Aun así, Juliet decidió que debía intentarlo porque irse a vivir a Goliad y enamorarse de Matt le había dejado claro que no debía seguir huyendo. Había huido de Dallas para olvidarse de una relación desastrosa y, efectivamente, había conseguido olvidarse de Michael. Claro que lo que sentía por Matt era mucho más fuerte y sabía que, aunque se fuera a los confines del mundo, jamás podría olvidarse de él.

Lo único que podía hacer era presentar batalla y

luchar por lo que más le importaba en el mundo: formar una familia con Matt y con Gracia.

Con aquello en mente, Juliet aceleró. En cuanto llegara a casa, se cambiaría de ropa y se iría directamente al Sandbur. Aunque no quisiera, Matt iba a tener que volver a verla.

Estaba tan concentrada en sus pensamientos que, cuando llegó a casa, no vio la furgoneta de Matt aparcada enfrente. Al bajarse del coche y verla, se quedó helada. Al mirar a su alrededor, comprobó que Matt no estaba ni en su vehículo ni en el porche y supuso que estaría dentro esperándola.

Con el corazón latiéndole aceleradamente, Juliet abrió la puerta y se dirigió al salón, pero lo encontró vacío. Entonces percibió el aroma del café y se dirigió a la cocina. Cuando llegó, le temblaban las piernas y estaba pálida.

Matt estaba sentado en la mesa con las manos alrededor de una taza de café humeante. Sobre la encimera, vio a su gato persa bebiendo leche. Saber que Matt se había molestado en darle de comer a su mascota la emocionó.

—Parecía que tenía hambre, así que le he puesto un poco de leche —le explicó Matt.

—Siempre tiene hambre —contestó Juliet yendo hacia la mesa.

—Como he visto que la puerta no estaba cerrada, he entrado. Espero que no te importe —comentó Matt.

Juliet se quedó mirándolo sorprendida.

—Claro que no. ¿Llevas mucho tiempo esperando?

—No, lo justo para hacer el café —continuó Matt—. Hoy has salido antes de trabajar, ¿no?

Juliet sintió que la cabeza le daba vueltas, dejó el bolso sobre la encimera y se pasó las manos nerviosa por la falda.

—Sí, he terminado un poco antes y...

Tantas preguntas se arremolinaban en su cabeza que no era capaz de ponerlas en orden, así que tomó aire y se giró hacia los armarios. ¿Por qué había ido Matt a su casa? ¿Para terminar definitivamente con su relación? Juliet tomó una taza con manos temblorosas y se sirvió café. Estaba yendo hacia el frigorífico para servirse leche cuando Matt la tomó del brazo.

Al levantar la mirada, Juliet sintió que el corazón le daba un vuelco, pues Matt la estaba mirando muy serio.

—Te quiero decir varias cosas —anunció.

—Yo, también —contestó Juliet con el corazón latiéndole desbocado—. De hecho, iba a ir al rancho, pero me has ahorrado el viaje. Si has venido a contarme lo de Mingo, ya me he enterado.

—¿Cómo te has enterado? —se sorprendió Matt.

—Me he encontrado con Nicci en el Cattle Call esta mañana —le explicó Juliet—. Me ha dicho que tu padre está muy bien. Me alegro mucho.

—Sí, todo ha salido bien —sonrió Matt—. Lucita y Marti han venido para estar con él y Gracia está feliz y se muere por ir a verlo. Le he dicho que tuviera paciencia porque, a lo mejor, a ti te apetecía venir con nosotros a Victoria.

Juliet se quedó mirándolo con la boca abierta.

—¿Quieres que vaya contigo y con tu hija a ver a tu padre?

Matt tomó aire, alargó el brazo y le acarició la mejilla. Juliet sintió que las piernas le temblaban.

—Por favor, sí, ven con nosotros. Te lo suplico.

¿Matt Sánchez le estaba suplicando? No podía ser.

—No lo entiendo, Matt. La última vez que hablamos, me dijiste que no querías volver a verme y ahora vienes a invitarme a que vaya con tu familia...

—Juliet, por favor, perdóname —se disculpó Matt—. Perdóname por lo que te dije. Sé que pedirte perdón no es suficiente, pero, por favor, dame una oportunidad para arreglar las cosas entre nosotros.

Con lágrimas en los ojos, Juliet lo abrazó de la cintura y apoyó la cabeza en su pecho.

—Oh, Matt, Matt, te quiero. Te quiero. ¿No te das cuenta?

Matt la abrazó con fuerza.

—Oh, Dios mío, Juliet, no te merezco. Qué cabezota y estrecho de miras he sido. Cuando vi los artículos sobre mis abuelos, lo único que pensé fue que me había enamorado de una mujer que me había estado engañando, que había estado haciendo cosas a mis espaldas... como hacía Erica.

—Creía que te habías enfadado porque iba a escribir algo mordaz sobre tus abuelos, pero te aseguro que no es así. Desde el principio, tenía muy claro, que escribiera lo que escribiera sobre los Ketchum, intentaría ser justa y objetiva.

—Y yo empeñado en compararte con Erica, empeñado en creer que me ibas a engañar como ella, empeñado en creer que eras una periodista sensacionalista que se quería aprovechar de mi familia —se lamentó Matt apartándose y mirándola compungido—. Supongo que la excusa del artículo me vino muy bien porque, en realidad, lo que me pasaba era que tenía miedo.

—¿Miedo? —se sorprendió Juliet.

—Sí, cuanto más tiempo estábamos juntos, más me enamoraba de ti y, cuanto más me enamoraba, más miedo tenía —le explicó Matt cerrando los ojos y besándola en la mejilla—. Todo el mundo cree que soy un hombre rico y en muchos aspectos lo soy, pero he perdido cosas muy importantes en la vida. He perdido a mi mujer, a mi madre y, luego, he estado a punto de perder a mi padre. Tenía miedo de quererte por si te perdía, así que creo que, inconscientemente, decidí que era mejor separarnos.

—Oh, Matt, no sé qué decir —contestó Juliet con la voz tomada por la emoción—. Te quiero y quiero estar contigo mientras viva. No sé cuánto tiempo será eso. Nadie lo sabe, pero quiero vivir contigo y quiero quererte.

—Me recuerdas a mi padre —sonrió Matt—. Estando en Houston, me dijo que estaba perdiendo el tiempo por no estar a tu lado amándote. Aquellas palabras me hicieron reflexionar. Te aseguro que ver a mi padre en aquella cama consciente de que podía morir en el quirófano y, a pesar de todo, con valor suficiente para encarar el futuro, me hizo darme cuenta de lo que estaba haciendo.

—Tu padre es un hombre sabio, cariño —le dijo Juliet tomándole el rostro entre las manos—. Estoy deseando conocerlo más.

—¿Y qué te parecería convertirte en su nuera?

Juliet sintió que la dicha inundaba su corazón y se extendía por todo su cuerpo.

—Oh, sí, Matt, quiero ser tu esposa. Es lo que más deseo en el mundo, pero primero... —le dijo acercándose a la mesa y abriendo su bolso.

—¿Qué haces? —le preguntó Matt extrañado—. ¿Te acabo de pedir que te cases conmigo y tú te pones a mirar papeles?

—Antes de aceptar tu propuesta, quiero que leas esto —contestó Juliet girándose hacia él y entregándole un sobre—. Es el artículo que he escrito sobre tus abuelos. El señor Gilbert lo va a publicar la semana que viene.

—Me da igual lo que hayas escrito, Juliet. Mis abuelos están muertos y lo que vivieron fue entre ellos, así que no voy a permitir que su historia interfiera entre nosotros.

—Me alegro mucho de lo que me dices, pero quiero que lo leas de todas maneras —insistió Juliet—. Para que me digas qué te parece.

Matt sonrió y suspiró impaciente.

—Está bien, lo voy a leer, pero sólo porque tú me lo pides.

—Venga, siéntate y lee mientras yo te caliento el café, que se te ha quedado frío —le dijo Juliet emocionada.

Diez minutos después, Matt dejó los folios mecanografiados sobre la mesa y miró a Juliet, que estaba apoyada en la encimera, observando y esperando.

—¿Qué te parece? —le preguntó.

Matt se puso en pie lentamente y se acercó a ella. Mirándola con admiración, la tomó de las manos.

—Creo que eres maravillosa —murmuró con ternura—. Creo que eres tan maravillosa que no te merezco.

Juliet sonrió, se puso de puntillas y lo besó en la boca.

—Acuérdate bien de estas palabras porque te las voy a recordar dentro de cincuenta años.

Matt la besó lenta y apasionadamente y, a continuación, la tomó en brazos y la llevó hacia el dormitorio.

—Yo también quiero darte a ti algo para recordar.

Epílogo

CASI un año después, brillaba el sol en primavera en el rancho Sandbur y bañaba con su luz la hierba y los árboles recién floridos.

Gracia estaba montando a Traveler y el caballo intentaba acercarse al novillo que tenía ante sí. A pocos metros de distancia, estaba Mingo de pie, apoyado en su bastón.

—¡Vamos, Gracia! —le gritó a su nieta—. Haz que se mueva hacia delante. Acércate más al novillo.

Juliet y Matt se miraron y sonrieron. Tras meses de rehabilitación, Mingo casi podía hablar con normalidad, cada día caminaba mejor y solía decir que aquel bastón serviría de leña en otoño.

—Mingo los va a convertir a los dos en campeones —comentó Juliet muy orgullosa—. Mira cómo va sentada Gracia sobre la silla y fíjate en cómo Traveler obedece todas sus órdenes.

Los ojos verdes de Matt brillaron con amor y orgullo paterno.

—Sí, se está convirtiendo en una amazona maravillosa. Papá dice que Traveler y ella van a poder competir en los rodeos en breve.

Juliet le pasó el brazo por la cintura a su marido y lo miró a la cara.

—¿Y tú cómo te sientes ante eso? ¿Tienes miedo cada vez que ves a tu hija sobre un caballo?

Matt sonrió y miró a su padre y a su hija.

—No, durante este último año he aprendido a tener fe en mi familia y en Dios —contestó mirando a Juliet—. Hasta que tú apareciste, no confiaba en ninguna de las dos cosas, lo único que veía a mi alrededor era oscuridad. No creía que mi padre se pudiera recuperar, jamás hubiera imaginado que iba a volver a ser tan feliz.

Juliet suspiró emocionada y apoyó la cabeza en su hombro, maravillada de los cambios que se habían obrado en Matt y en su vida. Jamás volvería a estar sola. Ahora, tenía una familia que la había recibido con los brazos abiertos y la había convertido en uno de los suyos. Además, tenía una hija que la adoraba, un marido que no dejaba pasar un solo día ni una sola noche sin decirle lo mucho que la quería.

—Soy una mujer muy feliz gracias a ti, vaquero.

Matt sonrió y le puso la mano en la tripa.

—¿No te parece que ya va siendo hora de que les contemos a los demás lo del bebé?

El día anterior, el médico le había dicho que estaba embarazada de dos meses y Juliet sabía que su marido estaba como loco por compartir las noticias, así que lo besó en la mejilla y lo tomó de la mano.

—Podemos empezar por Mingo y por Gracia —le dijo—. Así, los demás no tardarán en enterarse. Probablemente, Geraldine tenga una barbacoa de celebración preparada para mañana por la noche.

Matt se rió y se acercó junto con su esposa al lugar en el que estaba su padre.

Pocos segundos después, Mingo aulló de felicidad.

JULIA™

TERESA HILL

CARICIAS
MUY ÍNTIMAS

Capítulo 1

NO entiendo de qué va todo este lío —dijo Lily Tanner, intentando sujetarse el teléfono con el hombro mientras preparaba los sándwiches del almuerzo para que sus hijas se los llevaran al colegio.

—De eso mismo —dijo Marcy, su hermana mayor, al otro lado de la línea—. De tener un lío.

—No quiero saber nada de líos —respondió Lily, untando el pan con mantequilla de cacahuete y quitando los bordes de las rebanadas. Sus hijas odiaban la corteza del pan.

—¿Quién está armando lío? —preguntó Brittany, la más pequeña, de seis años.

—Nadie está armando lío —le aseguró Lily, mientras la pequeña se movía perezosamente por la cocina, sorbiendo su vaso de leche como si tuviera todo el tiempo del mundo antes de que llegase la señora Hamilton para llevarlas al colegio.

—Entiendo que no quieras líos ahora, después de lo

que te ha hecho ese cerdo de Richard —dijo Marcy—. Pero al cabo de un tiempo, toda mujer necesita un pequeño lío.

—Oh, por amor de Dios. No quiero ningún lío —dijo Lily, intentando salvar la desmenuzada rebanada de pan.

—Has dicho que no había ningún lío —le recordó Brittany.

—¿Lío? ¿Qué lío? —preguntó Ginny, su hermana mayor, con la misma expresión de preocupación que llevaba mostrando varios días—. ¿Es papá? ¿Estás discutiendo con papá?

—No, tranquila. No pasa nada —le dijo Lily con una mueca de exasperación—. Tu tía Marcy y yo estamos hablando, y no estábamos discutiendo ni nada por el estilo. Sólo hablábamos de...

—Sí, por favor. Me muero de impaciencia por oírlo —dijo Marcy, riendo—. Dime de qué estábamos hablando.

—De dulces —dijo Lily. Fue lo primero que se le ocurrió.

Marcy soltó una estruendosa carcajada. Lily metió los sándwiches en las bolsas del almuerzo, mientras Ginny la miraba con expresión desconfiada. Pero afortunadamente, Brittany salvó la situación con el sincero optimismo y la inocencia propios de sus seis años.

—Me gustan los dulces.

—¿Lo ves? —dijo Lily, sonriendo—. A todo el mundo le gustan los dulces.

—Sí, es verdad —corroboró Marcy—. Y por eso, que me digas que puedes vivir sin...

—¡Marcy! —gritó Lily mientras empujaba a las niñas hacia la puerta de la calle.

—Espera —dijo Brittany, deteniéndose y tirando

de los pantalones cortos de su madre—. ¿No tenemos dulces?

—No, cariño. Ahora no. Quizá esta noche. Vamos, la señora Hamilton llegará de un momento a otro. Me quedaré en la puerta hasta que aparezca.

Sacó a las niñas y saludó a Betsy Hamilton, quien ya estaba esperando con su coche. Entonces cerró la puerta y volvió a concentrarse en el teléfono.

—De verdad, Marcy... ¿Dulces?

—Eh, has sido tú quien ha usado esa palabra, no yo. Pero ahora que has acuñado un nuevo término, será nuestro código para siempre. Es perfecto.

—No necesitamos ningún código. No quiero hablar de ello. Estoy perfectamente —insistió Lily.

Al fin y al cabo, sólo se trataba de... dulces. Nada por lo que excitarse. No cuando tenía cientos de cosas pendientes y cuando estaba al límite de sus fuerzas y de sus nervios por las niñas y por Richard. ¿Quién tenía tiempo para los dulces?

—¿Tengo que recordarte que dentro de un año debo estar fuera de esta casa? Ni siquiera un año. Sólo tengo diez meses y medio para venderla y buscar otro sitio para las niñas y yo. Y para ello voy a tener que emplear todo mi tiempo y energías.

—Lo sé, lo sé.

—Y además, ¿dónde voy a encontrar un hombre por aquí? Ya sabes cómo es mi barrio. Todo el mundo está casado y con hijos. Y si por casualidad se produce algún divorcio, es la mujer quien se queda aquí con los niños, mientras que el marido infiel se muda a un nido de amor con su amante joven y guapa. Hasta que la esposa engañada se queda sin dinero y tiene que vender la casa, para que vuelva a ocuparla una pareja recién casada. Me puedo pasar meses sin ver a un hombre soltero que merezca la pena. Y aunque apareciera uno, no tendría ni tiempo para una cita. No puedo ni descansar para tomar un café —acabó el discurso con un profundo resoplido, cansada y consumida.

¿Sabía su hermana algo de su vida actual? Era muy triste y frustrante sentirse tan sola y vivir en unas circunstancias tan difíciles, sólo porque Richard hubiera conocido a una joven casi adolescente en un viaje de negocios a Baltimore.

—Oh, cariño... Lo siento —dijo Marcy. Lily podía oír de fondo a las hijas de su hermana—. No pretendía ponerte las cosas más difíciles. Sólo intentaba avisarte de que está muy bien vivir sin... dulces por un tiempo, pero luego... Sólo tienes treinta y cuatro años. Y todos tenemos necesidades cuando estamos solos.

—Yo no estoy sola —insistió Lily, retirando de la mesa los cuencos de cereales a medio comer, las migas de pan de los sándwiches y los vasos de leche que parecían multiplicarse como conejos por toda la casa—. Al menos no tanto como para necesitar... dulces. Un baño de espuma, tal vez. Alguien que me hiciera la cena de vez en cuando. Un buen libro y tiempo suficiente para leerlo sin interrupciones... Todo eso me vendría bien. Pero los dulces son...

En ese momento estaba metiendo las tazas en el lavavajillas, pero se quedó callada al erguirse y mirar por la ventana que había sobre el fregadero, con vistas a la casa vecina, que llevaba varias semanas desocupada.

Parecía que no iba a seguir desocupada, porque en el camino de entrada había un camión de mudanza, con sus grandes puertas traseras abiertas hacia el garaje, y un par de brazos musculosos y bronceados tendiéndole una mesa a alguien que quedaba oculto por los arbustos.

—¿Qué ocurre? —preguntó Marcy—. ¿Sigues ahí?

—Sigo aquí —respondió Lily, viendo cómo los brazos salían del camión, seguidos de un hombro recio y macizo. Y luego el otro.

Lily se quedó boquiabierta, incapaz de cerrar la boca. Unas piernas largas y poderosas, enfundadas en unos vaqueros desgastados que rodeaban una cintura esbelta. Y más arriba, unos abdominales perfectamente esculpidos en fibra y músculo y aquellos hombros anchos y fuertes.

—Oh —murmuró, soltando todo el aire de golpe.

—¿Qué te pasa? —preguntó Marcy—. ¿Estás bien?

Lily se sentía como si estuviera ardiendo por dentro.

Una ola de calor se propagó por todo su cuerpo desde la boca del estómago. Iba a tener como vecino a un hombre espectacular. Un glorioso espécimen masculino con una musculatura perfecta, la frente perlada de sudor, el torso desnudo... Y de repente, todo lo que su hermana había intentado explicarle sobre los deseos, la soledad y la diversión temporal adquirió un nuevo significado. Más intenso, más acuciante y más peligroso.

—Dulces... —exclamó, y dejó caer el teléfono.

Temía que la hubiera pillado observándolo desde la ventana, o que hubiera oído el ruido del teléfono contra el suelo de baldosas. No era probable, debido a la distancia y las paredes que se interponían entre ellos. Pero entonces él se giró y la miró directamente a través de la ventana, y Lily tragó saliva y cayó de rodillas, sintiéndose avergonzada, confundida y ardiendo por dentro.

Como si hubiera contraído una fiebre altísima en cuestión de segundos.

Se llevó la mano a la frente para comprobar si estaba caliente. Una madre podía saberlo sólo por el tacto, después de tratar tantas fiebres infantiles. Pero aquella vez no podía estar segura.

Aturdida, volvió a levantarse y miró con cuidado por la ventana. Sólo vio el camión abierto y unas cuantas cajas.

Ni rastro de él. Debía de ser uno de los transportistas de la mudanza, se dijo a sí misma mientras abría el armario de las medicinas en busca del termómetro. Los hombres de su barrio no tenían esos músculos tan prietos ni esa piel tan bronceada. Eran hombres de traje y corbata, apostados detrás de un escritorio, donde no podían desarrollar esa clase de musculatura.

Encontró el termómetro y se lo metió en la boca, y justo en ese instante sonó el teléfono.

La llamada debía de haberse cortado cuando el teléfono impactó contra el suelo, por lo que debía de ser su hermana llamando de nuevo. Lily no quería hablar con ella, pero Marcy no le daría la opción de ignorarla, porque seguiría llamándola hasta que Lily se rindiera. O peor aún, se montaría en el coche y conduciría los veinte minutos que las separaban para asegurarse de que Lily se encontraba bien.

Marcy se empeñaba en ser sobreprotectora desde que Richard se marchó.

—Vale, tú ganas —murmuró, y agarró el teléfono con el termómetro aún en la boca—. ¿Di'a?

—¿Qué ha pasado? —exigió saber Marcy.

—Lo sien' o. Se me ca'ó el te'éfono —dijo lo mejor que pudo.

—¿Cómo?

—E'pe'a —el termómetro emitió un pitido y se lo sacó de la boca. No tenía fiebre. Qué extraño—. Me estaba tomando la temperatura. Sentí unos ardores y se me cayó el teléfono.

No había sido precisamente en ese orden, pero Marcy no necesitaba saber todos los detalles.

—¿Crees que tienes fiebre... sólo por hablar de dulces?

Lily puso los ojos en blanco. Las hijas de Marcy debían de estar aún con ella. No se marchaban a la escuela hasta quince minutos después que las hijas de Lily.

—No, no sólo por hablar de dulces. Sentía calor, eso es todo.

—Hay algo que no me estás contando —insistió Marcy.

—Hay mucho que no te cuento ni a ti ni a nadie —admitió Lily, inclinándose ligeramente hacia la izquierda para poder mirar otra vez por la ventana.

Y allí estaba... descargando una silla de cocina.

Lily no pudo evitar un suspiro.

—¡Lo sabía! —exclamó Marcy al oírla—. ¿Qué está pasando? ¿Tienes a un hombre ahí?

—No, no tengo a ningún hombre aquí ni quiero tenerlo. Acabo de librarme de uno que me dio suficientes problemas para toda una vida.

—Cariño, ya hemos hablado de eso. No vas a renunciar a los hombres de por vida. Ahora crees que sí, pero te aseguro que cambiarás de opinión. Simplemente, estás hibernando.

—¿Hibernando?

—Sí, pero no siempre será así. Un día aparecerá un hombre especial y despertarás de tu letargo para comenzar una vida muy... dulce.

—¿La tía Lily tiene una vida muy dulce? —oyó Lily que preguntaba la hija menor de Marcy, y se echó a reír.

—¿Qué es una vida dulce? —preguntó Stacy—. ¿Comer dulces todos los días?

—No —respondió Marcy.

—A mí me gusta el dulce. ¿Puedo tener una vida dulce?

—No. Nadie se pasa la vida entera comiendo dulces —insistió Marcy, antes de seguir hablando con su hermana—. La he hecho buena... Ahora se lo contará a las otras niñas de la escuela y estaré recibiendo llamadas de sus madres toda la semana. Todos los niños querrán una vida dulce, y sus madres querrán saber a qué estoy jugando, diciéndoles que pueden comer dulces todo el tiempo. ¿Cómo voy a explicar esto?

—Lo siento. Tengo que irme —dijo Lily, y oyó el gruñido de su hermana justo antes de colgar.

¿Una vida dulce?, pensó, riéndose.

Hacía mucho que no se reía. La perspectiva de estar sola en el mundo salvo por dos niñas pequeñas que dependían de ella para todo le quitaba todas las ganas de reír.

Aunque, a medida que pasaba el tiempo, se hacía menos duro. Estaba tocada, pero no hundida.

Volvió a asomarse por la ventana... y allí seguía él, con una caja de gran tamaño apoyada en el hombro y los músculos de su brazo brillando por el sudor.

Tenía que ser un transportista, se repitió. Alguien tan atractivo no viviría en la puerta de al lado.

La mañana era muy calurosa. Seguramente no tuvieran ninguna bebida fría en aquella casa, pues había estado vacía durante tres meses, desde que los Sander se marcharon a San Diego.

Sería todo un detalle ofrecerles algo para beber, y tal vez aparecieran los dueños de la casa. O si no, podría sonsacarles a los transportistas un poco de información sobre la nueva familia.

Sus hijas estaban ansiosas por tener más amigas con las que jugar. Lo primero que le preguntarían

cuando llegaran del colegio sería si los nuevos vecinos tenían niñas de su edad, y una buena madre tenía
que estar preparada para responder a las dudas de sus
hijas, ¿no?

Abrió la nevera y pensó que podría ofrecerles...
¿Una jarra de té helado? Sí, tenía una jarra casi llena.
¿Algunas galletas? Abrió los armarios, pero no tenía
ingredientes para hacer galletas.

En cambio, sí tenía lo que necesitaba para hacer
dulces de azúcar...

Sólo estaba comportándose como una buena vecina, se repitió a sí misma mientras cruzaba el jardín
con una jarra de té, cuatro vasos de plástico y una
bandeja de dulce de azúcar recién hecho. Una buena
vecina. Nada más y nada menos.

Llegó a la parte trasera del camión y oyó a alguien
que maldecía en voz baja. Entonces miró en el interior y
allí lo encontró. Tenía los ojos entornados y el hombro
derecho presionado contra una caja que se había quedado atascada sobre otra y que se resistía a moverse.

De cerca, vio que sus facciones eran duras y angu-
losas. Sus ojos eran oscuros, casi negros, y centellea-
ban por el esfuerzo y la irritación del momento. Recia
mandíbula. Pelo castaño oscuro, un poco largo. Y una
amplia extensión de piel desnuda y bronceada.

Fueron esos músculos y esa piel lo que volvieron a
alterarla.

Empezó a sentir calor por todo el cuerpo y pensó
en refrescarse la frente con la jarra del té, que ya estaba goteando por efecto de la condensación.

Tendría que tomarse la temperatura otra vez cuando volviera a casa, para estar segura. Porque estaba
claro que algo le ocurría.

—Hola. ¿Puedo ayudarla, señorita? —preguntó una voz profunda tras ella.

—¡Oh! —dio un respingo y casi se le cayó la jarra de té, pero el joven larguirucho y desgarbado que tenía ante ella la agarró a tiempo.

—¡Jake! —exclamó el hombre que tanto le estaba alterando las hormonas.

—Lo siento —se disculpó el chico—. No pretendía asustarla.

—Oh, no. No pasa nada. No te oí, eso es todo —«estaba demasiado ocupada comiéndome a tu padre con los ojos».

Qué vergüenza.

¿Sabía aquel muchacho cómo reaccionaban las mujeres ante su padre?

¿Y lo sabía su padre?

Lily deseó que se la tragara la tierra.

—¿Eso es para nosotros? —preguntó el chico, señalando la bandeja con los dulces de azúcar.

—¡Jake! —le gritó severamente su padre, alto y amenazador en el borde del camión.

Lily lo miró nerviosa y apartó rápidamente la mirada.

—Lo siento —volvió a disculparse el chico—. Es sólo que... Hace mucho calor y llevamos horas con esto. Tengo hambre.

—Tú siempre tienes hambre —lo acusó su padre en tono autoritario.

—Sí —corroboró Lily—. Tengo unos sobrinos de tu misma edad, y sé que los adolescentes siempre tienen hambre. Por eso pensé en venir a... presentarme.

—Dulces —apreció Jake cuando ella le ofreció la bandeja—. Jake Elliot. Y éste es mi tío, Nick Malone.

«Tío». No era su padre. ¿Se estaban mudando juntos? ¿O tal vez Nick estaba ayudando con la mudanza a Jake y su familia?

—Me llamo Lily Tanner, y vivo en la casa de al lado —asintió hacia su casa y levantó la jarra—. ¿Os apetece un poco de té?

—Oh, sí —dijo Jake, con la boca llena—. Eh, aún está caliente. ¿Lo acabas de hacer?

—Sí —respondió Lily.

—¡Fenomenal!

—Seguro que su intención era ofrecer los dulces para más tarde —señaló su tío—. Y antes de seguir comiendo, podrías darle las gracias.

—Gracias —murmuró Jake sin dejar de comer—. De verdad, señorita. Está delicioso.

—De nada —respondió ella. Le ofreció un vaso de plástico y se lo llenó de té.

Entonces se preparó para encarar al tío Nick, quien acababa de bajar de un salto del camión, aterrizando a una distancia demasiado corta para su propia tranquilidad.

Agarró una camiseta blanca del suelo del camión y se la puso rápidamente sobre la cabeza y el torso. La misteriosa fiebre de Lily tendría que haber desaparecido al ocultarse la visión de sus músculos. Pero no fue así.

Más bien al contrario. El calor aumentó ahora que lo tenía frente a ella, mirándola con aquellos penetrantes ojos oscuros.

—Lo siento —dijo él—. Le he dicho millones de veces que diga «por favor» y «gracias», pero no hay manera de metérselo en la cabeza.

—Lo imagino —aseveró ella—. Me pasa lo mismo con mis hijas.

—¿Tienes hijas? —preguntó Jake.

Lily le sonrió.

—Me temo que son demasiado jóvenes para ti.

—Sólo tengo quince años.

Parecía imposible que fuera tan joven, tan alto para su edad. Lo único infantil era su rostro.

—Parezco mayor, ya lo sé.

—Sí que lo pareces. Pero mis hijas sólo tienen nueve y seis años.

—Oh —murmuró él encogiéndose de hombros, como si no le diera importancia.

Lily estaba segura de que tendría admiradoras de sobra, igual que su tío.

—Tengo que ir adentro. Este sol me está asando —dijo Jake, girándose para marcharse—. Gracias otra vez, señora Tanner.

—De nada —dijo Lily, y de repente sintió que se quedaba sin palabras.

Nerviosa. Roja como un tomate. Ridícula.

Le ofreció un vaso al señor Macizo y Sudoroso, pensando que el sudor nunca le había parecido tan excitante.

—Gracias —dijo él, y agarró el vaso para que ella se lo llenara—. Ese mocoso se escapó con todos los dulces, ¿eh?

Lily sonrió, intentando no mostrarse demasiado coqueta. No estaba flirteando con él ni nada por el estilo.

—Eso parece. Deberías darse prisa o te quedarás sin nada. Si es como mis sobrinos, no tardará ni cinco minutos en comérselos todos.

—Muy propio de Jake —corroboró él, y echó la cabeza hacia atrás para tomar un largo trago de té—. Vaya... lo necesitaba.

—Puedes quedarte con la jarra —ofreció ella—. Pensé que tu nevera estaría vacía, y como hace tanto calor... me pareció una buena idea.

—Desde luego. Jake y yo te lo agradecemos mucho.

—Así que... ¿te mudas aquí? ¿O Jake y su familia? —esperó dar la imagen de una buena vecina y nada más, y que el rubor de su rostro no la estuviera delatando.

—Sólo Jake y yo —respondió él, adoptando una expresión mucho más severa—. Mi hermana y su marido murieron en un accidente de coche hace seis semanas. Tienen dos hijos gemelos estudiando en la Universidad de Virginia, y Jake es el menor. Aparte de sus hermanos, yo soy la única familia que les queda.

—Oh, lo siento mucho —dijo Lily, avergonzándose por haber estado admirando los músculos sudorosos de un hombre que acababa de perder a su hermana.

—Gracias. Aún está reciente, pero...

—Naturalmente. Siento haber preguntado...

—No, me alegra que lo hayas hecho y que me lo hayas preguntado a mí y no a él. Aún está muy afectado, y no sabe cómo responder.

—Lo entiendo. Mis hijas se sentían igual de perdidas cuando mi marido y yo nos divorciamos. Ya sé que no es lo mismo pero... odiaban que todo el mundo les preguntase por qué su padre ya no vivía con nosotras.

Él asintió en silencio, comprensivo. Era la clase de hombre que se cargaría con la pesada tarea de educar en solitario a un sobrino de quince años. Tal vez aquella expresión ceñuda sólo fuera el resultado de lo que había soportado durante las seis últimas semanas.

—Bueno, creo que debería dejar que volvieras al trabajo —dijo, tendiéndole la jarra—. Avísame si necesitas cualquier cosa. Casi siempre estoy en casa.

—Gracias otra vez. Has sido muy amable.

«Amable». Estupendo. Pensaba que era amable. Ojalá no supiera que lo había estado espiando como una adolescente enamorada, mientras él seguía llorando la muerte de su hermana y su cuñado y ocupándose de su pobre sobrino huérfano.

«¿Qué demonios te pasa?», se preguntó a sí misma, intentando ocultar su consternación tras una sonrisa forzada.

Él asintió hacia la casa.

—Voy a entrar a tomar unos pocos dulces.

Sí... pensó ella, despidiéndose con la cabeza.

Dulce.

Capítulo 2

JAKE estaba atiborrándose de dulces como si la vida le fuera en ello, cuando Nick entró finalmente en la cocina de su nueva casa. Se detuvo por un momento para tenderle el vaso vacío a Nick y que éste volviera a llenárselo de té antes de dejar la jarra en la encimera.

—Es muy guapa para ser madre —dijo—. Y sabe hacer unos dulces deliciosos.

—No lo sé. Aún no los he probado —repuso Nick, esperando no sonar demasiado arisco.

No tenía razón para estar huraño, pero se había convertido en una costumbre después de pasarse años gritándoles órdenes a los soldados. Sin embargo, se esforzaba al máximo para suavizar su temperamento con Jake y sus hermanos.

Jake le ofreció lo que quedaba de dulce y Nick probó un pedazo. Un sabor parecido al éxtasis explotó en su boca.

Estuvo a punto de soltar una palabra bastante ordinaria, pero se contuvo a tiempo. También tenía que refrenarse para no soltar palabrotas delante del chico.

—Está de muerte, ¿verdad? —dijo Jake—. ¿Qué crees que tendríamos que hacer para conseguir que nos hiciera la cena?

—Lo veo muy difícil. Es una madre soltera con dos niñas pequeñas —respondió Nick, saboreando el dulce en la boca—. No creo que tenga mucho tiempo libre.

—Aun así, estoy seguro de que lo haría por ti —insistió Jake, esperanzado—. ¿Viste la manera en que te miraba? Como si no le importara que fueras...

—¿Mayor? —preguntó Nick.

—Iba a decir «viejo» —dijo Jake con una sonrisa, alargando el brazo hacia el último trozo de dulce.

—Tócalo y eres hombre muerto —le advirtió Nick—. Ya has tomado bastantes.

—Sí, pero aún tengo hambre —se quejó el chico. Y eso que no eran ni las diez de la mañana.

Lily Tanner tenía razón. Los adolescentes eran como sacos sin fondo. Nick no se había percatado de ello durante la primera semana que siguió a la muerte de su hermana y su cuñado, pues los vecinos se habían encargado de llevarles comida. Pero a pesar de que las cantidades eran muy generosas, el voraz apetito de Jake y los gemelos acabó con las provisiones en un abrir y cerrar de ojos. Ni siquiera el dolor y la pena podían mitigar el hambre de un adolescente por mucho tiempo.

—Vamos a terminar de sacar las cosas del camión antes de que haga más calor, y luego buscaremos algo para comer —dijo Nick—. ¿Quién sabe? A lo mejor se presenta otra de las vecinas con el almuerzo. Intenta mostrarte apenado, debilucho y muerto de hambre.

—Eso está hecho —aseveró Jake, tomándose otro vaso de té antes de salir.

Nick dejó su vaso, se metió el último trozo de dulce en la boca y miró a su alrededor. La casa estaba vacía, salvo por las cajas y los muebles que aún no habían sido colocados. Por milésima vez, confió en estar haciendo lo correcto al instalarse en Virginia e intentar hacerse cargo del muchacho.

Y se preguntó en qué demonios había estado pensando su hermana al nombrarlo tutor del chico en su testamento.

Al mediodía habían sacado todas las cosas del camión. Movieron algunas cajas para tener un poco de espacio y se desplomaron en el sofá, que estaba temporalmente situado bajo un ventilador en el techo.

Nick estaba tan cansado que tuvo que dejar que fuera Jake quien lo moviera todo. El chico era muy fuerte, aunque Nick confiaba en que podría vencerlo si tuvieran que llegar a las manos. Por el aluvión de consejos que había recibido en las últimas semanas sobre la educación de los adolescentes, había llegado a pensar que todo se reducía a la cuestión de quién era el más fuerte. Aunque no se imaginaba a Jake tan rebelde como para desoír sus órdenes y hacer necesaria la fuerza física.

Pero ¿qué sabía Nick de los jóvenes? Prácticamente nada. Gracias a Dios, era un chico. Si hubiera tratado de una chica, no quería ni imaginarse cómo habría sido.

Aunque si su hermana hubiera tenido hijas, nunca las habría dejado a cargo de Nick.

—Me muero de hambre —dijo Jake, estirando sus largas piernas y apoyando la cabeza en el respaldo.

—Dime algo que no sepa —murmuró Nick, intentando recordar los locales de comida rápida que había visto de camino.

Entonces sonó el timbre de la puerta. Jake se incorporó con expresión esperanzada.

—¿Crees que serán más dulces?

—Creo que nos vendría bien algo más sustancioso, ¿no te parece?

—Sí, supongo —admitió Jake, y se levantó para abrir la puerta.

Nick lo agradeció, pues realmente se veía incapaz de moverse. Por nada del mundo querría volver a tener quince años, pero no le vendría mal aquel torrente de energía juvenil, especialmente en días como aquél.

Jake abrió la puerta y sonrió con entusiasmo. Debía de ser más comida. Nick se obligó a levantarse, intentando no poner una mueca de dolor. Al menos Jake no veía su muestra de debilidad, porque sólo tenía ojos para el estofado de pollo que portaba en sus manos.

Le dieron las gracias a la amable vecina por la comida y se dirigieron a la cocina para agarrar un tenedor cada uno y comer directamente de la cacerola. La madre de Jake estaría horrorizada por la falta de modales, pero al menos el chico estaba comiendo.

Acompañaron el estofado con el té helado de Lily Tanner, y Jake limpió la cacerola con la lengua, como si fuera un perro que llevara días sin comer.

—Creo que me va a gustar este barrio —dijo—. ¿Crees que se presentará alguien más con la cena?

—Ojalá —respondió Nick.

Lily tenía intención de trabajar un poco aquel día. Al volver a casa después de conocer a sus vecinos se había tomado la temperatura otra vez. No tenía fiebre, pero se sentía muy débil y temblorosa.

¿Estaría pillando algo? Sin duda. No podía haber otra explicación.

Se fue a trabajar al comedor, cuyas paredes estaban listas para el empapelado, la pintura y el friso de madera. Había sido decoradora de interiores antes de que nacieran las niñas, para luego convertirse en madre y ama de casa con una afición casi obsesiva por las reformas. Tres años antes, había convencido a Richard para vender la casa y comprar otra más grande que pudieran reformar a su gusto. Un año después, y tras mucho trabajo por parte de Lily, habían vendido la casa a un precio mucho mayor y habían comprado otra.

Aquélla era su cuarta casa. La habían comprado unas semanas antes de que Richard anunciara que iba a dejarla. El divorcio estipulaba que ella le debía la mitad de la cantidad que habían invertido en la casa, pero Lily tenía un año para terminar las reformas y poder venderla a buen pecio. Había trabajado muy duro para llegar a ese acuerdo, y contaba con los beneficios de la venta de la casa para comprar otra más pequeña para ella y sus hijas.

Por ello siempre estaba ocupada. Aún le faltaba mucho por hacer, pero el teléfono no dejaba de sonar. Parecía que todas las vecinas del barrio la habían visto hablar con aquel espléndido espécimen masculino, y ansiaban saber si efectivamente se había mudado a aquella casa, si aquel adolescente era su hijo, y si un hombre semejante podía estar soltero.

Lily tenía las respuestas a las tres preguntas, lo que la convertía en una mujer muy popular aquella mañana. Pero sus vecinas no perdieron tiempo en ponerse manos a la obra. Al mediodía, un desfile de mujeres marchaba hacia la casa, portando bandejas y cacerolas y luciendo sonrisas radiantes, ataviadas y maquilladas como si fueran a comer con una celebridad en vez de pasarse a saludar a un nuevo vecino.

—Descarada —murmuró Lily para sí misma, viendo a Jean Summer, que vivía tres casas más abajo, presentarse con un suéter de amplio escote que apenas ocultaba sus generosos pechos.

Sus nuevos vecinos disfrutarían mucho más con aquella impúdica imagen que con el pavo al curry de Jean, que Lily sabía por experiencia que estaba bastante seco.

Sissy Williams se presentó con su minúsculo conjunto de tenis, y prácticamente brincaba de entusiasmo mientras les ofrecía lo que parecía una tarta. A Jake le encantaría.

Pero la más descarada de todas fue sin duda Audrey Graham, que apareció con unos pantalones cortos de footing y un sujetador de lycra.

—Al menos podrías ponerte una camiseta —masculló Lily.

Ella al menos se había presentado con la ropa puesta y sin una gota de maquillaje. Se sentía muy superior a aquel pase de modelos caseras, que parecían competir entre ellas a ver quién mostraba más piel desnuda. Se preguntó si también sus vecinas habrían sentido los mismos calores que ella, porque Nick había vuelto a quitarse la camiseta para seguir descargando las cosas del camión. A Lily le hubiera resultado imposible no darse cuenta, ya que vivía en la casa de al lado.

Pero no lo estaba espiando ni nada por el estilo. Simplemente, al pasar junto a la ventana de la cocina, lo que hacía varias veces al día, echó un vistazo al exterior y vio a Nick, a Jake y al desfile de mujeres portadoras de comida y ligeras de ropa.

Nunca había presenciado un comportamiento semejante en sus vecinas. Al fin y al cabo, aquél era un vecindario muy decente y respetable.

Su hermana volvió a llamarla por teléfono, pero

Lily se mostró muy poco comunicativa y no hubo más comentarios sobre los dulces. Las niñas volvieron del colegio, rebosantes de entusiasmo y energías, hasta que Lily les dio de comer y las acució a hacer los deberes. Entonces las invadió una repentina fatiga y se tiraron al suelo del salón para ver una película en el Disney Channel, hasta que su madre las hizo acostarse a las ocho y media.

Unos minutos más tarde, Lily estaba cargando el lavavajillas cuando vio a Jake dirigiéndose hacia la puerta de su cocina.

Se peinó rápidamente con las manos, se sacudió la camisa para asegurarse de que no tuviera polvo de las paredes del comedor, y abrió la puerta.

Jake se disponía a llamar con los nudillos. Parecía un cachorro gigante, con sus grandes orejas y pies y su espesa mata de pelo.

—Hola —lo saludó ella—. ¿Ya lo habéis metido todo en casa?

—Sí, señorita —respondió él, entrando en la cocina.

—Debes de estar muy cansado.

—Un poco —repuso, como si hiciera falta mucho más para cansar a un chico de su edad.

—¿Qué puedo hacer por ti?

—Bueno... tengo un problema y no sé qué hacer al respecto... Ha venido a vernos mucha gente, con montones de comida...

—Sí, me he fijado —admitió ella.

—Nada estaba tan bueno como tus dulces, pero no estaba mal. Mi tío me ha dicho que haga una lista con las cosas que nos han traído y quién lo ha hecho, para que podamos devolver los recipientes a cada una y darles las gracias. Y... bueno, he hecho una lista, pero... no del todo.

—Ah —dijo Lily, asintiendo—. Te entró hambre y te distrajiste.

—Sí. Y ahora no sé qué hacer. Tengo un montón de etiquetas con nombres, pero no sé a qué platos corresponden, aunque recuerdo el aspecto de algunas de las mujeres...

Como Audrey en sujetador... Lily estaba segura de que Jake no olvidaría una imagen como ésa.

—Creo que sabré relacionar casi todos los recipientes con las etiquetas —le dijo ella—. Preparamos las mismas recetas cuando cocinamos para los demás. Conozco las especialidades de todas.

El chico la miró tan agradecido que Lily sintió ganas de abrazarlo. Pobre. Debía de haber tenido un día agotador, además de las últimas seis semanas.

—Mis hijas ya están durmiendo...

—Puedo quedarme aquí, por si se despiertan —se ofreció él.

—Muy bien —aceptó ella—. No tardaré ni un minuto. ¿Está todo en la nevera?

—Sí, y las etiquetas y lo demás están en la encimera, junto a la nevera. He dejado abierta la puerta de la cocina, y mi tío ha ido a devolver el camión de alquiler, así que la casa está vacía.

—De acuerdo. Enseguida vuelvo.

Conocía la casa de la última pareja que vivió en ella. La cocina estaba frente a la suya, de modo que sólo tuvo que rodear los arbustos y entrar. Dentro se encontró todo como Jake le había dicho.

Sissy había llevado efectivamente una tarta de frutas glaseadas, demasiado elaborada para que la hubiera hecho ella misma. Sissy no se desenvolvía muy bien en la cocina, pero debería de haber sabido que a un chico adolescente no le interesaba la alta repostería.

El pavo de Jean parecía más sabroso de lo habitual. Fue fácil emparejar ese plato con la etiqueta de Jean. Media docena de emparejamientos después, sólo quedaba la etiqueta de Audrey y otra con una escritura horrible, propia de adolescentes. ¿Incluso las jóvenes alardeaban de sus dotes culinarias además de sus cuerpos? Los dos platos que quedaban eran una ensalada de pasta y un pollo asado. Con un cuerpo como el suyo, Audrey no debía de ser muy amiga de los hidratos de carbono. El pollo asado le correspondería seguramente a ella.

Por si acaso decidió preguntárselo a Jake, quien no debía de haber olvidado a Audrey y su minúsculo conjunto. Confiaba en que aquella voluptuosa imagen no le hubiera nublado la razón.

Agarró el recipiente del pollo para mostrárselo a Jake y abrió la puerta de la cocina. Y entonces se topó con Nick.

Tuvo que reaccionar con rapidez para impedir que se le cayera el pollo al suelo. Pero él parecía más preocupado por ella que por el pollo, porque mientras Lily agarraba la cacerola, él la sujetó por los brazos, rápido como un rayo.

Habría caído de espaldas de no ser por él.

—Lily... ¿Estás bien? —le preguntó, demasiado cerca de ella y con una expresión ligeramente divertida.

—Sí —susurró.

—Siento haberte asustado.

Sus manos la siguieron sujetando, provocándole un extraño hormigueo en los brazos. Una vez que se aseguró de que había recuperado el equilibrio, la soltó y dio un paso atrás.

—No. Ha sido culpa mía. No estaba mirando dónde pisaba —admitió ella. Tenía la voz trabada, le faltaba el aliento y lo único que podía ver eran unos hombros anchos y unos brazos musculosos.

Sentía el calor varonil que irradiaba aquel cuerpo.

Su reacción debía de ser normal, decidió. Después de todo, hacía años que no estaba tan cerca de un hombre, aparte de su ex marido.

Parpadeó unas cuantas veces y lo miró. Estaba confusa, avergonzada y... no estaba segura de qué más.

¿En qué había estado pensando? ¿Qué podía decir? Tenía la mente en blanco.

—No creo que seas la clase de mujer que se dedique a robar pollos asados de los vecinos... —dijo él.

—Oh, no, no —se apresuró ella a explicarse—. No estaba robando. Lo juro.

—No pensaba que lo estuvieras haciendo, Lily.

No. Seguramente pensaba que estaba loca.

—Jake no sabía a qué vecina correspondía cada plato, y yo me ofrecí a ayudarlo.

—Sí. Retiró las tapas con las etiquetas y se puso a comer directamente de los recipientes, antes de pensar siquiera en quién había traído cada plato.

—Parece un chico encantador. Ahora está en mi casa, por si acaso mis hijas se despiertan. Estoy segura de quién ha traído cada plato, salvo esto y otra cosa más —sostuvo en alto la cacerola del pollo.

—Recuerdo quién trajo esto —dijo Nick—. Una mujer con un conjunto... minúsculo. Pantalones cortos y una especie de sujetador.

—Audrey Graham —dijo ella, volviéndose hacia la cocina—. Le pondré su etiqueta a la cacerola y...

—¿Tiene la costumbre de presentarse en casa de los vecinos con esa ropa?

Lily se echó a reír. Pero entonces recordó que ella había sido la primera en ir a verlo aquella mañana, aunque no fuera tan provocativamente vestida como Audrey y las otras.

¿Qué opinión tendría Nick de ella? ¿Que era igual que las demás?

—Bueno... Audrey es... Digamos que se aficionó al deporte después de su divorcio —era lo más amable que se le ocurría—. Sale a correr todos los días, y hace tanto calor que...

Se dio la vuelta, después de haber etiquetado los platos, y vio a Nick apoyado en la encimera, como si no quisiera recibir respuesta para la gran cantidad de dudas que debían de invadirlo.

—Es un barrio muy acogedor, por lo que veo —comentó.

—Sí. Mucho.

—Nunca había vivido en un lugar como éste. No me esperaba una bienvenida semejante —dijo con cierta cautela, como si fuera un tema delicado—. ¿Siempre son así los recibimientos por aquí?

—Bueno... —pensó que debería advertirle. O darle las buenas noticias, dependiendo de cuál fuera su punto de vista—. No hay muchos hombres solteros en el barrio.

—Entiendo —dijo él, aunque parecía más confuso aún.

—Casi todo son parejas casadas y madres divorciadas —explicó ella.

Madres divorciadas y solitarias.

Madres con necesidades no satisfechas.

No como ella, naturalmente. Ella no necesitaba nada. Sólo un baño de espuma y un buen libro.

Y sin embargo allí estaba, frente a aquel vecino arrebatadoramente atractivo, volviendo a sentir aquella extraña fiebre que el termómetro se empeñaba en desmentir.

Lo miró con la expresión más inocente que pudo adoptar.

—¿Y todas las mujeres que han venido hoy son solteras? —preguntó él, como si aquella posibilidad le asustara un poco.

—No, no todas —respondió Lily, y entonces se dio cuenta de que estaba confesando haberse pasado todo el día espiando desde la ventana de su cocina.

No, un momento... Lo que había hecho era mirar las etiquetas de la comida que le habían llevado. Rezó porque aquélla fuera la interpretación de Nick, y no que hubiera estado espiándolo.

—Siempre les gusta dar la bienvenida a un nuevo vecino.

A un nuevo hombre, más bien, pero no lo dijo. Aunque él debía de saber lo que quería decir. Si lo que Lily había presenciado aquel día significaba algo, un hombre como él podría tener a una mujer distinta cada día de la semana.

¿Querría algo así? ¿Una mujer distinta cada día?

¿Sería esa clase de hombre?

¿Y qué pasaba con su sobrino? ¿Recibiría Nick a un sinfín de amantes en su casa con Jake allí?

—Bueno, Jake está muy contento —dijo él finalmente—. Por desgracia, a ninguno de los dos se nos da bien la cocina.

—Entonces tú también debes de estar contento con todas estas... atenciones —dijo, como si se refiriera a algo más que la comida.

Cada vez se sentía más confusa y avergonzada.

¿Acaso él no era consciente de su tremendo atractivo? Sobre todo sin camiseta... Allá adonde fuera debía de causar sensación entre las mujeres.

¿Existiría un mundo donde un físico como aquél no revolucionara las hormonas femeninas?

Parecía muy improbable. Aunque tampoco podía afirmarlo, pues su existencia se reducía a las fiestas de cumpleaños infantiles, las comidas de vecinos y el trabajo como voluntaria en la escuela de sus hijas. Pero no iba a preguntarle a Nick nada de eso. Seguramente la veía como a cualquiera de sus vecinas. No tan descarada como Audrey Graham, pero sí una más de ellas.

Y tal vez lo fuera.

—Será mejor que vuelva a casa —dijo, pasando junto a él e intentando no dar una imagen de huida.

—Gracias por todo —dijo Nick.

—De nada. Espero que os guste vivir aquí —no lo dijo por las mujeres, pensó, ruborizándose al pensar en lo que podría hacer él con todas esas mujeres—. Enviaré a Jake de vuelta.

Capítulo 3

CUATRO días más tarde, Nick esperaba en la puerta de su nueva casa. Aún no había amanecido y se había vestido para salir a correr, pero en vez de eso examinaba la calle desde la ventana, como si temiera que fueran a atacarlo con las primeras luces del alba, en uno de los barrios más tranquilos de la ciudad.

No temía a ningún ladrón, pero sí a una mujer con sujetador de lycra.

Dos días antes lo había seguido durante los ocho kilómetros de carrera, sin parar de hablar mientras trotaba a su lado, cuando lo único que Nick quería era despejar la mente de preocupaciones y ocuparse de respirar y de poner un pie delante de otro. Y por si eso fuera poco, lo había seguido hasta su casa y al interior de la misma.

Antes de que él pudiera percatarse de sus intenciones, la mujer se había adueñado de su cocina. Bueno, sí sabía cuáles eran sus intenciones, pero no que fuera a llevarlas a cabo en su propia cocina. Antes de que pudiera hacer nada había entrado Jake. El chico estaba medio dormido y tan hambriento como siempre, pero la imagen que lo esperaba en la cocina lo había despejado por completo. Algo que Nick no quería repetir.

Tampoco quería que nadie le estuviera hablando mientras corría. Y por eso vigilaba la calle desde la ventana, preguntándose si Audrey Graham estaría esperándolo allí fuera, a pesar de que él le había dicho, en un tono cortés pero tajante, que no estaba interesado.

—¿Qué haces? —le preguntó Jake detrás de él.

Nick dio un respingo y casi se le salió el corazón por la boca.

Demasiados años en el ejército, antes de entrar en el FBI.

Jake bostezó.

—Lo siento. Se me olvidó.

—Si sigues acercándote por detrás sin hacer ruido, acabaré rompiéndote el cuello antes de darme cuenta de que eres tú —le advirtió Nick.

—¿Podrías hacer eso? —le preguntó Jake en tono de admiración.

—En un santiamén —se jactó Nick, confiando en que el chico lo creyera y recordara la advertencia para la próxima vez. Ya había estado a punto de hacerle daño en una ocasión que lo sobresaltó.

—Lo siento, pensé que me habías oído —volvió Jake a disculparse mientras se encogía de hombros, como si la posibilidad de que le rompiera el cuello no significara gran cosa—. ¿Qué haces? ¿Has salido a correr?

—Aún no.

—Espera un momento... —dijo Jake, súbitamente interesado—. No estarás... ¿Hay alguien ahí fuera?

—¿Alguien? —repitió Nick.

—Ya sabes... Una mujer.

—No, no hay ninguna mujer ahí fuera.

—Porque si quieres acostarte con alguien, por mí no hay ningún problema. ¿Es esa Audrey? La que tiene esos melones gigantes... —levantó las manos y las sostuvo a medio metro del pecho—. ¿O la hija? Me gustaría conocerla.

—No, no es ella. No hay nadie, ya te lo dicho.

—Nadie que yo conozca, ¿eh?

—Nadie en absoluto. Además, yo no haría algo así...

Iba a decir «contigo en casa», pero le sonaba un poco hipócrita. ¿Acaso tenía que comportarse como un monje, sólo porque estuviera soltero y a cargo del muchacho? ¿Un muchacho en plena adolescencia y con las hormonas desatadas?

No creía que tuviera que ser un monje, pero ¿qué sabía él sobre la vida sexual de los padres solteros? No mucho, la verdad. Nunca había tenido una relación seria con una madre soltera... Ni con ninguna otra. Las relaciones estables no eran lo suyo.

—Entonces, ¿vas a estar sin hacerlo hasta que yo cumpla los dieciocho? —preguntó Jake, como si no pudiera creerlo—. Me parecía que eras más enrollado con esas cosas... Ya sabes, que traerías mujeres a casa, y que yo traería a mis chicas...

Nick lo miró a los ojos.

—¿Tus chicas? ¿En plural?

—Bueno, no exactamente... No en estos momentos.

—¿Una? ¿Tienes a una chica a la que piensas meter en tu habitación? ¿Con quince años?

—Bueno... puede.

—Pues quítate esa idea de la cabeza, porque eso no va a pasar —declaró Nick rotundamente.

—Pero... yo creía que...

—Estabas equivocado.

Jake se marchó gruñendo y farfullando a la cocina. Sin duda estaba otra vez hambriento, pues hacía más de seis horas que había comido. Nick lo había encontrado en la cocina a medianoche, devorando un cuenco gigantesco de cereales. Y ahora volvía a tener hambre.

Nick no podía meter a una mujer en aquella casa, por mucho que lo deseara. Jake siempre estaba hambriento y podía sorprenderlos en la cocina. Y además estaba pensando en llevar chicas a casa.

—¡Jesús! —exclamó—. ¿Qué voy a hacer con todo esto?

Ni siquiera podía salir a correr, porque cuando abrió la puerta atisbó a Audrey acechando detrás de un árbol.

Cerró con un portazo y se preguntó si podría esperar a que se fuera. ¿Aquella mujer no tenía que trabajar o cuidar a sus hijos? ¿No tenía otra cosa mejor que hacer que acosarlo?

Tendría que encontrar la manera de evitarla, ya fuera cambiando el horario para salir a correr o convenciéndola de que no estaba interesado. Pero la segunda opción se presentaba muy difícil, pues aquella mujer no debía de estar acostumbrada a que los hombres la rechazaran.

—Maldita sea.

Más tarde, estaba cortando el césped del jardín cuando Lily aparcó en el camino de entrada y se bajó del vehículo, sin rastro de sus niñas.

Él la saludó con la mano y siguió cortando el césped. Quería acabar con la tarea antes de que hiciera más calor. Pero entonces vio cómo ella abría el maletero del coche y empezaba a sacar listones de madera. Rápidamente apagó la cortadora y fue a ayudarla.

—Espera —dijo, agarrando un listón que se había caído al suelo—. Déjame que te ayude.

—Oh —se dio la vuelta hacia él, pero aún no había acabado de sacar la madera del coche, y Nick tuvo que moverse con rapidez para impedir que se le cayera todo al suelo.

—Lo siento. No quería asustarte —dijo, preguntándose si Lily se asustaba con facilidad o si era un poco torpe.

—No me has asustado. Es que... olvidé que estaba sosteniendo todo esto y... bueno, ya sabes.

—Ya lo tengo. Deja que lo lleve por ti —dijo él, secándose el sudor de la frente con el antebrazo.

—De acuerdo. Gracias.

Sacó las llaves y se dirigió hacia la puerta de la cocina. Hizo pasar a Nick y lo llevó al comedor, cuyas paredes estaban recién pintadas de un suave color dorado, listas para el friso de madera.

—Puedes dejarlo donde quieras —le dijo.

Nick apiló los listones en un rincón.

—¿Estás haciendo tú sola todo el trabajo?

—Sí. Me gusta. Antes era decoradora de interiores, pero descubrí que me gustaba tomar las decisiones por mí misma, mucho más que seguir las instrucciones de otra persona. Además, disfruto haciendo el trabajo yo sola. Así que, después de que mis hijas nacieran, empecé a reformar casas y a venderlas después.

Nick paseó la mirada por la habitación en obras y por la cocina, ya acabada.

—Haces un trabajo excelente, Lily.

—Gracias. ¿Cómo estás? ¿Y Jake?

—Jake... tan bien como se podría esperar, creo. Pero ¿qué sé yo? ¿Cómo crees tú que es?

—Encantador. Listo. Ansioso por complacer... Se ofreció a cortar mi césped a cambio de otra remesa de dulces.

—Oh, lo siento...

—No, es genial. Yo estaba harta de cortar el césped, sobre todo en esta época del año. Prefiero hacer dulces y pasteles y que otro se ocupe del césped en mi lugar.

—¿Estás segura?

—Completamente —entró en la cocina y sacó un par de vasos del armario—. ¿Te apetece beber algo? Parece que llevas un rato soportando el calor.

—Agua. Gracias.

Ella le tendió el vaso y él lo vació de un solo trago. Ella lo estuvo observando mientras bebía, como si él la hiciera sentirse incómoda o insegura. Pero entonces sonrió y volvió a llenarle el vaso.

—Así que, si a ti te parece bien, haré un trato con Jake... Comida a cambio del césped.

—Me parece estupendo. Pero no dejes que se aproveche de ti ni de tu tiempo.

Ella se encogió de hombros y esbozó una sonrisa nerviosa.

—Me gusta cocinar, y empleo el mismo tiempo en preparar algo para cinco personas que para mí y las niñas. ¿Cuál es su comida favorita?

—No tengo ni idea —admitió él. Una cosa más que ignoraba de los jóvenes en general, y de aquel chico en particular—. Hasta ahora no he encontrado nada que no le guste. Recuerdo que una vez estaba en casa de mi hermana, hace un año más o menos, y ella había hecho un asado. Jake se zampó un montón de platos a rebosar. Una hora después entré en la cocina a por algo de beber y me lo encontré comiéndose los restos, fríos, supongo, en la misma cacerola. El chico no tiene modales en lo que se refiere a la comida, y su apetito es insaciable, incluso después de haber comido —sacudió la cabeza, entre consternado y maravillado.

—Muy bien —dijo Lily—. Un asado, entonces. ¿Algo más?

Nick vaciló. Necesitaba hablar con alguien, pero... ¿con Lily? No la conocía tanto, y por muy abiertas que fueran las mujeres actuales sobre su sexualidad, no creía que Lily fuera una de ellas. Parecía dulce y un poco tímida, y Jake había supuesto que no llevaba mucho tiempo divorciada. No podía preguntarle cómo era su vida sexual teniendo a dos niñas en casa.

—Me gustaría ayudar, si fuera posible —dijo ella, toda dulzura y amabilidad.

Nick frunció el ceño. Quizá pudiera averiguar un poco más sobre Audrey Graham para conseguir evitarla.

—Bueno... —dudó—. No sé cómo decirte esto. No quiero que te sientas incómoda, pero...

Lily pensó que iba a morirse de vergüenza. Nick sabía que había estado espiándolo y quería hablarle de eso... Emitió un débil e involuntario gemido, pero él debió de oírlo, porque la agarró del brazo y la miró con preocupación.

—¿Lily? ¿Estás bien?

—Sí —mintió.

—¿Estás segura?

—Sí. Sigue. ¿Qué ibas a decirme?

—Audrey Graham —dijo él, como si le costara pronunciar el nombre.

—¡Oh! ¿Audrey? —repitió Lily con una sonrisa, tan aliviada que podría haberse puesto de rodillas y darle gracias a Dios.

Había estado convencida de que él sabía cómo había estado comiéndoselo con los ojos mientras descargaba el camión y mientras trabajaba en el jardín, y agradeció que aún no hiciera tanto calor y que siguiera con la camiseta puesta.

No podría soportar ver aquel torso desnudo en su cocina.

—Sí. Audrey. Me dijiste que salía a correr todos los días.

—Sí —corroboró ella. ¿Querría verla? Porque aquella mujer no perdía la oportunidad para exhibirse, y sus conjuntos eran cada vez más provocativos. Debía de haberse comprado ropa nueva después de la mudanza de Nick.

Alguien le había dicho que Nick y Audrey habían corrido juntos el día anterior, y que después Audrey había seguido a Nick al interior de su casa. Pero la gente decía muchas cosas, y Lily tenía por principio no creerse todo lo que oía.

—¿Sabes por dónde suele correr? ¿Qué distancia y qué ruta? —preguntó Nick. Parecía muy incómodo con la pregunta.

—La verdad es que no. Yo nunca salgo a correr. A veces la veo pasar por delante de casa.

Con más frecuencia ahora que Nick se había mudado... ¿Significaba eso que Nick no había corrido con ella y que los rumores eran falsos?

—Y... tampoco sé cómo decir esto, pero... ¿y si quisiera salir a correr sin... tropezarme con ella?

—Oh —murmuró Lily, aliviada y al mismo tiempo desconcertada.

¿Nick quería evitar a una mujer con un físico como el de Audrey?

—Me gusta correr solo —explicó él—. Eso es todo. Lo hago para intentar despejarme, pero el otro día me siguió y... bueno, no dejó de hablar en todo el rato.

—Oh, entiendo —asintió, regodeándose al pensar en el fracaso de Audrey, medio desnuda y haciendo botar sus pechos, al intentar seducir a Nick.

No debería alegrarse por ello, porque el marido de Audrey se había marchado igual que lo había hecho Richard. Lily sabía lo mal que debía de estar pasándolo Audrey, pero aun así... no quería que consiguiera a Nick.

—Si cortar por mi jardín trasero y luego tomas la primera a la izquierda y luego a la derecha, saldrás del barrio por la parte de atrás y desde allí podrás correr tranquilamente, porque creo que ella se queda por estas calles.

—Perfecto —dijo él con una sonrisa—. Muchas gracias.

—No hay de qué. Aquí estoy para lo que necesites.

Por un momento pareció que él iba a decir algo más, pero debió de pensárselo mejor y se limitó a dejar el vaso vacío en la encimera.

—Será mejor que me vaya a terminar de cortar el césped, antes de que haga más calor.

—Muy bien.

Lily se dispuso a abrir la puerta, pero él lo hizo al mismo tiempo y los dos se chocaron el uno con el otro. Al apartarse, ella se movió a la izquierda y él a la derecha, por lo que acabaron aún más pegados.

Nick se rió entre dientes.

—Espera —dijo, y la agarró por los brazos para impedir que se moviera en la misma dirección que él.

Lo cual estuvo muy bien. Era un gesto muy... amable. Nada más.

No movió un solo músculo. No quería moverse, si era sincera consigo misma. Permaneció inmóvil, respirando su olor masculino. Un hombre grande y fuerte que había estado haciendo cosas de hombres en el exterior, y cuya recia piel parecía irradiar el calor del sol.

Y entonces se quedó petrificado.

—Maldición —murmuró, mirándola.

—¿Qué ocurre?

¿Había hecho ella algo? ¿Se habría delatado? ¿Tendría que vivir con la humillante certeza de que él sabía que ella lo deseaba tanto como Audrey?

—Audrey está ahí fuera. La he visto a través de la mosquitera —dijo él. Nos está viendo.

—No lo entiendo...

—Lily, hace dos días me siguió a la cocina, y estaba prácticamente sobre mí cuando Jake apareció.

—¡Oh!

—Creía haberle dejado muy claro que no estaba interesado, pero parece que no lo conseguí. No ha dejado de acosarme desde entonces. Pero Jake está fantaseando con su hija y por eso prefiero no ser muy duro con ella, a no ser que sea absolutamente necesario.

—Muy bien —dijo Lily, sin moverse. Estaba a medio centímetro de él y le gustaba. Le gustaba mucho—. Pero ¿qué tiene eso que ver con... esto?

Él respiró hondo, haciendo que el pecho se le elevara hasta tocar a Lily. Ella quería que la tocara. Sentía un hormigueo por todas partes, como si su cuerpo estuviera cantando de felicidad. Como si hubiera anhelado ese ligero contacto una docena de veces en las escasos segundos que llevaban en aquella posición. Deseando y esperando cosas que no se atrevía a pedir.

Era tan fuerte y poderoso. Tan... varonil.

Y hacía mucho tiempo que ella no estaba tan cerca de un hombre. Y desde luego, nunca había estado a tan corta distancia de un hombre tan irresistible como él. Irresistible físicamente, claro. No sabía casi nada de él. Sólo sabía que su cuerpo deseaba conocer mejor al suyo.

—Bueno —dijo él, inclinando la cabeza hasta que sus labios se posaron junto a la base del cuello de Lily. Sin llegar a tocarla, pero haciendo algo tan sensual como la más deliciosa de las caricias. Estaba aspirando su esencia, como un hombre que se estuviera relamiendo ante una opípara comida antes de dar el primer mordisco...

¡Un mordisco! No podía imaginárselo dándole un mordisco a ella. Los hombres no le daban mordiscos. Ella no era esa clase de chica. Aunque tal vez debería haberlo sido...

—Si pudiera quedarme así un momento —susurró él, rodeándola cuidadosamente con los brazos.

—Mmm-hmm —murmuró ella.

—Y si pudieras rodearme con tus brazos, sólo un minuto...

—Está bien —aceptó ella, demasiado contenta para quejarse.

Llevaba días imaginándose que lo tocaba. Que lo tocaba de todas las maneras posibles en todos los lugares posibles. Y descubrió que la realidad era aún mejor que la fantasía.

Sus músculos eran increíblemente sólidos y bien definidos. Lily deslizó las manos por sus bíceps, hasta sus anchos hombros. Llevó una mano hasta la base del cuello y el extremo de sus cabellos.

—Eso es —dijo él, como si realmente le gustara—. Así.

Lily tomó aire y sus pechos se elevaron hasta rozar el torso de Nick.

Él ahogó una especie de gemido y soltó una temblorosa carcajada.

—Está viendo todo lo que hacemos. Si te parece bien, podríamos quedarnos así un poco más...

Y entonces le acarició el lateral del cuello con la punta de la nariz, acercando tanto los labios que dejó un reguero de calor y deseo a su paso.

Lily se estremeció sin poder evitarlo.

Si aquello no acababa pronto, iba a suplicarle que dejara de actuar para engañar a Audrey y que la besara de verdad.

Se imaginó su boca abierta, descendiendo sobre la piel ardiente del hombro. La caricia de sus labios húmedos, su cuerpo fornido apretado contra el suyo.

Estiró el cuello hacia un lado, como si le estuviera ofreciendo todo lo que él quisiera. Él apretó los brazos en torno a ella, siempre con un cuidado exquisito, como si estuviera decidido a no aprovecharse de la situación.

Era un buen hombre.

Un buen hombre... endiabladamente sexy.

La nariz de Nick le rozó la oreja y el pelo, y su mano subió hasta su mejilla mientras los labios se posaban suavemente contra la sien. Pero entonces se retiró lentamente, con una sonrisa en el rostro.

Lily intentó no gemir ni suplicar. Intentó permanecer erguida sobre sus pies, sin ayuda, e intentó no dejarse afectar por lo que habían hecho... o porque se hubiera acabado.

—¿Lo... lo ha visto bien? —preguntó, recordándose de qué iba todo aquello.

—Sí, lo ha visto todo —corroboró él con una sonrisa despreocupada, como si fueran buenos amigos—. Espero no haberte ofendido...

—No, claro que no —le aseguró ella—. Lo que sea para ayudar a un vecino.

—Bueno, parece que se ha marchado, así que... —esperó un momento, como si quisiera decir algo más.

Ella también esperó, deseosa, anhelante, necesitada, emocionada y un poco asustada.

Pero él sacudió la cabeza.

—Debería volver al trabajo. Gracias otra vez, Lily.

—De nada.

Esperó hasta que se marchara y encendiera la cortadora de césped, antes de dejarse caer en el suelo de la cocina, con la espalda apoyada en el armario. Cerró los ojos y revivió cada segundo que habían compartido.

Era la experiencia más sensual que había tenido en años.

Capítulo 4

JAKE no había estado espiándolos.

Había estado espiando a Audrey Graham, la mujer con los sujetadores de lycra y que se había lanzado sobre su tío en la cocina. Lo había hecho porque la señora Graham tenía a una hija preciosa de dieciséis años, un trofeo fuera del alcance de Jake a quien nunca se dignaría a mirar en la escuela. Pero un hombre no debía perder la esperanza...

En aquel momento había estado mirando a la señora Graham, esperando que su hija estuviera con ella. Pero no estaba. Había visto como la señora Graham miraba hacia la casa de Lily y cómo ponía cara de pocos amigos. Jake se preguntó qué estaba pasando y fue entonces cuando los vio.

¿Su tío y Lily? Parecía que Nick estaba lamiéndole el cuello a Lily o algo así, y era obvio que a Lily le gustaba.

¿A las mujeres les gustaba que les lamieran el cuello? Jake frunció el ceño. No tenía mucha experiencia con las mujeres, pero nunca había oído algo así. Besar el cuello, sí. Pero ¿lamer?

No tendría ningún problema en intentarlo. Estaba dispuesta a intentarlo todo, especialmente con Andie Graham. Sería su fiel esclavo, satisfaría todos sus deseos, haría lo que ella quisiera si conseguía hacerle notar su existencia y le permitiera acercarse lo suficiente a su cuello.

Miró otra vez a su tío y a Lily, sin saber lo que pensar al respecto. No quería que su tío enfureciera a la madre de Andie, por si acaso ella y Jake acabaran juntos algún día. Por otro lado, le tenía mucho aprecio a Lily. Era una mujer muy simpática y comprensiva, y preparaba los dulces más deliciosos que él había probado en su vida. No quería que nadie le hiciera daño, y si Lily supiera que su tío había estado con la señora Graham en la cocina el otro día, se llevaría una gran desilusión.

A las mujeres no les gustaba compartir. Era una de las pocas cosas de las que Jake estaba seguro.

Y no le gustaba pensar que su tío fuera la clase de hombre que le hiciera daño a alguien como Lily. Frunció el ceño y...

—Disculpa. Estoy buscando la casa de los Malone. ¿Es aquí?

Por un momento pensó que debía de estar soñando, porque estaba convencido de que conocía aquella voz. Había soñado con esa voz. Y con mucho más.

Se dio la vuelta muy despacio, y esperó no parecer demasiado estúpido mientras se cercioraba de que no estaba soñando y de que Andie Graham estaba efectivamente delante de él.

—Eh... —fue todo lo que consiguió articular, antes de respirar hondo para intentar serenarse.

La protagonista de sus fantasías llevaba unos pantalones muy cortos y un pequeño top blanco con finos tirantes y amplio escote. Su deslumbrante aspecto hacía difícil respirar en su presencia.

Una fantasía hecha realidad.

¿Cómo era posible que estuviera buscando su casa?

—No es posible —murmuró en voz alta, sin darse cuenta.

Andie lo miró como si tuviera monos en la cara.

—¿La casa de los Malone? —repitió él en un tono ridículamente agudo, como si aún fuera un niño.

Ella asintió, como si temiera que las palabras fueran demasiado para él.

—Ésta es mi casa —dijo Jake, sin poder creérselo aún. Tenía que tratarse de un error. Era imposible que ella lo estuviese buscando.

Andie frunció el ceño, quizá porque no lo creía o porque estaba realmente confundida.

—¿Tu padre es Nick Malone?

—Mi tío —dijo él con el mismo tono agudo. Odiaba aquel tono.

—Oh. ¿Y ésa es tu casa? —preguntó ella, señalando la casa de Lily.

—No, es ésta —dijo él, asintiendo en la otra dirección.

—Oh. Está bien. Estaba... —parecía exasperada, no como la princesa rubia de sus fantasías, sino como una persona de carne y hueso con problemas como todo el mundo—. Estaba buscando a mi madre.

Parecía que no le gustaba admitirlo. O tal vez... ¿pensaba que su madre estaba allí con el tío de Jake? ¿Creía que había algo entre ellos?

—Está ahí mismo —dijo Jake, pero entonces le tocó a él fruncir el ceño. La señora Graham había desaparecido—. Estaba ahí hace un momento.

Andie suspiró, como si temiera lo que venía a continuación.

—¿Crees que ha entrado en tu casa?

—No. Mi tío no está ahí —le dijo Jake, sin añadir que su tío estaba en casa de Lily, lamiendo el cuello de Lily, y que la madre de Andie los había visto y no le había gustado nada.

—Oh —dijo ella, suspirando otra vez—. ¿Tu tío? ¿Está casado?

—No —respondió él. ¿Qué le importaba a ella si su tío estaba casado o no?

—Bueno... gracias. Estaré... estaré... —se detuvo un momento y lo miró con atención—. ¿Te conozco?

Jake negó con la cabeza, pero entonces se dio cuenta de que aquélla era su oportunidad. Ella sabía que existía, aunque sólo fuera para ayudarla a encontrar a su madre.

—Me llamo Jake. Jake Elliott. Vamos al mismo instituto... eso creo. ¿Jefferson?

—Sí, yo también voy al Jefferson. ¿En qué curso estás?

—En segundo —admitió él, sabiendo que ella estaba en un curso por encima. Una razón más por la que estaba fuera de su alcance.

—Oh —dijo ella—. Bueno, tengo que encontrar a mi madre. Hasta la vista.

Jake murmuró una despedida y vio cómo se alejaba con aquellos pantalones cortos y ajustados, aquellas piernas largas y bronceadas, aquel pelo largo y rubio meciéndose al ritmo de sus pasos.

Había hablado con él.

Ahora sabía su nombre y dónde vivía.

Jake sospechó que aquella noche tendría los mejores sueños de toda su vida.

De acuerdo, tal vez no fuera la mejor idea que hubiese tenido, se dijo Nick cuando estuvo de vuelta en su casa, a salvo de miradas codiciosas y lejos de la seductora y deliciosa Lily.

Puso una mueca e intentó borrar aquella imagen de su cabeza. No podía pensar en una vecina de aquella manera. Y menos con un chico en la casa que empezaba a albergar las fantasías sexuales propias de la adolescencia.

Intentó respirar con calma y pensar en otra cosa. Hacía mucho tiempo que no estaba con una mujer, pero las probabilidades de acostarse con Lily Tanner eran prácticamente nulas.

Audrey aceptaría encantada, si él la deseara. Pero por desgracia no le suscitaba el menor deseo. Lily, en cambio, estaba más allá de sus límites.

Estaba convencido de que nunca se había acostado con un hombre por el que no sintiera algo más que atracción sexual. Era demasiado dulce e inocente. No era su tipo.

Y sin embargo... Era una mujer preciosa, con su pelo rubio, su hermosa piel, su encantadora sonrisa y su carácter abierto y generoso. Parecía sincera en todos los aspectos. Sin engaños, fingimientos ni disimulos. Una mujer verdaderamente agradable y sorprendentemente atractiva.

Abrió la nevera y se sirvió un vaso de agua fría, pero no era tan sencillo aliviar el calor que lo abrasaba por dentro. No podía dejar de pensar en Lily. Parecía tan frágil y suave bajo sus manos, ligeramente temblorosa, con un tenue rubor en sus mejillas, y todo lo que él podía pensar era en devorarla allí mismo.

Tomó un largo trago de agua, pero no le sirvió de nada. Una a una, pensó en todas las mujeres que habían ido a verlo con comida, bebida e invitaciones tácitas de compañía. Podría pensar en alguna de ellas para matar el tiempo. Cualquiera de ellas que no tuviera reparos en acostarse con él. Pero, por más que intentaba evitarlo, volvía a mirar una y otra vez hacia la casa de Lily.

Tendría que permanecer lejos de ella. Tenía que ocuparse de Jake y de todos los trámites legales para resolver los problemas de la herencia, comprobar si los chicos tendrían dinero suficiente para acabar sus estudios y, si le quedaba tiempo, ocuparse también de su propia vida.

Demasiadas cosas. No tenía tiempo para fantasear con una mujer preciosa, dulce y encantadora.

Sí, tendría que mantenerse alejado de ella.

Tres días más tarde, Lily estaba intentando explicarle a Jake los aspectos más delicados del raspado y empapelado de las paredes de la cocina, cuando él empezó a preguntarle por Audrey Graham.

¿Qué sabía ella de la señora Graham? Lily frunció el ceño. ¿Audrey seguía acosando a Nick? ¿Incluso después de aquel... incidente? Sólo de recordarlo se estremeció de arriba abajo. Había sido una sensación incomparable, mucho más deliciosa que los dulces de azúcar.

—Tú la conoces, ¿verdad? —la acució Jake, mirándola extrañado.

Como si estuviera en las nubes.

—Sí —respondió con dificultad—. La conozco bien. ¿Está... molestando a tu tío?

Odiaba hacer aquella pregunta, pero le salió de un modo espontáneo e inocente. Bueno, no tan inocente... pero ya no podía hacer nada.

Jake pareció aún más desconcertado.

—No lo sé. Tal vez.

Lily volvió al empapelado, reprendiéndose a sí mis-

ma por la pregunta. No había visto a Audrey Graham
merodeando por allí, pero eso no significaba que no hubiera pasado nada. Audrey era muy astuta y decidida.

Y entonces se le ocurrió que tal vez Jake sólo estuviera avisándola. Advirtiéndole que Audrey estaba
viendo a Nick, sin que a éste le molestara. Tal vez incluso disfrutando con ella.

Tal vez había cambiado de opinión después del incidente en la puerta de su cocina.

Tal vez Audrey había hecho algo para hacerlo
cambiar de opinión.

Lily puso una mueca, pero intentó recuperar la
compostura antes de que Jake se diera cuenta.

No soportaba la idea de ver a Nick con Audrey
Graham. Tener que verlos en la puerta de al lado. Oír-
los. Saber que estaban juntos... Saber que le estaba
acariciando el cuello con los labios.

No supo si ponerse a gritar o echarse a llorar.

—¿Estás bien? —le preguntó Jake.

—Por supuesto —mintió, esperando que la mentira fuera convincente.

—La señora Graham tiene una hija, ¿verdad? —
dijo él mientras arrancaba el papel con fuerza, a pesar
de los cuidados que demostraba Lily con el aparato de
vapor.

—Sí —corroboró Lily. ¿Había malinterpretado por
completo la conversación? ¿Estaba tan obsesionada
con Nick Malone que se había precipitado en sus conclusiones?—. Creo que va al mismo instituto que tú.

Jake se puso colorado, y Lily no creyó que fuera
por el calor que emanaba del aparato de vapor.

Y entonces lo entendió. Las Graham cautivaban a
los hombres de todas las edades.

—Andie —dijo, haciendo girar los ojos—. ¿La conoces?

—Sí... bueno, no creo que ella se acuerde de mí, pero... la he visto por aquí.

Lily intentó recordar la última vez que había visto a Andie Graham, y si la chica seguía el estilo de su madre.

Por el bien de Jake, esperó que no fuera así.

—¿No es un poco mayor para ti, Jake? —preguntó. Jake le parecía un muchacho adorablemente torpe, y si Andie se parecía en algo a su madre, se lo zamparía de un solo bocado y luego escupiría los restos sin pensárselo dos veces. Y a Lily no le gustaría que le hicieran daño al pobre chico.

—Sólo es un año mayor —Lily asintió—. ¿Sabes... cómo... qué le gusta hacer? ¿Por dónde sale y esas cosas?

—Creo que la he visto algunas veces en el centro comercial —le dijo ella. Tuvo la impresión de que Jake se pasaría todo su tiempo libre en el centro comercial, esperando tropezarse con Andie, e intentó decepcionarlo suavemente—. Lo último que oí fue que tenía un novio que está en la universidad. Alguien que acabó el instituto el año pasado.

—Oh —murmuró Jake, completamente abatido.

Lily siguió rociando de vapor las paredes, y Jake manejaba la espátula con tanta fuerza que a ese paso acabaría abriendo un agujero en el yeso.

—Eh, ¿qué te parece si nos tomamos un descanso y preparo algo de comer? —sugirió ella.

—¿Comer? —repitió él, súbitamente animado.

—¿Qué te apetece? —le preguntó Lily, apagando el aparato de vapor y dirigiéndose hacia la nevera—. Vamos. Puedes elegir lo que quieras —si no podía tener a Andie Graham, al menos tendría una buena comida.

Rebuscaron en el interior de la nevera y Jake reparó en un plato de arroz con pollo que Lily había preparado el día anterior. Había comprado la cantidad suficiente para que el chico pudiera saciarse y para que también quedase un poco para Nick. Había descubierto que Nick y Jake vivían a base de comida para llevar y de las sobras que ella les llevaba, y decidió que le enseñaría a cocinar a Jake. De lo contrario, tal vez no sobrevivieran.

Jake estaba cortando el pollo, y Lily reuniendo los ingredientes, cuando las niñas irrumpieron en la cocina, discutiendo como siempre.

—¡No puedes! —decía Ginny, directa a la nevera.

—¡Sí puedo! —decía Brittany, frunciendo los labios en una mueca tan adorable que Lily no pudo evitar una carcajada. Gracias a esas muecas tan divertidas, sus llantos y quejidos no irritaban demasiado a su madre.

—¡No puedes! —gritó Ginny, colocándose entre la nevera abierta y su hermana.

—¡Sí puedo! —insistió Brittany, cruzándose de brazos y mirando furiosa a Ginny.

—¿Qué es lo que no puede ser? —preguntó Lily, haciendo callar a su hija mayor con la mirada. Una táctica que, por desgracia, cada vez surtía menos efecto.

—¡No puede tener un caballo por su cumpleaños! —dijo Ginny.

¿Un caballo? Se volvió hacia su hija menor, quien tenía los ojos llenos de lágrimas.

—Oh, cariño... ¿Un caballo?

Brittany asintió, esperanzada.

—Mattie Wright tuvo un caballo por su cumpleaños, y un traje especial para montarlo, y clases de equitación también.

—El padre de Mattie Wright es dueño de la mitad

del condado —dijo Lily—. Incluida esa granja a las afueras donde el caballo de Mattie puede vivir. Nosotros no tenemos sitio para un caballo. Sólo tenemos el jardín trasero.

—Podría vivir ahí —sugirió Brittany.

—Cariño, no hay espacio suficiente para un caballo.

—Podríamos tener un caballo pequeño. Un potro. No le haría falta mucho espacio.

Ginny se echó a reír.

—¿Un potro? Eres tonta. Los potros se hacen grandes, Britt. Todo el mundo lo sabe.

Brittany volvió a mirarla con furia y empezó a llorar.

Jake se apresuró a intervenir, intentando ayudar.

—¿Sabes, Brittany? Los caballos son muy grandes y pueden dar miedo. Uno de mis hermanos estaba montando una vez a caballo y se cayó al suelo. El caballo lo piso y le rompió la nariz.

Brittany lo miró con incredulidad.

—¿En serio?

—Tal vez sería mejor esperar a que fueras lo bastante grande para tener un caballo —miró a Lily para ver si se había equivocado con la sugerencia, pero ella asintió. Cualquier cosa que hiciera olvidarse a Brittany de tener un caballo ahora estaría bien—. ¿No hay nada más que te gustaría tener para tu cumpleaños?

—Bueno —la niña suspiró, como si renunciar al caballo fuera un gran sacrificio. Pero le gustaba mucho Jake y le dio una respuesta—. Estaba pensando en... una casa en un árbol —los ojos se le volvieron a iluminar, sustituyendo rápidamente la idea del caballo.

—¿Una casa en un árbol? —repitió Lily con el ceño fruncido.

—Sí —afirmó Brittany, como si fuera lo más fantástico del mundo.

—Oh. Genial.

—¿Sabes construir una casa en un árbol? —le preguntó Jake a su tío tres días después, mientras engullían la comida china que habían encargado para cenar.

—¿Quieres una casa en un árbol? —dijo Nick con una mueca.

—¡No! —exclamó Jake, contrariado—. Es para la hija de Lily, Brittany, la más pequeña. Su cumpleaños es la semana que viene. La oí hablar del tema con su madre mientras yo la ayudaba con el empapelado de la cocina.

—Oh.

Lily. Tenía que mantenerse alejado de Lily. Quizá necesitara un letrero de neón para recordarlo.

—Bueno, ¿sabes algo de casas en los árboles o no? —insistió Jake.

—La verdad es que no mucho. Tu madre y yo teníamos una cuando éramos niños, pero no era más que una plataforma en un árbol y una escalera de mano.

—¿Crees que yo podría construir una? —preguntó Jake, entre bocado y bocado de pollo al curry.

—¿Alguna vez has construido algo?

—No.

—Entonces no creo que debas empezar por una casa en un árbol. Eso es algo que hay que hacer bien, especialmente si son niñas pequeñas las que van a subir a ella a jugar.

—Eso es lo que dijo Lily —murmuró Jake con la boca medio llena—. Dijo que no confiaba en ella misma para hacer la casa y que fuera segura para Brittany. Lily sabe hacer muchas cosas, y está reformando la casa ella sola, pero supongo que la casa del árbol es otra historia.

—Sí —afirmó Nick. Tenía que alejarse de Lily. Alejarse, alejarse, alejarse...

—¿Podrías hacerla tú?

—No sé si es buena idea, Jake —dijo Nick, intentando pensar en alguna excusa.

—¿Por qué no? —preguntó Jake, sirviéndose en el plato lo que quedaba de arroz. Nick frunció el ceño—. ¿Quieres un poco? —le preguntó, ofreciéndole el plato.

—No, gracias. Sigue.

Tenía que encargar más comida la próxima vez, se dijo a sí mismo.

Más comida... y mantenerse alejado de Lily.

—No lo entiendo. ¿Por qué te parece una mala idea? —preguntó Jake.

—Tengo... mucho que hacer —dijo Nick—. Apenas nos hemos instalado en esta casa, y tengo que ocuparme de muchas cosas.

Era la mejor excusa que se le ocurría. Se preguntó si el muchacho podría ver a través de él y saber que sólo intentaba evitar a Lily. Pero Jake se limitó a mirarlo con extrañeza.

—La pobre cría ha pasado un año muy duro, ¿sabes? —le dijo—. Su padre las abandonó, y es su cumpleaños. Quería un caballo, pero Lily dijo que no era posible, y lo siguiente que quería era una casa en un árbol. Y... no sé, no quiero que esté triste en su cumpleaños. Ha perdido a su padre y... yo sólo intentaba ayudar.

Casi estaba llorando al acabar la frase, y Nick tuvo la sensación de que no sólo estaban hablando de la hija de Lily a la que había abandonado su padre. También estaban hablando de la muerte de los padres de

Jake, y deseando que hubiera un modo de hacerlo sentir mejor.

Si Nick supiera cómo, lo haría sin dudarlo. El muchacho no quería un caballo ni una casa en un árbol, pero estaba siendo muy considerado y generoso al pensar en la hija pequeña de Lily. Era un buen chico, de eso no había duda. Un buen chico con un corazón de oro.

Lo miró durante un largo rato. ¿Debería darle una palmadita en la espalda? ¿O hacer una de esas cosas propias de los hombres y golpearlo en el hombro? ¿O abrazarlo de verdad?

No lo sabía. No estaba seguro de nada, de modo que dijo lo primero que se le ocurrió.

—Es muy amable que quieras ayudar de esa manera, Jake. Tu madre estaría orgullosa de ti.

Jake levantó la cabeza bruscamente.

—¿Eso crees?

—Estoy convencido.

—Entonces, ¿me ayudarás con la casa del árbol? —le preguntó, sin dejarle escapatoria posible.

—Ya se nos ocurrirá algo —dijo Nick.

Tal vez podría echar una mano sin estar allí. Ayudar desde lejos de alguna manera. O tal vez Lily podría marcharse y ellos podrían construir la casa en paz.

Tenía que ser fuerte. No ceder a la debilidad. Y alejarse de su tentadora vecina.

Capítulo 5

UN fin de semana para ti sola, ¿eh? —dijo Marcy en tono sugerente al teléfono—. ¿Qué vas a hacer?

—Nada —respondió Lily mientras hacía el equipaje de las niñas, quienes se iban aquel fin de semana con su padre. Abrió el cajón de la ropa interior y agarró un puñado de calcetines para Brittany.

—Lily, no puedes quedarte ahí sentada a ver pasar la vida —declaró Marcy con vehemencia—. A veces hay que salir a su paso.

—Puede que vaya a la peluquería a arreglarme el pelo —dijo Lily.

Marcy suspiró exageradamente, como si fuera su deber ocuparse de la vida de su hermana.

—¡Me gusta que me arreglen el pelo! —exclamó Lily. Y era cierto. Le gustaba la tranquilidad de la peluquería, el masaje en el cuero cabelludo, el tacto de unos dedos profesionales en sus cabellos...

Fue su turno para soltar un suspiro.

—¿Qué ha sido eso? —preguntó Marcy.

—He sido yo, pensando en mi peinado.

—¿Tu peluquero es un hombre guapo y varonil, por casualidad?

Lily se echó a reír mientras se agachaba para buscar el otro zapato de Brittany bajo la cama.

—Ojalá —dijo. Sería delicioso que un hombre apuesto y soltero le arreglara el pelo.

Cerró los ojos y se vio a sí misma en el sillón de la peluquería, radiante de felicidad, viendo cómo él le sonreía en el espejo, sus manos grandes y fuertes entrelazadas en sus cabellos...

Volvió a suspirar y casi se le escapó un gemido. Su peluquero imaginario se inclinó hacia ella, se llevó un mechón a su rostro para olerlo y luego descendió sobre su cuello. Entonces ella miró al espejo y se dio cuenta de que era Nick...

—¡Ahhhh! —gritó, volviendo rápidamente a la realidad.

—Cielos... Debe de ser alguien increíble —comentó Marcy—. Si no me lo cuentas todo ahora mismo...

—Tengo que colgar —la interrumpió Lily. Una vez más, había estado soñando despierta con su guapo vecino y sus caricias en el cuello—. Ha llegado Richard.

—Escúpele de mi parte —dijo Marcy—. *Ciao*.

Lily dejó el teléfono, agarró las bolsas de las niñas y corrió escaleras abajo. Odiaba aquel ritual de la custodia compartida. Intentaba comportarse de un modo natural y cortés, y no dejarse arrastrar por los nervios o las emociones, pero le resultaba muy duro. Aún le costaba aceptar que Richard seguiría llevándose y devolviendo a sus hijas, entrometiéndose y trastocando sus vidas con penosa regularidad.

Las niñas estaban en el salón, jugando con el ordenador. Lily les gritó que su padre había llegado y llevó las bolsas a la puerta. Quería que todo acabara lo antes posible y luego encerrarse un rato, intentando no pensar en lo tranquila, silenciosa y triste que se había quedado la casa.

Salió con las bolsas en la mano y vio a Richard de pie en el camino de entrada, observando la casa como si intentara calcular su valor actual. Entonces miró a Lily y pareció sentirse incómodo. Sacó su teléfono móvil y fingió que leía un mensaje o algo así, seguramente para evitar hablar con ella. Entonces puso una extraña expresión, y Lily intentó recordar su atractivo rostro cuando le dijo con toda la frialdad del mundo que iba a dejarlas a ella y a las niñas. Intentó recordar que una bonita fachada no siempre albergaba buenos sentimientos, y que no podía dejarse engañar nunca más. La atracción por el físico desaparecía rápidamente, y luego apenas quedaba nada.

Respiró hondo e intentó acabar con todo aquello lo antes posible.

—Las niñas saldrán enseguida —dijo, hablando muy deprisa—. He revisado sus bolsas. Llevan todo lo necesario, incluidas algunas medicinas para el catarro de Ginny. No te preocupes. Tienen sabor a uva y se las tomará sin problemas. La dosis aparece en el frasco. Ginny pesa veinticuatro kilos y...

—Lily, espera.

—Brittany lleva su almohada en la bolsa. No se duerme sin ella, así que no te olvides de traerla el domingo...

—Lily, tengo que decirte que...

—Intenta que no se atiborren de azúcar cuando celebréis el cumpleaños de Brittany. Un trozo de tarta en un restaurante es más que suficiente...

—Lily, no puedo llevármelas este fin de semana.

Ella dejó de hablar y lo miró boquiabierta, sintiendo como empezaba a hervirle la sangre.

—¿Cómo que no puedes llevártelas?

—Es imposible. Ha surgido un imprevisto.

—¡Richard, es el cumpleaños de Brittany!

—Su cumpleaños es el próximo jueves. Me las llevaré para entonces. O el día antes.

—Dijiste que ibas a llevarla al zoo este fin de semana por su cumpleaños. Lo lleva esperando dos semanas.

Richard ni siquiera tuvo el detalle de parecer avergonzado.

—Lo siento. Tengo trabajo que hacer.

—¡Y tienes una hija que va a cumplir siete años! —espetó ella, fulminándolo con la mirada.

Jake estaba en casa, mirando al exterior en la puerta de la cocina, cuando Nick bajó a ver si quedaban sobras de la noche anterior.

—¿Qué estás mirando? —preguntó, agarrando un vaso con la esperanza de que también quedase algo para beber.

—Lily está discutiendo con su ex marido —respondió Jake.

Nick se giró y se acercó a la puerta. Lily estaba en el camino de entrada con un hombre cuyo traje debía de costar una fortuna. No estaban gritando y Nick no pudo oír por qué discutían, pero no le gustó la expresión de aquel tipo ni lo cerca que estaba de Lily.

—¿Estás seguro de que es su ex? —le preguntó a Jake.

—Sí. Tenía que llevarse a las niñas este fin de semana, pero parece que está escurriendo el bulto. Yo estaba entrando en casa cuando él apareció, y esperé para asegurarme de que Lily estaba bien.

—Bien hecho —lo alabó Nick, poniéndole una mano en el hombro—. Un hombre siempre tiene que proteger a una mujer. Algunas no lo reconocerán jamás, porque creen que son invencibles, pero no lo son. Y muchos hombres son unos auténticos sinvergüenzas. Ese tipo parece uno de ellos. ¿Qué más has oído?

—Él no quiere entrar y decírselo a las niñas en persona. Quiere que Lily lo haga en su lugar.

Aquello significaba que Nick tenía una oportunidad.

Tenía que mantenerse alejado de la tentación y dejar de preguntarse por qué aquel imbécil que vestía ropa cara había abandonado a Lily. Pero también tenía que hacer algo al respecto. No podía permitir que un hombre le hiciera daño a una mujer eludiendo sus responsabilidades como padre. Y seguro que podía enseñarle algunos modales a aquel cretino sin que lo distrajera el deseo de besar el cuello de Lily.

A pesar de todo, sabía que era mejor mantenerse lejos de ella, y además, Lily era una mujer independiente y capaz de valerse por sí misma. No le haría ninguna gracia que él se metiera en sus asuntos. Y menos en una discusión con su ex.

—Vamos a esperar un minuto a ver qué ocurre —dijo.

—¿Por qué? Ese tipo se merece que le paren los pies —protestó Jake.

El tipo en cuestión meneaba un dedo largo y huesudo bajo la nariz de Lily, y luego le dio un toque en el hombro con el mismo, como si intentara apartarla de él.

Nick no pudo soportarlo más.

—Tienes razón. No vamos a quedarnos aquí y dejar que se salga con la suya. Vamos. Ve a casa de Lily, avisa a las niñas y diles que salgan.

—¿Estás seguro? —preguntó Jake, dudando.

—Desde luego. Ese tipo tendrá que explicárselo a sus hijas él mismo, si tiene agallas.

—Pero...

—Vamos. Yo me ocuparé de él mientras tanto.

Y sería un placer hacerlo, pensó Nick. Un gran placer.

Lily no vio a Nick ni a Jake hasta que el muchacho pasó junto a ella y entró por la puerta de la cocina. Iba a preguntarle adónde iba cuando Nick apareció junto a ella y le deslizó un brazo alrededor del hombro, como si la saludara de aquella manera todos los días.

—Hola, Lily. ¿Va todo bien? —preguntó, dándole un beso en la sien.

Fue como si abarcara demasiado espacio, o como si hubiera agotado todo el aire a su alrededor, porque Richard se apresuró a retroceder tres pasos y escondió su raquítico dedo antes de que Lily pudiera apartarlo de un manotazo, lo que había querido hacer desde que la tocara en el hombro. Y luego pareció que Richard se encogía en sí mismo, haciéndose más pequeño y patético a cada segundo.

Lily se regodeó tanto con la cobardía de Richard, que olvidó que debía ocuparse ella sola de aquel asunto, gritando hasta desgañitarse o quizá arrojando algo al impecable traje de su ex marido. Recordó que durante mucho tiempo nadie la había ayudado en nada, y que estaba cansada, frustrada y exhausta. Y decidió que podría besar a Nick Malone allí mismo y deleitarse tanto con el beso como con la reacción de Richard.

Pero resistió el impulso y se limitó a sonreírle a Nick.

—Sólo es una diferencia de opiniones entre Ri-

chard y yo. Dice que no puede llevarse a las niñas este
fin de semana, cuando ya tienen hecho el equipaje y
están listas para marcharse.

—Oh —dijo Nick, como si también formara parte
de la discusión—. Debe de ser algo muy importante
para que un hombre no pueda estar con sus hijas. Especialmente este fin de semana.

Finalmente Richard salió de su estupor.

—¿Se puede saber quién es usted?

—Nick Malone, el nuevo vecino de Lily —se iden-
tificó a sí mismo como un vecino, pero la forma en que
la abrazaba por el hombro insinuaba algo muy distinto.

Richard frunció el ceño, confuso y desconcertado.

—No me dijiste que estabas saliendo con alguien,
Lily.

—Bueno, no creí que te importara, Richard —respondió Lily en el tono más dulce que pudo, apretán-
dose contra un hombre espectacular junto al que su ex
parecía un crío insignificante.

El desconcierto de Richard creció aún más, como
si no pudiera creerse que otro hombre se sintiera atraí-
do por Lily. O quizá aquel hombre en particular.

Lily tuvo que refrenarse para no destrozarle su
blanca y reluciente dentadura de cuatro mil dólares.

En ese momento se abrió la puerta tras ellos y salieron las niñas. Nick soltó a Lily y se apartó unos pasos. Brittany le dio un fuerte abrazo a su padre y le dedicó una sonrisa encantadora, pero Ginny permaneció
dubitativa. Desde que su padre se marchó, se mostraba muy desconfiada cuando estaba con él.

Brittany empezó a hablar de la visita al zoo que les
había prometido su padre, y Lily quiso estrangular a Richard, quien a su vez parecía querer estrangular a Jake
o a Nick. Nick lo había obligado a enfrentarse a sus hijas antes de esfumarse, pero aun así iba a ser muy dolo-

roso para las niñas, y Lily no sabía cómo aceptar la decisión que Nick había tomado por sí mismo.

Se dispuso a intentar explicarlo todo, pero Nick le puso la mano en el trasero y se inclinó hacia ella para susurrarle al oído.

—Él tiene que afrontar lo que les está haciendo, Lily.

Richard empezó a farfullar una explicación, y Lily tuvo que reprimir su ira. No había estado segura de que pudiera romper las ilusiones de sus hijas en persona, pero al parecer no tenía ningún problema en hacerlo. ¿Cómo se podía ser tan mezquino?

Ginny no pareció en absoluto sorprendida, pero Brittany empezó a protestar.

—¡Me lo prometiste! —gritó, con los ojos llenos de lágrimas.

Richard intentó explicarse de nuevo y miró a Lily en busca de ayuda.

Pero esa vez fue Nick quien intervino.

—Lily —dijo, pero mirando a la pobre Brittany—. Tal vez sea mejor que las niñas se queden aquí este fin de semana. Ya sé que querías que fuera una sorpresa, pero la casa en el árbol va a ser el regalo de Brittany y así podrá diseñarla ella misma e incluso ayudarnos a construirla, si quiere. Será divertido.

—¿Qué? —preguntó Brittany, abriendo los ojos como platos al oír la palabra «regalo».

—¿Vas a hacer la casa en el árbol para mi hija como regalo de cumpleaños? —preguntó Richard. De repente, Brittany volvía a ser su hija.

Genial, pensó Lily. Sencillamente genial. Richard ni siquiera recordaba lo que su propia hija quería para su cumpleaños, aunque ella se lo había dicho. Sin embargo, parecía que Nick sí lo sabía. Seguramente se lo había dicho Jake.

—Sí. La haremos este fin de semana —dijo Nick, como si estuviera impaciente por empezar—. Esta noche haremos los planos, iremos a comprar los materiales y empezaremos a construir mañana por la mañana. ¿Qué te parece, Brittany?

—¿Jake y tú vais a hacerme la casa del árbol? —preguntó la niña, sorbiendo y secándose las lágrimas.

—Ésa es la idea. Iba a ser una sorpresa, pero quizá sea mejor así. Y como vas a quedarte aquí —añadió, lanzándole una mirada a Richard que lo hizo encogerse aún más—, puedes decirnos lo que quieres y elegir los colores y todo lo demás.

Lily vio cómo la expresión de su hija pasaba de la tristeza más absoluta a la alegría y la excitación. Ginny parecía aliviada y Jake extremadamente satisfecho.

—Yo quiero ayudar —le dijo Brittany a Nick.

—Pues claro. Vamos al jardín a elegir un árbol para la casa.

Tomó a Brittany de la mano y la llevó hacia el jardín, seguidos por Ginny y Jake.

Lily le sonrió a Richard.

—Bueno, supongo que te veremos... cuando sea.

Richard parecía haberse quedado fuera de juego por completo.

—¡Éste es mi fin de semana con ellas! —gritó.

—Sí, pero no puedes llevártelas, Richard.

—¿Y quién es ese hombre, exactamente?

—Ya te lo ha dicho. Es nuestro nuevo vecino. ¿No te parece maravilloso? —se dio la vuelta sin darle oportunidad para responder y se alejó, dejándolo rabiando de furia.

Cuando llegó al jardín, Nick ya estaba impartiendo órdenes al equipo recién organizado.

Brittany fue a su habitación en busca de un libro

con un dibujo de la casa que quería. Ginny fue a la cocina a por la cinta métrica, y Jake fue a su casa a por una escalera de mano.

Por su parte, Nick se quedó apoyado en el árbol más grande del jardín, esperando.

—¿Estás enfadada conmigo? —le preguntó a Lily, inseguro por lo que acababa de hacer.

Ella lo pensó un momento antes de responder.

—No, la verdad es que no.

—¿Estás segura?

—Pero, Nick, ¿por qué habría de enfadarme?

—Porque he metido las narices en algo que no me concernía —dijo él—. He hecho creer a tu ex que había algo entre nosotros, cuando no hay nada. He hecho que se enfrente a las niñas antes de evadir su responsabilidad, lo cual no era asunto mío. Y luego le he prometido a tu hija que le construiría una casa en un árbol, sin saber si estás de acuerdo.

—Sí... has hecho todo eso —corroboró Lily, asintiendo.

—Diría que tienes todo el derecho del mundo a estar enfadada conmigo —parecía un poco avergonzado—. Sólo quiero que sepas que me habría mantenido al margen si él no te hubiera empujado con el dedo. Además, no hemos llegado a las manos ni nada por el estilo. Aunque, desde mi punto de vista, se merecía la lección que acaba de recibir.

—Está bien —dijo ella—. Pero podría haberme ocupado yo sola.

—No he dicho que no pudieras, Lily. Sólo pensé que... no tenías por qué hacerlo.

—Es mi ex. Una vez estuve lo bastante loca para confiar en él, casarme con él y tener hijas con él. Eso significa que tengo que tratar con él —arguyó. No quería pensar en lo que suponía tener a otro hombre que se atribuyera el derecho de protegerla de todo y de todos. En esos momentos tenía otras preocupaciones más acuciantes.

—De acuerdo. Lo siento —se disculpó Nick—. Pero me cuesta permanecer de brazos cruzados cuando un hombre está abusando de una mujer.

A Lily no le parecía que Richard hubiera estado abusando de ella, pero lo dejó pasar.

—Dime que no vuelva a intervenir nunca más y no lo haré —dijo él—. A menos que vea cómo te pone las manos encima de un modo que no me guste, porque en ese caso no podré contenerme, por mucho que te enfades conmigo.

—Bueno, si eso es todo lo razonable que puedes llegar a ser...

Él dejó escapar una prolongada exhalación.

—Tal vez podríamos establecer una señal o algo así. Una señal para que no intervenga, y otra que me permita hacer lo que quiera con él.

—Eso está mejor —dijo ella, riendo—. ¿A qué me dijiste que te dedicabas, Nick?

—No creo habértelo dicho.

—¿Mamá? —Ginny se acercaba corriendo, con una cinta métrica en la mano—. ¿Es esto lo que necesitáis Nick y tú?

—Sí, cariño, esto es —tomó la cinta y la niña se volvió hacia Nick.

—He olvidado el lápiz y el papel. Ahora vuelvo —y echó a correr hacia la casa antes de que Lily pudiera detenerla. Todo porque un hombre se había hecho con el control y había empezado a repartir órdenes.

—A ver si lo adivino... —dijo, mirando a Nick—. ¿Policía?

—Estuve en el ejército —admitió él—. Pero luego entré en el FBI.

—Oh —era más peligroso de lo que pensaba, pero debería haberlo supuesto por la fuerza y la autoridad que desprendía.

—Ahora estoy de permiso, por Jake —explicó—. Pero he estado trabajando tres años en Washington D.C., buscando personas desaparecidas. Hay mucha gente peligrosa en este mundo, Lily.

—Richard es agente de seguros. No creo que sean muy peligrosos.

—Nunca se sabe. Personas a las que nunca te imaginarías actuando con violencia pueden perder los estribos en situaciones extremas, sobre todo si hay sentimientos por medio... como en un divorcio. Y entonces pueden hacer cosas que jamás creerías posibles.

—Entonces estamos a salvo, porque lo único que Richard siente por mí o por las chicas es desprecio —replicó ella, y enseguida se arrepintió de sus palabras. Era muy doloroso admitir algo así—. Maldita sea... —gimió, como si hubiera recibido un puñetazo en el estómago.

Le sucedía a menudo. Podía vivir su vida y cuidar de sus hijas, pensando que todo iba bien, hasta que algún recuerdo la asaltaba de repente, pillándola completamente desprevenida.

Miró exasperada a Nick y luego le dio la espalda, deseando que se la tragara la tierra.

Capítulo 6

LE dio unos momentos para recomponerse, lo que ella agradeció enormemente. Se apoyó en el árbol e intentó recuperar la respiración.

Se suponía que era una mujer fuerte y segura. Y sin embargo allí estaba, deshaciéndose en lágrimas porque a su ex le importaban un bledo sus propias hijas.

—¿Estás bien? —le preguntó Nick, rodeándole los hombros con un brazo.

Lily también se rebeló contra la sensación que le provocaba. Nadie la habría abrazado en mucho tiempo, y era delicioso sentir la reconfortante presencia de un hombre adulto y fuerte que no necesitaba los cuidados de nadie. Más bien al contrario, un hombre que parecía querer cuidar de ella.

La idea era irresistiblemente tentadora. Un hombre que la cuidara, para variar.

—Puedes llorar si lo deseas —le dijo él—. No me gustan las lágrimas, pero soy un hombre duro y las podré soportar. Vamos.

Lily se echó a reír entre sollozos y le pareció que podría controlarlas.

—¿No eres uno de esos hombres que se anulan al ver llorar a una mujer?

—¿Qué clase de hombre sería si hiciera algo así? —replicó él, apretándola contra su costado.

Muy bien, pensó Lily. Podía quedarse así un momento... Se acurrucó contra él, sintiendo la dureza de sus músculos y respirando la tranquilidad que le ofrecía en su particular tormenta emocional. Era como si algo en el interior de ella la acercara cada vez más a Nick.

—Lo siento, Lily —dijo él, apretándola suavemente y rozándole la frente con su barbilla, su nariz y sus labios.

Lily hizo un esfuerzo y consiguió apartarse... por lo mucho que deseaba quedarse en sus brazos.

—No es nada... Es sólo que a veces me siento mal por pensar en todo lo que ha pasado.

—Lo siento, Lily. De verdad que lo siento. Sobre todo si he empeorado las cosas por haberme entrometido —dijo, demasiado cerca para la tranquilidad de Lily.

En cierto sentido, estaba agradecida por la manera con que Nick se había hecho cargo de la situación. Por hacerle ver a Richard que ella tenía a un hombre guapo y fuerte a su lado. Y también apreciaba que Nick se hubiera apartado en cuanto oyó acercarse a las niñas.

Pero todo era pura actuación, y tenía que seguir siéndolo. Porque era muy peligroso depender de alguien que no fuera ella misma. Había aprendido esa lección con Richard. Una mujer no podía confiar en las promesas de ningún hombre. Nick era encantador, pero un hombre, al fin y al cabo.

—Ésta no es tu lucha, Nick —dijo, retrocediendo un paso más.

—Lo sé. Y no volveré a intervenir a menos que tú me lo pidas. Te lo prometo.

—De acuerdo —aceptó ella—. Tú no tienes que decidir si les digo a mis hijas que su padre es un cretino o si hago que lo descubran por sí mismas.

—Sí, lo sé. Pensé que no sería capaz de mirarlas a los ojos y romper su promesa, y luego pensé que, si realmente iba a hacerlo, al menos debería dar la cara.

—Se lo tenía merecido, sí, pero no sé si es lo mejor para mis hijas en estos momentos. Y en cualquier caso, es decisión mía.

—Tienes razón. Lo siento, Lily. Tu ex me hizo enfadar y no pude contenerme.

—Bienvenido al club.

En ese momento, Jake los llamó desde el camino de entrada.

—¿Querías ésta? —le preguntó a Nick, portando una pequeña escalera.

—No, la mayor —le respondió Nick, y Jake volvió a desaparecer—. Bueno, parece que tendré que compensarte de alguna manera. Y Jake y yo tenemos que hacer una casa en el árbol para tu hija.

—No, de eso nada.

—Claro que sí. Se lo he prometido... Oh, demonios... ni siquiera sé si tú estás de acuerdo.

—No me importa que tenga una casa en un árbol, pero no me veía capaz de construírsela yo misma.

Él se encogió de hombros y esbozó una ligera sonrisa.

—Será la manera de compensarte. ¿Qué te parece? Podríamos diseñarla todos juntos. Tú, Jake, las niñas y yo.

—Seguro que tienes cosas mejores que hacer que construir una casa en un árbol.

Él sacudió la cabeza.

—Bueno, podría empezar a ocuparme del papeleo por la herencia de mi hermana. Calcular cuánto dinero queda para los chicos y confiar en que tengan bastante para acabar sus estudios. Podría empezar a acostumbrarme a la idea de que lo único que queda de mi hermana y mi cuñado es una casa lena de trastos, alguna que otra cuenta bancaria, facturas que pagar, formularios que rellenar y tres chicos... Créeme, prefiero construir una casa en un árbol para una niña.

—De acuerdo, pero tienes que dejar que os pague a ti y a Jake.

—Ni hablar. No voy a aceptar dinero de ti por construir una casa en un árbol. Especialmente cuando fui yo quien le prometió a tu hija que tendría una.

—Te pagaré por tu tiempo —insistió Lily.

—¿Qué tal si me pagas con comida casera? Jake y yo llevamos tres noches cenando comida para llevar.

Lily sabía que Jake estaría encantado, y ella sólo tendría que hacer el doble de cantidad de lo que preparase para ella y las niñas.

—Trato hecho.

Lily no se había imaginado en lo que se estaba metiendo.

Su hija quería una mansión en lo alto del árbol. De color rosa y lavanda, con un alero en el tejado y un balcón.

—¿Un balcón? —le susurró Nick a Lily, mientras miraban los tonos de lavanda en la tienda.

—Para que pueda hacer de princesa —explicó ella—. Las niñas pequeñas pasan por una fase en la que quieren ser princesas en un balcón, esperando al príncipe que les pida su mano desde abajo.

Jake se apartó de los estantes de pintura y se acercó a ellos.

—Estás bromeando, ¿verdad?

—Ojalá lo estuviera —admitió Lily.

—Pero... la mayoría de las casas no tienen balcones, ¿verdad? ¿Cómo va a declararse un hombre, si la chica no tiene un balcón para asomarse? —confuso, se volvió hacia Nick—. Tú nunca te declaraste bajo un balcón, ¿verdad?

—Nunca.

El chico expulsó un resoplido de alivio. En ese momento regresó Brittany, con una tira de pintura de un horrible color morado.

—Me gusta éste.

—Bueno... es un color muy interesante —dijo él. Tomó la tira y bajo dos tonos—. Pero ya has elegido un color muy brillante para el alero. Creo que tu madre, como decoradora, te dirá que los colores combinan mejor si contrastan entre ellos.

—¿Si contestan? —preguntó Brittany—. ¿Los colores contestan?

—No, «contestan» no. Contrastan. Es como... ser diferentes los unos de los otros —intentó explicarse—. Una manera de que sean distintos es juntar un color brillante con otro más suave. De modo que, si elegimos el rosa brillante, como éste, deberíamos elegir un morado más suave, como éste —juntó el rosa brillante de Brittany a un lavanda que era casi blanco—. ¿Ves lo bien que combinan?

—Sí —la niña frunció el ceño y volvió al color inicial—. Pero me gusta más éste.

—Bueno, puede que necesitemos un segundo color, así que también podemos llevarnos éste.

—Está bien —aceptó Brittany, animándose otra vez.

Jake murmuró algo sobre los extraños gustos de las chicas y comentó que volvía a tener hambre. Brittany corría de un lado para otro de la tienda. Ginny miraba con desconfianza a su madre y a Nick, como si se estuviera preguntando qué había entre ellos. Nick no entendía los balcones ni los colores de las princesas, pero se había comprometido a construir una casa en el árbol.

En cuanto a Lily, estaba pensando estúpidamente que Nick era encantador con sus hijas, mucho más paciente que su ex, y también con Jake. Tenía que reconocer que se estaba divirtiendo en la tienda, comprando los materiales para el proyecto, y deseando pasar el fin de semana construyendo todos juntos la casa de Brittany.

¿Estaría llegando al punto de querer a otro hombre en su vida y en la vida de sus hijas?

«No me hagas esto, Nick», pensó, un poco desesperada. «No lo hagas».

Pero él siguió haciéndolo. Ganándose la confianza de sus hijas, educando a Jake con una mezcla de firmeza y flexibilidad digna de admiración, y comportándose como si todos juntos pudieran formar una familia y la historia tuviera un final feliz. Como si su matrimonio con Richard no fuera más que un mal recuerdo que casi se había desvanecido por completo...

Reemplazado por un incontenible antojo de dulces.

Por mucho que lo intentara, fue imposible ocultarle a su hermana la construcción de la casa del árbol, porque Brittany no dejó de hablar de ello durante todo el fin de semana, y a la niña le encantaba responder al teléfono.

El sábado por la mañana, Lily se encontró a Brittany pegada al teléfono, hablándole a Marcy de la fantástica casa que le estaban haciendo los fantásticos constructores, Nick y Jake.

Marcy debió de saltarse todos los límites de velocidad para ir a ver por sí misma a esos fantásticos constructores, porque en un abrir y cerrar de ojos se había presentado en el jardín trasero. Stacey, la hija menor de Marcy y que tenía un año más que Brittany, reía y bailaba a los pies del árbol mientras Brittany le hablaba de su palacio particular.

Nick estaba transportando unos tablones desde el camino de entrada al jardín trasero, sin camiseta y con los músculos empapados de sudor. Afortunadamente estaba de espaldas a Marcy, quien se había quedado boquiabierta al borde del camino.

—¿Quién es ése? —preguntó cuando consiguió articular palabra.

—Mi nuevo vecino —respondió Lily, colocándose entre Nick y Marcy para tener unas palabras con ella, antes de que su hermana mayor se dirigiera a Nick por sí misma.

Marcy se quedó aún más boquiabierta.

—¿Ese... hombre... vive en la casa de al lado?

Lily asintió.

—¿Y por qué no me lo habías dicho? —la acusó Marcy, prácticamente gritando.

Nick giró la cabeza, junto con las tablas. Sus músculos se tensaron por el esfuerzo, haciendo que a Lily le temblaran las rodillas. Marcy debía de estar babeando, pero Lily no se fijó. Le hizo un gesto a Nick con la mano para indicarle que no pasaba nada y que siguiera su camino, porque de ese modo se alejaría lo suficiente de Marcy... al menos de momento.

—Por favor —le suplicó a su hermana—. Te lo

ruego, Marcy... no hagas que me avergüence. Por favor.

—¡Es el Hombre Dulce! —exclamó—. La razón por la que estabas tan rara el otro día al teléfono...

—Sí.

—Cuando creías tener fiebre... ¡lo estabas mirando!

—Sí, así es. Muy bien, y ahora que lo sabes... ¿sería posible no hablar de esto delante de él?

Marcy soltó un bufido de indignación, como si tuviera razones para estar ofendida.

—Y me hiciste creer que era tu peluquero y que este fin de semana no ibas a hacer otra cosa que arreglarte el pelo, cuando tienes a este... hombre en tu jardín, semidesnudo y con la piel sudorosa... Oh, Dios mío. Los hombres pierden su atractivo físico al llegar a cierta edad, ¿sabes? Igual que nos pasa a nosotras. Ya no podríamos parar el tráfico como cuando éramos jóvenes...

—Puede que tú parases el tráfico, pero yo jamás lo hice —dijo Lily.

—No voy a discutir contigo por eso, ya que nunca te has visto a ti misma como realmente eres. Lo que estoy diciendo es que es una auténtica lástima que los hombres se echen a perder, porque es una delicia mirar a tu alrededor y encontrarte con hombres así...

—Seguro que miras lo suficiente para saberlo.

—Me gusta mirar, ¿y qué? No es ningún crimen. No toco ni ofendo a nadie. Pero a un hombre como ése es imposible no mirarlo... Y eso es lo que tú has estado haciendo y ocultándome.

—Tienes razón. Y si no te lo dije fue porque...

—¡Mira, mamá! —gritó Stacey—. ¡Es una casa para una princesa!

—Lo sé, cariño —dijo Marcy, pero su mirada se

desvió una vez más hacia Nick, que estaba inclinado sobre una tabla, con su perfecto trasero enfundado en unos vaqueros viejos.

—¡Mamá! —la llamó Stacey, impaciente.

—¿Qué? —preguntó Marcy, saliendo de su ensoñación—. ¿Qué dices, cariño?

—He dicho que yo también quiero una. ¿Puedo tener una?

—Ya lo veremos, Stace —se giró hacia Marcy mientras se abanicaba con las manos—. ¿Se dedica a la construcción? No creo que pudiera tenerlo trabajando en mi jardín... Violaría mi regla sagrada de no tocar, y sería una situación muy embarazosa, porque quiero de verdad a mi marido.

—Ya lo sé. Y no te preocupes. Nick sólo nos está haciendo un favor. No se dedica a la construcción. Es un agente del FBI.

—Este hombre mejora por momentos... —dijo Marcy, suspirando otra vez.

Era lo último que Lily necesitaba oír o pensar, porque ella sentía lo mismo. Cuanto más veía y sabía de Nick, más le gustaba.

—¿Por qué no me contaste nada? —exigió saber Marcy.

—Porque no sabía qué opinión me merece todo esto, y...

—¿No sabes qué opinión te merece tener a ese hombre tan macizo viviendo en la puerta de al lado? Lily, ¿has perdido el juicio o qué?

—No. Estoy segura de que pienso lo mismo que pensaría cualquier mujer con un vecino así.

—Y espero que sean pensamientos impúdicamente atrevidos.

—Sí, Marcy, lo son —admitió, poniéndose colorada—. Muy atrevidos.

Marcy esbozó una sonrisa de satisfacción.

—Supongo que está soltero.

—Sí.

El gemido de Marcy fue casi orgásmico. Lily enterró la cara en las manos.

—Oh, cariño —dijo Marcy—. Creo que este hombre es tu recompensa por todo lo que has sufrido con ese cerdo de Richard.

—¿Mi recompensa?

—Sí. ¿No crees que el universo nos envía pequeños regalos de vez en cuando? Lo has pasado muy mal y has trabajado muy duro por el bien de tus hijas. Has sido y eres una gran madre, pero sigues siendo una mujer, y esta hermosa criatura es tu recompensa.

Lily nunca había sabido que el universo ofreciera una recompensa semejante, ni se había imaginado que le cayera un hombre del cielo para satisfacer sus deseos femeninos.

Se veía a sí misma como una mujer afortunada, a pesar de su desastroso matrimonio con Richard. Tenía unas niñas maravillosas y un trabajo que le gustaba, y todas disfrutaban de buena salud. ¿Por qué el destino le enviaba a un hombre como Nick?

—Marcy, el mundo no funciona así.

—Claro que sí. Él está aquí, ¿no? Y parece ser el perfecto... Hombre Dulce.

—¿Alguien ha dicho algo sobre dulces? —preguntó una voz masculina.

Marcy y Lily se giraron al mismo tiempo y vieron a Jake, una versión más joven y delgada de su tío, que volvía de su garaje con una sierra mecánica en la mano.

—¿Vas a hacer más dulces, Lily? —preguntó, esperanzado.

—Eh... claro. Lo haré si tengo todo lo necesario.

—Lily hace unos dulces de muerte —dijo Jake con una amplia sonrisa.

—¿Ya le has hecho dulces? —preguntó Marcy, echándole una mirada cómplice a Lily.

—Para Nick y para su sobrino, Jake, como regalo de bienvenida... —explicó, antes de hacer las presentaciones pertinentes—. Jake, creo que tu tío necesita la sierra —se apresuró a añadir, antes de que Marcy pudiera sonsacarle más información al chico.

—Oh, claro —dijo él, asintiéndole a Marcy—. Encantado de conocerla, señora.

—¿Señora? —repitió ella tristemente—. Oh, no. Ya soy una señora para los chicos guapos...

—Pobrecita... No creo que debas hablar más con Jake.

—Tengo que intentar averiguar más cosas, y tú no vas a contarme nada...

—Te puedo contar que sus padres murieron en un accidente de coche hace dos meses, y que ahora está viviendo con su tío. Así que intenta no preguntarle nada sobre el tema, ¿de acuerdo?

—Oh, pobre... Y qué bien que ese hombre tan maravilloso se haya hecho cargo de él —dijo Marcy, mostrando un nuevo interés hacia Nick —Lily soltó un gemido—. ¿Qué? No sólo está para comérselo. Es un hombre amable, responsable, le gustan los niños...

—Ya está bien, Marcy.

—¿Sabes lo raro que es encontrar todas esas cualidades en un solo hombre?

—Sé que no hace ni un año que mi ex marido se marchó, y no tenía todas esas cualidades. Ni siquiera estoy segura de que algún hombre las tenga.

—Oh, cariño —Marcy suspiró y le rodeó la cintura con un brazo—. Vamos a tener que hacer algo, porque un hombre como éste no aparece todos los días. Tienes que cazarlo antes de que lo haga cualquier otra.

—No soy una cazadora de hombres —insistió Lily, viendo cómo Nick se dirigía hacia ellas después de haber terminado con la madera.

—Bueno, pues ya es hora de que lo seas —dijo Marcy.

Lily le lanzó una mirada de advertencia e intentó recuperar la compostura mientras se giraba.

—Nick, ésta es mi hermana, Marcy, y esa niña pequeña es su hija menor, Stacy. Marcy, éste es Nick.

Nick le estrechó la mano a Marcy, quien tuvo que hacer un esfuerzo para no derretirse a sus pies.

—Hola —lo saludó con una voz más propia de una adolescente enamorada—. Me alegro mucho de que Lily tenga a un hombre como vecino...

Pronunció la palabra «hombre» como si se refiriera a una especie de dios griego.

Sólo porque aquel hombre tenía unos cuantos músculos y un buen bronceado. Lily intentó restarle importancia y se repitió que ella no era una cazadora de hombres. Nunca lo había sido y nunca lo sería. Además, la competencia por conseguirlo debía de ser feroz.

Y sin embargo, era mucho más que unos músculos y un bronceado... Era un hombre bueno y generoso. Le estaba construyendo una casa a su hija, y las había apoyado con Richard. Y olía maravillosamente bien...

Guapo, varonil, mañoso, sensual, encantador con los niños... Marcy tenía razón.

Un hombre así no aparecía todos los días.

Capítulo 7

AL día siguiente a la misma hora, Nick estaba recostado en una silla de madera en el jardín de Lily, después de haber completado la pieza central de la casa en el árbol.

Le dolían los músculos que no había usado en mucho tiempo, pero era muy agradable estar allí sentado, con una temperatura suave, a la luz de la luna llena.

Las niñas jugaban alegremente en la casa del árbol. Jake se había ido a su habitación a jugar con la videoconsola. Y Lily había preparado chuletas a la parrilla para cenar.

Unos minutos después apareció en el jardín con dos cervezas heladas para Nick, y él decidió que su vida no podía estar más completa en esos momentos.

—Lily —dijo, suspirando de felicidad—, tengo que admitir que sabes cómo tratar a un hombre. Tu ex debía de ser idiota para no apreciarlo.

Ella se echó a reír y se sentó junto a él con una copa de vino.

—Sólo te he dado de comer y te he traído un par de cervezas.

—Me has dado de comer extremadamente bien.

—No fue más que una chuleta a la parrilla.

—Sí. ¿Qué más podría querer un hombre? Carne roja con patatas y cerveza helada y ya somos felices. Además, la carne estaba deliciosa. ¿Cómo la hiciste?

—La tuve en salsa teriyaki por una hora y luego la asé en la parrilla. Seguro que tú también puedes hacerlo.

—No me saldría igual.

—¿Quieres decir que eres un completo inútil en la cocina?

—Sí —admitió él.

—¿Y cómo has sobrevivido todos estos años?

—Gracias a la comida para llevar y los platos precocinados.

—¿Las mujeres no se compadecen de ti y te dan de comer?

—No ha habido tantas mujeres —le dijo él, tomando un trago de cerveza.

—Me cuesta creerlo —repuso ella—. Sobre todo después de la bienvenida que te dieron las vecinas.

—Te olvidas de que nunca he vivido en un barrio como éste.

—Sí, pero...

¿De verdad quería saber más sobre él y sobre las mujeres que había conocido? Nick pensó que debería contárselo, sólo para hacerle saber dónde se estaba metiendo.

En caso de que estuviese pensando en tener algo con él...

—Me he pasado casi toda la vida en el ejército, destinado por todo el mundo. No es la clase de vida que facilite las relaciones estables.

—No parece que te desagrade mucho viajar por el mundo.

—¿Y por qué habría de desagradarme? ¿Nunca has deseado olvidarte de todo y pasarte la vida viajando de un lado para otro?

—De vez en cuando, tal vez. Me encantaría ir a Roma y Florencia un par de semanas. Pero no para pasar allí toda mi vida.

—A mí me encantaba —admitió él.

—¿Y qué pasó? ¿Por qué dejaste de hacerlo? ¿Viste todo lo que había que ver?

—Tal vez.

—¿No encontraste lo que estabas buscando?

—Eso era lo que me decía mi hermana. Nunca le dije que tenía razón. No sé... Estaba listo para un cambio, y me gustó asentarme en Washington a trabajar con los federales, pues así tenía más tiempo para ver a mi hermana y a los chicos. Ahora que se ha ido, me alegra que disfrutáramos de aquel tiempo. Nunca entendí cómo consiguió estar casada con el mismo hombre durante veintitrés años... pero era una mujer feliz. Amaba a su marido y sus chicos son geniales.

—¿Y ella creía que tu vida tenía que ser más parecida a la suya?

—¿Tu hermana piensa lo mismo? —preguntó él—. ¿Cree saberlo todo, y conocerte mejor que nadie?

—Ya has conocido a mi hermana. ¿Qué te parece?

—Es... interesante.

—Entrometida, mandona, cotilla... —añadió Lily—. La quiero mucho, pero a veces me gustaría bloquear sus llamadas, si no fuera porque se presentaría en mi casa a los cinco minutos para que le contara lo que pasa con mi vida.

—Annie era más discreta y sutil que tu hermana, pero te hacía ver que no estabas haciendo lo correcto con tu vida. Ella esperaba que yo... no sé. Estaba segura de que me cansaría de vagar por el mundo algún día, y supongo que al final me cansé. Pero ella seguía esperando que... no sé. Algo diferente. Algo más... Y siempre estaba buscándome pareja.

Lily se echó a reír.

—¿No aprobaba tus elecciones?

—No —respondió él, y se quedó pensativo un momento—. No me malinterpretes. Me gustan las mujeres. Pero pueden ser muy problemáticas...

Lily volvió a reírse.

—Tal vez nunca haya encontrado a una por la que merezca la pena el esfuerzo.

—Oooh —dijo Lily, poniendo una mueca.

—Sí, ya sé que parezco un estúpido engreído. No quería decirlo así. Nunca... nunca he conocido a una mujer sin la cual no pueda vivir. Nunca he conocido a una mujer a la que necesite desesperadamente. Y no sé si alguna vez la encontraré —se encogió de hombros—. Algunas personas no pueden sentir esa clase de conexión. ¿La sentiste tú con tu marido? ¿Sentías que era el único hombre para ti?

—Al principio creí que lo era, pero... quizá sólo quería sentir eso por alguien, y entonces apareció Richard, en el lugar y momento adecuados... No sé cómo pasó.

—Debías de ser muy joven —observó él.

Lily asintió.

—Nos conocimos en la universidad y nos casamos justo después de graduarnos. Llevábamos diez años juntos cuando se marchó.

¿Habría sido el único hombre en su vida?, se preguntó Nick. ¿Y en su cama?

Era una posibilidad peligrosamente tentadora. Si aquel hombre siempre había sido tan egoísta y estúpido, no podía haber sido un amante especialmente atento.

Y si así fuera, él podría demostrarle a Lily lo que era tener a un hombre de verdad en la cama.

Siempre que se abandonara al deseo que lo invadía.

¿Sería dulce y tímida? Prácticamente se había derretido en sus brazos cuando él le acarició el cuello con su aliento.

Y entonces se preguntó por qué tenía que seguir luchando contra aquel deseo tan fuerte.

Ella estaba allí. Él estaba allí. Y era obvio que existía una atracción entre ellos.

Sólo tenía que encontrar la manera de pedir lo que tanto deseaba.

Nick estaba tramando algo.

Lily lo intuía, y la estaba poniendo nerviosa.

Se había pasado todo el fin de semana desnudo de cintura para arriba, empapado de sudor y con una arrebatadora sonrisa en el rostro, mientras se esforzaba para que el regalo de cumpleaños de Brittany fuera especial.

Por todo ello Lily le estaba muy agradecida. Pero ahora sólo estaban ellos dos, sin las niñas ni Jake. Solos Nick y ella, y una noche estrellada de otoño.

—¿No ha habido nadie más desde que tu ex se marchó? —le preguntó él.

Lily se puso rígida. ¿Le estaba preguntando si alguna vez había estado con alguien? ¿O sólo quería saber si había alguien más en ese momento de su vida?

¿Estaría pensando en pedirle una cita?

Sonrió como una estúpida, confiando en que la oscuridad la ocultara. Estaba tan contenta que sentía el deseo de levantarse y danzar por el jardín, olvidándose de todo miedo y precaución. Hacía mucho tiempo que Richard la había abandonado, y su hermana tenía razón. No podía estar siempre sola. Tarde o temprano, tendría que salir de su caparazón y tener una cita.

Irían a cenar o a ver una película... ¿Dónde estaba el problema? Sólo sería una cita.

—No he salido con nadie —dijo, intentando mostrar toda la serenidad posible—. Me costó mucho asimilar que Richard se hubiera marchado para siempre. Y además tenía mucho que hacer: las niñas, el divorcio, los gastos... No tenía tiempo para mí misma.

Él asintió lentamente.

—Debe de ser muy difícil encontrar tiempo para salir con alguien, teniendo que cuidar a las niñas.

—Sí —afirmó ella.

Por eso era tan conveniente que Nick se hubiera mudado a la casa de al lado. Tal vez Marcy también tenía razón en eso. Era como un regalo caído del Cielo.

Un regalo que ella podía desenvolver lentamente...

—Y supongo que no quieres que las niñas sepan que están viendo a alguien... Pues no sabes cómo se lo tomarían.

Lily asintió.

—Tampoco me gustaría que le tomaran cariño a alguien y que esta persona también las abandonara. Sinceramente, no he pensado mucho en el tema. Pero sería muy difícil por las niñas.

—Y en mi caso, por Jake —dijo él.

—¿Crees que a Jake le importaría que salieras con alguien? —preguntó ella, sorprendida.

—Oh, no le importaría lo más mínimo. Él opina que deberíamos tener... las puertas abiertas, por decirlo así. Quiere que los dos podamos traer a casa a todas las mujeres que queramos.

Era una idea tan ridícula que Lily soltó una carcajada. Pero a Nick no parecía hacerle tanta gracia. Tomó un trago de cerveza y sacudió tristemente la cabeza.

—Creo que lo decía en serio, como si esperase que yo se lo permitiera. ¿Qué voy a hacer?

—¿Me lo estás preguntando? Mis hijas sólo tienen nueve y siete años. Es pronto para que me pidan esa clase de permiso... afortunadamente.

—No supe qué decirle. Le dije que estaba loco si pensaba que iba a traer chicas a casa por la noche.

—Bien. Fue lo mejor que le podrías haber dicho.

—Pero ¿y si yo quiero ver a alguien? ¿Tendré que actuar a espaldas de Jake? Eso también me parece absurdo. Él no es un crío, pero sólo tiene quince años. Yo tengo treinta y ocho. ¿Se supone que debo vivir como un monje en mi propia casa?

—No sé si soy la persona indicada para responderte, ya que nunca he tenido esa clase de problemas —dijo Lily—. Podrías buscar a una mujer sin hijos y volver pronto a casa, para que Jake no estuviera solo mucho tiempo.

Nick sonrió y dejó la cerveza en la hierba.

—No funcionaría. La mujer que me gusta tiene dos niñas pequeñas.

Lily estuvo a punto de dejar caer la copa de vino. Nick le quitó la copa de la mano y la dejó también en el suelo. A continuación, llevó la mano hasta su barbilla y, muy lentamente, dándole tiempo para que se retirara, se inclinó hacia ella y le rozó la nariz con la suya.

—Eres tú, Lily. Tú eres la mujer a la que deseo.

Lily tendría que echarle los brazos y encima y besarlo.

O que fuera él quien la agarrase y besara.

Aunque, ahora que lo pensaba, Nick no era el tipo de hombre primitivo que agarrase a una mujer con fuerza. Era exquisitamente delicado y suave, y muy seguro de sí mismo.

Así que tendría que ser ella la que lo rodease con los brazos y se aferrara a él con todas sus fuerzas.

Cualquier cosa para asegurar que siguiera besándola como lo estaba haciendo, con aquellos labios tan cálidos y sensuales, el calor de sus músculos filtrándose en sus huesos, la fuerza de sus brazos rodeándola, haciéndola sentirse como si nunca la hubieran excitado de aquella manera.

Se sentía igual que cuando miraba por la ventana de la cocina y lo veía a la luz del sol, todo fibra y músculo, irresistiblemente sexy y un poco temible... porque la sensación que inspiraba no era segura. Pero, al mismo tiempo, era una sensación deliciosamente placentera.

Se sumergió por completo en aquel calor varonil, ávida por saciarse de su sabor, como una mujer que hubiese estado sola durante décadas. Se deleitó con sus besos dulces y embriagadores mientras imaginaba sus manos por todo el cuerpo, desnudándola y llevándola a la cama.

Si hubieran estado solos, habrían acabado en la cama a los pocos minutos, pero él empezó a retirarse mucho antes de que ella quedase satisfecha. Separó los brazos y le tomó el rostro en las manos, mientras ella intentaba conseguir un beso tras otro.

—Lily, cariño —dijo, riendo—. No podemos hacerlo aquí ni ahora. No sabes cuánto lo deseo, pero no podemos. Jake está en mi casa y tus hijas están al otro lado del jardín. No querrás que nos vean de esta manera, ¿verdad?

Lily también se rió, porque se sentía feliz y viva,

después de un larguísimo letargo. Porque un hombre maravilloso se había mudado al lado de ella.

—Lo siento, yo... oh, cielos —además de feliz, se sentía terriblemente avergonzada.

—Lo sé... Te aseguro que lo sé —dijo él, respirando hondo y soltando lentamente el aire—. Tendrán que irse a dormir en algún momento. Supongo que no querrás venir conmigo después de haber acostado a tus hijas, ¿verdad?

Lily aún sentía la emoción del momento recorriéndole las venas. Pero la excitación empezó a apagarse rápidamente. ¿Nick esperaba acostarse con ella esa noche? ¿Así de simple?

Pasó de sentirse excitada a sentirse estúpida.

—Yo pensaba que... cuando dijiste...

—Sí, lo entiendo. Sabía que no te sentirías cómoda. ¿Qué te parece mañana, mientras los chicos estén en la escuela? Sólo estaríamos tú y yo. Nadie tendría por qué enterarse.

Lily sintió cómo la abandonaba todo resto de placer y emoción, junto al aire de sus pulmones.

Nick no le estaba pidiendo una cita.

Sólo quería acostarse con ella.

Se hundió en la silla, deseando poder esfumarse en la oscuridad.

¿Eso era la moda actual? ¿Acostarse con alguien sin más? ¿Acaso se habían acabado las citas? Tampoco llevaba soltera tantos años...

Quizá debería sentirse halagada en vez de horrorizada y avergonzada.

—Lo siento —dijo—. Lo siento de verdad. Pero no puedo...

—¿Lily?

—No sabía que... eh... tengo que irme —se puso en pie de un salto, dispuesta a huir.

Él la agarró de la mano, pero ella se soltó de un tirón y echó a correr.

Nick la llamó mientras ella se alejaba, pero afortunadamente no intentó seguirla. Lily entró en la cocina, cerró con llave y se sentó en el suelo con la espalda pegada a la puerta.

Era ridículo encerrarse de aquella manera. Él no iba a acosarla ni nada por el estilo. Simplemente le había hecho una proposición que muchas mujeres habrían encontrado razonable y tentadora.

Se sentía como una idiota.

Había creído que quería salir con ella, cortejarla, seducirla como era debido, para que, al cabo de un tiempo, tal vez acabaran acostándose.

Pero... ¡no!

Sólo quería llevarla a la cama y que se desnudara para él.

¿A eso había quedado reducido el romanticismo actual?

Permaneció un rato allí sentada, sumida en la desgracia, hasta que se dio cuenta de que había dejado a las niñas en el jardín, solas y de noche. Se levantó rápidamente y abrió la puerta, y allí estaba él, disponiéndose a llamar con los nudillos.

—¡Maldita sea! —exclamó ella—. No quería dejar solas a las niñas.

—Están bien.

—No puedo hablar contigo ahora. Lo siento. Por favor... no me hagas hablar de ello.

—No pretendo que hagas nada que no quieras, Lily. No soy esa clase de hombre.

—Ya sé que no lo eres. No quería decir eso. Me siento ridícula, y no quiero hablar más de esto.

—Muy bien. ¿Qué te parece si me quedo en el jardín, vigilando a tus hijas para que puedas tener tiempo para ti misma? Cuando estés lista, puedes llamarlas para que entren en casa.

Lily sorbió por la nariz, intentando contener las lágrimas. Nick no mostraba el menor atisbo de burla, regocijo ni irritación. Parecía ser el hombre más tranquilo y razonable del mundo.

—Me parece bien... Sé que me estoy comportando como una tonta. Lo siento.

—No pasa nada.

—Es por... —respiró temblorosamente y volvió a apartar el rostro.

—Lily, siento haberte disgustado. Creía que deseábamos lo mismo, pero es evidente que estaba equivocado. Voy a quedarme en el jardín hasta que las niñas entren en casa, y si cambias de opinión y quieres hablar conmigo, ya sabéis dónde encontrarme. Y si no quieres volver a hablar de esto nunca más, que así sea. Siento haberte ofendido.

Capítulo 8

LILY permaneció inmóvil, viendo cómo él volvía al jardín. Entonces cerró la puerta, echó otra vez la llave y volvió a sentarse en el suelo mientras las lágrimas resbalaban por sus mejillas.

Estaba tan furiosa con el mundo que apenas podía tenerse en pie. Esperó unos minutos, y entonces agarró el teléfono para llamar a su hermana.

—¡Soy una estúpida! —declaró.

De fondo se oían gritos infantiles, el ladrido de un perro y el sonido de la televisión.

—¡John! —le gritó Marcy a su marido—. No digas nada —le ordenó a Lily—. Espera a que John se haya llevado a las niñas, porque quiero que me lo cuentes todo hasta el último detalle —Lily oyó cómo dejaba a su marido a cargo de todo y cómo se movía por la casa, seguramente en dirección al garaje, donde se refugiaba a menudo del ruido—. Ya está —dijo, sin ningún ruido de fondo—. Y ahora cuéntame. ¿Qué ha pasado? ¡Sabía que pasaría algo! ¡Cuéntamelo todo ahora mismo!

Lily suspiró, intentando deshacer el nudo de su garganta.

—No lo entiendes. No se trata de algo bueno...

—¿Cómo que no? He visto cómo te miraba... Tiene que ser algo bueno.

—Creía que iba a pedirme una cita —admitió Lily penosamente.

—Sí. Las citas están muy bien —dijo Marcy, tan animada como siempre—. Son una buena manera para empezar. ¿Y qué más? Dime.

—No quiere salir conmigo. Sólo quiere acostarse conmigo cuando las niñas estén durmiendo. Esta noche. ¡O quizá mañana, mientras las niñas estén en el colegio!

—Oh...

—¿Oh? ¿Qué significa ese «oh»? Ni siquiera pareces sorprendida. ¿Así son las citas hoy día? ¿Alguien te pide acostarse contigo y ya está? Me he quedado tan desfasada que no sé ni cómo llamarlo, Marcy. ¡Y si ésta va a ser mi vida a partir de ahora, al menos debería saber qué nombre ponerle!

—Lily, cariño, cálmate —dijo Marcy—. Respira hondo —Lily intentó reprimir los sollozos y acabó con un ataque de hipo—. Y ahora empieza de nuevo, más despacio. Él no te preguntó directamente si podía acostarse contigo esta noche, ¿verdad?

—No —admitió Lily—. Estábamos hablando... sobre lo difícil que es ver a alguien cuando se tienen hijos. O al menos eso creía yo. Supongo que él se refería a lo difícil que es acostarse con alguien cuando se tienen hijos. Yo me mostré de acuerdo en que sería muy embarazoso. Las niñas ni siquiera se han acostumbrado a que sus padres estén divorciados. Y luego... no sé. Creía que íbamos a salir a cenar. Pero él sólo estaba pensando en llevarme a la cama.

—Oh, cariño. Cuánto lo siento.

—Entonces, ¿se trata de esto? ¿Se supone que tengo que acostarme con el primer hombre que me lo proponga o quedarme sola para siempre?

—No vas a estar sola para siempre —insistió Marcy.

—No sé qué hacer. No encajo en este mundo. Creía que mi matrimonio duraría toda la vida, y ahora... ahora me siento perdida.

—Lily, ya sé que ha sido muy duro para ti, pero...

—Y yo ni siquiera quería esto —se quejó ella—. No estaba buscando nada. Estaba muy bien aquí, con las niñas, con mi familia y con mi vida. Pero de repente apareció él, tan guapo y musculoso, y me hizo recordar todas esas cosas que no quería recordar. ¡Cosas que me da miedo desear! Todo es muy injusto, y me siento fatal —volvía a estar llorando desconsoladamente—. Odio esta situación. ¡La odio!

—Lo sé. Lo siento. Pero todo saldrá bien. Te lo prometo.

—¿Cómo es posible? Acabo de hacer el ridículo y no puedo esconderme de él para siempre. ¡Vive en la casa de al lado!

—Estoy segura de que la situación no es tan horrible como crees —dijo Marcy.

—Salí huyendo —confesó Lily con un gemido—. Me metí corriendo en casa y cerré la puerta con llave. Y ahora estoy sentada en el suelo de la cocina, escondiéndome de un hombre adulto. Es patético.

—Todos cometemos errores...

—Y él se mostró encantador, incluso cuando yo no hacía más que llorar y decir tonterías. Es un buen hombre, pero no quiere más que una aventura sexual.

—Cariño, te falta un poco de práctica con los hombres, eso es todo...

—Pues si esto es lo que me estoy perdiendo, no quiero practicar nada.

—Espera un momento... Me parece que no me lo has contado todo.

Lily suspiró.

—Está bien... Me besó.

—¡Oh, Dios mío! —exclamó Marcy—. ¿Y estuvo bien?

—Mejor que bien —admitió Lily—. Me sentía como si volviera a tener dieciséis años y nunca me hubieran besado.

—En ese caso... Siento tener que decirlo, pero ¿qué habría de malo en disfrutar hasta el final con él?

El fin de semana siguiente, Jake estaba guardando la cortadora de césped de Lily cuando volvió a ver a Andie vigilando su casa. O al menos, parecía que estaba espiando.

¿Por qué lo haría? Jake se ocultó en el interior del garaje de Lily y asomó tímidamente la cabeza.

Andie pasó por delante de la casa, caminando muy lentamente, como si intentara ver a través de las ventanas o por la terraza.

Era imposible que lo estuviese buscando a él. De nada serviría albergar esperanzas.

¿Creería que había algo entre su tío y su madre? Y si así fuera, ¿por qué no se lo preguntaba directamente a su madre?

—¿Jake?

Dio un respingo al oír su nombre a su derecha, cuando él había estado mirando a la izquierda. Se giró y vio a Lily frente a él, mirándolo extrañada.

—¿Sí? —entonces recordó que Andie seguía observando su casa y volvió a pegarse a la pared interior del garaje.

—¿Estás bien? —le preguntó Lily.

—Sí. Estaba... Andie está ahí fuera.

—Oh —fue la respuesta de Lily, como si le pareciera lógico que él se ocultara en su garaje, en vez de arriesgarse a hablar con Andie Graham.

—Supongo que estoy haciendo el ridículo, ¿verdad? —dijo en tono disgustado—. Ella ahí fuera y yo escondiéndome aquí. Pero me quedé muy sorprendido al verla.

—Te entiendo... no sabes cuánto —dijo Lily.

Sí, Jake podía ver que lo entendía, porque a Lily le pasaba algo. Algo había cambiado desde que acabaron la casa del árbol. Lily les había preparado chuletas a la parrilla, y luego Jake había entrado en casa, dejándola a ella, a su tío y a las niñas en el jardín.

Desde entonces, su tío se había mostrado muy huraño y Lily había estado muy callada, incluso triste.

Jake quería preguntarle a Lily si estaba enfadada, si habían tenido alguna especie de pelea o si él podía ayudar en algo. Pero entonces volvió a recordar que Andie estaba observando su casa.

¿Tendría algo que ver con la madre de Andie y su tío Nick? ¿Estaría Andie buscando a su madre en casa de Jake? ¿Y estaría Lily furiosa porque creía que había algo entre su tío y la madre de Andie?

—No está viendo a la madre de Andie —soltó de repente.

Lily puso una expresión horrorizada, que intentó disimular sin éxito.

—Lo siento —dijo Jake—. Creía que mi tío y tú os habíais peleado, y se me ocurrió que quizá fuera por la madre de Andie. No sé de qué va todo esto, pero mi tío no la está viendo. Ella no ha estado en casa desde aquella primera vez en la cocina... Sabes a qué vez me refiero, ¿verdad?

Lily asintió.

—Gracias, Jake. Pero no se trata de la madre de Andie.

—De acuerdo. Sólo intentaba ayudar.

—Lo sé —dijo Lily con una amable sonrisa.

—Si quieres, podría hablar con él por ti —ofreció Jake—. Si hay algo que pueda hacer.... Mi tío está de un humor de perros, por si te sirve de algo.

Lily sacudió la cabeza.

—No quiero que esté mal.

—Entonces deberías hablar con él, porque lleva así desde el domingo por la noche.

—Lo siento. Imagino que no será una compañía agradable para ti.

Jake se encogió de hombros y volvió a atisbar el exterior.

—Ahí está Andie otra vez. No lo entiendo. ¿Qué está haciendo? Parece que está buscando a su madre. Eso fue lo que estaba haciendo la última vez que la vi por aquí, pero entonces yo estaba en casa. Su madre no estaba allí, y hace semanas que no la veo.

—¿Por qué no vas a preguntárselo? —le sugirió Lily.

Jake respiró hondo y se obligó a comportarse como un hombre. Tenía que ir a hablar con ella.

—¿Qué le digo? —preguntó, completamente perdido.

—Pregúntale si puedes ayudarla en algo.

—Oh... —aquello le parecía muy sencillo—. Muy bien. Lo haré.

Lily se echó a reír, más animada de lo que había estado en días, y le deseó buena suerte.

Jake se dirigió hacia Andie, y en el último segundo recordó que acababa de segar el césped de Lily, que estaba empapado de sudor y manchado de grasa y que tenía briznas de hierba pegadas por todo el cuerpo.

—Maldita sea —masculló.

Andie se dio la vuelta al oírlo y no pareció muy contenta de verlo.

«Vamos allá, Jake».

—Hola —la saludó, porque ya era demasiado tarde para retroceder.

—Hola —respondió ella con cautela. Parecía muy triste y afligida.

—Estaba cortando el césped del jardín vecino y te vi pasando junto a mi casa —dijo, intentando que no pareciera que la había estado espiando—. ¿Estás...? ¿Necesitas algo? ¿Puedo ayudarte? Porque estaría encantado de hacerlo, si hay algo que pueda hacer.

Ella se encogió de hombros y negó con la cabeza.

—Sólo estoy buscando a mi madre.

Jake asintió. ¿Andie no podía localizar a su madre? ¿De qué iba todo aquello?

—Hace semanas que no la veo por aquí —dijo él—. Y estoy seguro de que no hay nada entre ella y mi tío, si es eso lo que te preocupa.

—No estoy preocupada —replicó ella, aunque su expresión decía lo contrario—. A veces sale y... se le olvida decirme adónde va. Tengo que encontrarla.

—Oh, ¿no responde al móvil? —Andie negó con la cabeza—. Bueno, ¿cuándo la viste por última vez?

—Anoche.

—¿Anoche no volvió a casa? —preguntó él, pensando que aquello era cada vez más extraño.

—Tienes que prometerme que no hablarás con nadie de esto...

—Claro. Lo prometo.

—No sé si vino a casa o no. Salió y yo me fui a la cama. Cuando me levanté esta mañana, ella no estaba. Puede que regresara y se volviera a marchar muy temprano. Quizá me esté preocupando por nada. Al fin y al cabo, es una madre y puede hacer lo que quiera. Pero a veces me preocupo por ella.

—Claro —dijo Jake. Él nunca se había preocupado por sus padres, hasta que un día fueron a comprar y ya no volvieron. La desaparición de la madre de Andie era razón para preocuparse—. ¿Quieres entrar en casa a hablar de esto, a ver qué podemos hacer?

Andie dudó.

—Quiero encontrar a mi madre.

—Podemos entrar a asegurarnos de que no está ahí —intentó Jake.

—De acuerdo —aceptó ella.

Lily vio desde su garaje cómo Jake hablaba con Andie y cómo la chica lo seguía a su casa. Se alegró por él. Al menos, las cosas le salían bien a alguien.

Había conseguido evitar cualquier contacto con Nick, con mucho esfuerzo. Sabía que se estaba comportando como una idiota, pero aún no había conseguido reunir el valor para hablar con él e intentar aliviar la tensión.

Entró en casa y se sirvió un vaso de agua. Estaba pensando en buscar algo de comer cuando empezó a sonar el teléfono, y respondió sin molestarse en comprobar quién la llamaba.

—¿Lily? —apenas era un susurro, pero lo reconoció enseguida.

Nick...

—Lo siento —dijo él, en voz muy baja—. Ya sé que no quieres hablar conmigo, pero... No sabía a quién más llamar.

—¿Qué ocurre?

—Jake ha traído a una chica.

—Lo sé —parecía tan nervioso que no pudo evitar

una carcajada—. Es Andie Graham. Los he visto hablando en la calle.

—¿Graham? ¿Jake ha traído a casa a la hija de Audrey Graham?

—Eso me temo.

Nick soltó un fuerte gemido.

—¿Se parece en algo a su madre?

—No lo sé. ¿Por qué?

—Porque la ha traído aquí y luego se ha inventado una historia para enseñarle la casa.

—¿Y? ¿Qué tiene eso de malo?

—¿Qué interés podría tener en enseñarle la casa, y ella en verla? Vamos. Se cómo piensan los chicos de quince años. La ha subido a su habitación y no han vuelto a bajar.

—Oh —dijo Lily. Ahora lo entendía todo.

—Tienes que ayudarme —gruñó Nick—. ¿Qué puedo hacer?

—Asegúrate de que la puerta de su habitación está abierta y búscate alguna excusa para subir de vez en cuando y pasar por delante de la puerta —sugirió Lily.

—¿Así de simple? ¿Jake puede subir a una chica a su habitación sin más?

—No lo sé. ¿Puede hacerlo?

—Oh, no lo sé. No tengo ni idea de lo que puedo hacer, Lily.

Ella miró por la ventana de la cocina y vio a Nick, de espaldas a la ventana de su propia cocina. Se dio cuenta de que lo echaba terriblemente de menos.

—Vamos, Lily. Se trata de Jake.

—Lo sé. Aún no he llegado a esa fase con mis hijas, pero déjame pensar —intentó concentrarse en el problema y no en lo mucho que añoraba estar con él—. ¿Alguna vez le has dicho a Jake que no puede estar con chicas en su habitación?

—No sabía que tuviera que decírselo. Le dejé claro que no podía usar la casa para acostarse con quien quisiera, pero no especifiqué que no pudiera estar con una chica en su habitación. ¿Es necesario que lo haga?

—Eso parece, ya que lo está haciendo ahora mismo. Pero no se lo digas ahora, porque lo pondrías en una situación muy embarazosa. Espera hasta que ella se marche.

—De acuerdo, esperaré.

—Y no creo que tengas que preocuparte mucho. Jake apenas conoce a Andie. Antes tenía tanto miedo de hablar con ella que no me lo imagino intentando nada en su habitación.

—¿Tiene miedo de ella? —preguntó Nick, nada complacido.

—¿Qué pasa? Tú tienes miedo de su madre —replicó Lily en un tono ligeramente burlón.

—Yo no tengo miedo de su madre. Simplemente, preferiría no saber nada de ella.

A Lily dejó de resultarle gracioso, porque seguía sintiéndose como una estúpida, echándolo terriblemente de menos. Y sabiendo que a Nick no le costaría encontrar a una mujer que le diera todo lo que ella no podía darle.

—Audrey estaría encantada de acostarse contigo cuando su hija se fuera a dormir —dijo.

Nick maldijo en voz baja.

—Audrey me asaltó en mi cocina estando Jake allí. Pero eso no importa, porque no es Audrey la mujer a la que yo deseo.

Lily no supo qué responder. ¿Nick pretendía hacerle creer que era ella la única mujer a la que deseaba? A Lily le encantaría creérselo, por mucho que al mismo tiempo le asustara.

—Lily, tenemos que hablar de esto. Somos vecinos. Jake siempre está entrando y saliendo de tu casa. No podemos seguir ignorándonos.

—Lo sé.

—Siento haber herido tus sentimientos. Nunca fue mi intención. ¿Me permites que resuelva lo de Jake y hablamos más tarde?

—Las niñas están aquí —dijo ella—. Richard ha vuelto a fallar...

—Esta noche. Reúnete conmigo en el jardín después de que se hayan acostado.

En el jardín... A oscuras... Solos, aunque no del todo a solas...

—De acuerdo. Te llamaré cuando se hayan ido a la cama.

—Gracias —respondió él.

Capítulo 9

COMO si tuviera un radar que hubiese captado una señal, la hermana de Lily la llamó mientras ella intentaba mandar a las niñas a la cama.

Lily puso una mueca al reconocer el número en la pantalla y se obligó a no comportarse como una cobarde. ¿Cómo era posible que Marcy supiera algo?

Muy fácil. Porque se trataba de Marcy, y Marcy parecía conocer todos los secretos de Lily.

—¿Aún te sigues escondiendo del vecino? —preguntó Marcy, una vez que terminó de despotricar contra Richard por no hacerse cargo de las niñas.

—No, de hecho, he hablado hoy con él.

—Oh, estupendo. ¿Y qué te dijo?

—No podía hablar mucho. Tenía un problema con Jake, quien está colado por la hija de Audrey Graham. Es un chico encantador, y me temo que esa chica puede comérselo crudo. Pobre Jake.

—¿Qué le pasa a Jake? —preguntó Brittany, saliendo del cuarto de baño después de haberse lavado los dientes.

—Nada —respondió su madre—. Jake está muy bien.

—Me gusta Jake —declaró la niña—. Y yo le gusto a él.

—Lo sé, cariño.

—Va a enseñarme a montar en su monopatín —dijo Brittany, con el rostro iluminado por el entusiasmo.

—No, nada de eso.

—¿Por qué no?

—Brittany, estoy hablando por teléfono. Vete a dormir y ya hablaremos de eso mañana —le dio un beso en la frente y salió, dejando la puerta del dormitorio entreabierta—. Lo siento —le dijo a Marcy—. Creo que ahora podremos hablar. Ginny ya está en la cama, leyendo.

—Bien. Y la verdad es que no me interesa la vida amorosa del pobre Jake. Me interesa la tuya, o más bien, tu carencia de vida amorosa. ¿Qué pasa contigo y con el vecino de ensueño?

—Quiere hablar conmigo.

—Estupendo. ¿Cuándo?

—Esta noche. En el jardín.

—¿A oscuras? —la sonrisa de Marcy fue evidente al otro lado de la línea.

—Sí, está oscureciendo.

—Muy bien. Pues te pido por lo que más quieras que pienses bien en esto antes de rechazarlo. Porque sé que te gusta, y que no es fácil encontrar esa combinación de belleza y personalidad en un hombre. Y además te desea. ¿Qué importa si solamente es sexo?

—Mi vida ya es bastante complicada...

—¿Complicada? Tu vida es solitaria. Tienes a las niñas, la casa y a mí. Pero yo te digo que mereces mucho más que eso.

—No estoy preparada para tener una relación. Es demasiado pronto.

—Entonces perfecto. Ese hombre no quiere nada serio. Sólo sexo. Y tengo la impresión de que se le da muy bien...

—¿Y eso cómo lo sabes? ¿Sólo por mirarlo? —preguntó Lily con escepticismo.

—No, por ver cómo construía la casa del árbol. Es fuerte, meticuloso y muy seguro de sí mismo. Paciente, amable y considerado. Es encantador con las niñas, y me dijiste que también lo era con su sobrino.

—¿Así es como valoras las habilidades de un hombre en la cama? ¿Por su manera de comportarse con los niños?

—Así es como valoro el corazón de un hombre. Si es así en la vida real, así será en la cama.

Lily tenía que admitir que su hermana tenía algo de razón. Ella misma había imaginado que Nick sería muy paciente y meticuloso... con ella.

—La pregunta que tienes que hacerte, cariño, es ¿por qué no? ¿Por qué no disfrutar de lo que puede ofrecerte un hombre tan atractivo? Nadie tiene por qué saberlo. Será tu pequeño secreto... y el mío, naturalmente.

Lily puso una mueca. Su hermana querría todos los detalles, desde luego.

—Supongo... pero me asusta.

—Es normal. Tu ex marido te hizo creer que todos los hombres son unos cerdos y que estabas condenada a la soledad. Pero no estás muerta, cariño. Eres una mujer joven y sexy, y es hora de que empieces a recordarlo. ¿Las niñas se han acostado?

—Eso espero.
—Entonces llámalo.

Nick estaba andando de un lado para otro del salón, esperando la llamada de Lily, cuando Jake bajó las escaleras.

—¿Ocurre algo?
—No —mintió Nick.
—Parece que estás preocupado por algo.

Nick respiró hondo y se preguntó qué podía contarle al chico.

—Estoy esperando una llamada.
—Oh —Jake se quedó dubitativo—. ¿Ha pasado algo?
—No. ¿Por qué lo preguntas?

Jake se encogió de hombros. Parecía muy joven y asustado.

—Sólo preguntaba.
—No ha pasado nada, Jake —insistió—. Siento haberte preocupado.

El muchacho volvió a encogerse de hombros.

—Voy a calentar los espaguetis que sobraron anoche. ¿Quieres un poco?
—No, no tengo hambre —respondió Nick, y entonces pensó que debería hablar con Jake sobre la chica y sobre las limitaciones que había que respetar en aquella casa.

Siguió a Jake a la cocina e intentó recordar cómo habría tratado su padre aquel tema. Seguramente se habría limitado a espetar órdenes en tono inflexible y despótico. «¡Nada de chicas en tu habitación!». Nick habría acatado dócilmente la orden y la cuestión hubiera quedado zanjada.

O al menos en apariencia, porque Nick había conseguido introducir a unas cuantas chicas en su cuarto...

—Jake, acerca de la hija de la señora Graham y tú...

—¿Sí? —Jake estaba inspeccionando el contenido de la nevera y ni siquiera levantó la cabeza.

—Es... eh... Parece mucho mayor que tú.

—Sólo un año y medio —dijo Jake, sacando un recipiente de plástico con las sobras.

—¿Estáis... los dos...? No sabía que estuvieras saliendo con alguien.

Jake se echó a reír.

—No estamos saliendo. Ella tiene un problema y necesitaba hablar. Eso es todo.

—Oh —Nick suspiró aliviado.

—Aunque me gustaría que fuera algo más que hablar. Está buenísima, ¿no te parece?

—Creo que un hombre de mi edad podría acabar en la cárcel por pensar eso, así que no voy a responder.

—¿No te parece que está muy buena? —le preguntó Jake en tono incrédulo.

—Lo que me pareces es que no debes meter chicas en tu habitación, ¿está claro?

—Pero si sólo estábamos hablando —dijo Jake, riendo.

—Bien, pues podéis hablar en el salón, o en la cocina, o en el jardín.

—Está bien —aceptó el chico—. Nada de chicas en mi habitación.

—Eso es —dijo Nick—. Así me gusta.

Todo había quedado resuelto. Sin discusiones ni palabras duras.

Entonces, ¿por qué se seguía sintiendo como si estuviera en un campo de minas?

Qué difícil era ser padre...

Lily consiguió finalmente hacer acopio de valor y llamar a Nick. Pero entonces vio que había empezado a llover mientras ella hablaba con Marcy.

Maldición... Era una preocupación absurda, pero Lily contaba con la relativa seguridad del jardín para que Nick no intentara seducirla. Recibirlo en la cocina sería otra historia.

Nick respondió al teléfono con aquella voz profunda y suave que tan fácilmente avivaba el deseo de Lily.

—Está lloviendo —dijo ella.

—Lo sé. ¿Supone algún problema?

—No sé...

—¿Tienes miedo de dejarme entrar en tu casa, Lily? —le preguntó seriamente, sin el menor atisbo de burla o coqueteo.

—No, pero... no sé cómo hacer esto —confesó ella—. He estado sola mucho tiempo, pero también me siento como si hubiera estado casada toda mi vida. No recuerdo cómo funcionan estas cosas.

—Te entiendo —dijo él con voz amable y suave.

Marcy tenía razón. Era un hombre paciente, amable y atractivo, y sin duda sería formidable en la cama.

—Y me siento tentada. Muy tentada...

—Me alegra oírlo —dijo él, riendo.

—Pero no es tan simple. Al menos para mí.

—Lo imagino. Pero no puedes culpar a un hombre por albergar esperanzas, Lily. ¿Qué quieres hacer? ¿Fingir que no ha pasado nada? Si ésa es tu decisión, la acataré sin problemas.

—¿Y si no sé lo que quiero? —preguntó ella.

—Bueno, eso podría conducir a todo tipo de situaciones —dijo él, aparentemente muy satisfecho—. Una de ellas, que yo te diera tiempo para que averiguaras lo que quieres. Otra, que intentara convencerte de que quieres lo mismo que yo, lo cual estaría encantado de hacer. De hecho, creo que sería muy divertido si me dejaras persuadirte para...

—¿Para? No creo que tu intención fuera hablar únicamente.

—Hablar sería una parte de ello —replicó él, pero lo decía como si apenas tuviera intención de hablar.

Y Lily tuvo el presentimiento de que le gustaría todo lo demás.

Se colocó junto a la ventana e intentó verlo a través de la lluvia y la oscuridad.

Nick estaba sonriendo. Podía percibir su sonrisa en su voz. Estaba guapísimo cuando sonreía. Su rostro perdía toda su dureza y le daba una imagen sexy y encantadora.

—Creo que deberías dejarme que fuera a verte y darte un beso de buenas noches —dijo él—. Así tendrías algo en qué pensar.

—Ya tengo mucho en qué pensar, y no creo que sea buena idea que vengas aquí.

—Es una magnífica idea. Nos quedaremos en la cocina. ¿Qué podría pasar, con tus hijas en el piso de arriba y con Jake acostumbrado a entrar y salir de tu casa continuamente? Además, sólo sería un beso, Lily.

Sí, pero ya la había besado con anterioridad, y sabía cómo eran sus besos...

—Cuelga —dijo él—. Enseguida estoy ahí.

La llamada se cortó antes de que ella pudiera protestar.

Apenas tuvo tiempo de tomar aire antes de que él entrara por la puerta de la cocina.

La lluvia debía de haber arreciado, porque Nick tenía el pelo chorreando y la camiseta empapada. Estaba más atractivo que nunca, mojado y con un brillo en los ojos que la hizo estremecer.

—Deja que te seque —dijo, sacando un trapo de cocina de un cajón.

Alargó el brazo y presionó el trapo contra sus mejillas, su frente y sus labios. Parecía estar acariciándolo, más que secándolo.

Lily contuvo la respiración y se dio cuenta de que, para atenderlo de aquella manera, tenía que estar muy, muy unida a él.

Nick levantó las manos y las posó suavemente en su espalda. El calor de sus palmas se filtró en su piel, aumentando el deseo por estar aún más cerca de él.

Intentó concentrarse en la tarea que se había encomendado y siguió secándolo, pero de alguna manera fueron sus manos y no el trapo las que se movieron por sus mechones oscuros.

—Nadie me había secado nunca así —dijo él con una sonrisa maliciosa, sin tirar de ella, pero sin apartarse—. Si lo hubiera sabido, me habría quedado más tiempo bajo la lluvia.

Lily dejó caer el trapo al suelo, avergonzada por lo que había hecho. No sabía si era un modo de detener las intenciones de Nick o una mera excusa para tocarlo... algo que deseaba hacer desesperadamente.

Y ahora estaban los dos frente a frente, y a ella no se le ocurría nada que decir ni ningún otro lugar en el que quisiera estar.

Nick permaneció quieto y callado, rodeándola con sus brazos y dominando los sentidos de Lily. Podía sentir el calor que emanaba de su cuerpo viril, la lucha entre la paciencia y la urgencia que se libraba en su interior. Podía oler la fragancia mentolada de su loción y oír su respiración lenta y sosegada. Podía sentir la oscilación de su pecho con cada inspiración y podía sentir la mirada de sus penetrantes ojos fijos en ella.

Muy lentamente, él inclinó la cabeza hacia ella y le rozó la mejilla con la suya.

Lily cerró los ojos y sus manos se aferraron a sus brazos. La mente la impelía a detenerse, pero el resto de su cuerpo la acuciaba a continuar.

El calor de su aliento le acarició el oído cuando le habló en susurros.

—Puedes tomarte todo el tiempo que necesites para acostumbrarte, Lily.

—No creo que pueda acostumbrarme nunca a algo tan delicioso —admitió ella.

Él se rió suavemente y la besó en la mejilla, la mandíbula y el cuello, como si tuviera toda la eternidad para provocarla.

Ella se estremeció con cada roce. Los pezones se le endurecieron como pequeños guijarros, los pechos le temblaron como si sintieran la proximidad de aquel torso recio y musculoso.

Nick estaba sonriendo. Lo supo cuando su boca se cerró contra la unión del cuello y el hombro, provocándole una descarga eléctrica por todo el cuerpo.

Lo rodeó con los brazos y él la apretó con fuerza, haciéndole sentir lo diferentes que eran. Su cuerpo era grande y poderoso, mucho más robusto de lo que ella había imaginado, curtido por una vida de duro trabajo físico. Y ella quería tocarlo por todas partes.

Él acabó de provocarla. La levantó como si no pesara más que una pluma y la sentó en la encimera de la cocina, colocándose entre sus piernas. La buscó con los labios y ella se abrió al calor de su boca y al placer de sus manos subiendo y bajando por la espalda.

Gimió y se abrazó a su pecho, pensando que aquélla era la clase de estímulo y excitación que debía de sentir una mujer en brazos de un hombre. Se entregó sin reservas y dejó que él tomase lo que quisiera, besándola una y otra vez.

Él dejó escapar un gemido ronco y profundo. Deslizó las manos bajo su trasero y la levantó ligeramente al tiempo que se presionaba contra ella. Si no hubieran estado vestidos, la habría penetrado sin ninguna dificultad. Sintiendo todo lo que él tenía que ofrecerle, le rodeó la cintura con las piernas y se frotó contra su ingle.

Entonces él pareció dudar por primera vez y retiró sus labios lo justo para hablar.

—Maldita sea, Lily. Vas a hacer que me olvide de todo lo que te prometí esta noche.

Así pues, no era ella la única que estaba increíblemente excitada.

Se arqueó contra él una vez más, sintiendo la palpitante dureza masculina contra ella. Él le agarró con fuerza el trasero y volvió a gemir, presionando su cara contra la suya.

—Creía que estaríamos a salvo en la cocina —dijo, respirando con dificultad—. Pero parece que estaba equivocado.

—Eso parece...

—Déjame disfrutar de esto un momento, antes de que me obligue a soltarte, ¿de acuerdo?

El calor, el deseo, las múltiples posibilidades que se ofrecían... Todo parecía unirlos como un lazo invisible y delicioso.

—Puedes volver a besarme —dijo ella descaradamente, levantando el rostro hacia él.

—No, no puedo —la dejó con cuidado sobre la encimera y le sujetó el rostro contra su pecho—. Dime que me vaya. Dime que te deje ahora mismo.

Pero Lily no quería que se fuera, y menos ahora

que sabía lo segura y excitada que se sentía en sus brazos.

—No quiero que te vayas —le dijo, mirándolo fijamente.

—No me hagas esto...

—¿Hacerte qué?

—Pareces dispuesta a darme todo lo que quiera, pero confías en mí para que no lo acepte.

—Confío en ti para que no sigas.

—Eso no es justo.

—De acuerdo, no es justo.

—Y no parece que te lamentes lo más mínimo —bromeó él.

—No me lamento —dijo ella, y estiró el cuello para volver a besarlo.

Él le concedió un beso más, pero manteniendo su cuerpo a distancia.

—Me marcho —dijo finalmente—. Y si me invitas a venir cuando no estén las niñas, acabarás completamente desnuda, te lo advierto. A menos que sea eso lo que quieres, no deberíamos quedarnos a solas.

—De acuerdo.

—Piensa en lo que quieres, Lily. Tienes que estar segura de ello.

—Lo haré —prometió ella.

—Tengo que irme.

La besó apasionadamente una vez más y se marchó.

Lily yacía en la cama, incapaz de conciliar el sueño, rememorando los momentos que había compartido en la cocina con Nick.

Los besos, las caricias, la dureza de su cuerpo... Era como si él hubiese despertado sus instintos sexuales, dormidos durante muchos años, y ahora no estaba segura de lo que hacer al respecto.

Arrancarle la ropa, por ejemplo.

Pero entonces tendría que desnudarse ella también, y odiaba el aspecto de sus muslos cada vez que los miraba.

Pensó en los últimos seis meses con Richard. El sexo se había convertido en una especie de obligación por parte de su marido, seguramente provocada por la culpa y por no hacer que Lily sospechara de su relación paralela con otra mujer.

Pensó en la humillación que sintió al descubrirlo. En la promesa que se hizo para no volver a confiar en ningún hombre nunca más. En el miedo de estar haciendo justamente eso...

Y luego volvió a pensar en desnudarse ante un hombre por primera vez.

Hacerlo a oscuras sería una buena idea, pero deseaba ver a Nick desnudo.

Quizá pudiera quedarse ella a oscuras y él en la luz. O podría desnudarlo con luz, deleitarse con su imagen y luego arrastrarlo a la oscuridad para desnudarse ella misma.

Sí. Eso podría funcionar. Problema resuelto.

A lo mejor podría soñar con él y encontrar algo de satisfacción en una fantasía, sin necesidad de arriesgarse a permitir que entrase en su vida... aunque sólo se tratara de sexo.

¿Podría hacerlo? ¿Podría tener sueños eróticos con Nick?

Con un poco de suerte, tal vez.

Con un poco de suerte le bastaría con soñar con Nick, su amante de ensueño.

Capítulo 10

DURANTE toda la semana estuvo durmiendo de manera irregular, sin la menor aparición de Nick en sus sueños.

El viernes, disgustada porque su plan onírico no hubiera funcionado, se concentró en la ardua tarea de levantar a las niñas y prepararlas para ir al colegio.

Las niñas, como era natural, no se mostraron nada cooperativas. Brittany no encontraba su camisa roja favorita y no quería ponerse otra cosa. Si Ginny no tuviera tan sólo nueve años, Lily habría jurado que su hija tenía el síndrome premenstrual, pues se rebelaba contra todo lo que su madre dijera o hiciese, por muy razonables que fueran las sugerencias. Si aquello era un anticipo de la adolescencia femenina, tenía motivos de sobra para echarse a temblar.

Richard llamó para quejarse de lo difícil y estresante que era su vida, como si a Lily le importara, y todo para decir que podía llevarse a las niñas el domingo, pero no el sábado. Lily tuvo que hacer un enorme esfuerzo para contenerse. Necesitaba ir a comprar, porque tenía que preparar galletas para una fiesta que celebraba una de las compañeras de Brittany al día siguiente, y Ginny se quejaba de que sus zapatos le hacían daño.

Pero lo primero era avanzar un poco con las reformas del comedor. El friso de madera llevaba días esperando, y Lily se decidió finalmente por un estilo elaborado y artesanal a base de las pequeñas tablas que estaba ensamblando en el garaje. Era un trabajo de chinos, pero estaba muy de moda últimamente.

Se afanó en el intento, pero lo único que consiguió fue clavarse una enorme astilla en la mano. Aun así perseveró en la tarea, hasta que el descuido hizo que se machacara el pulgar con el martillo. Dejó escapar un grito de dolor y frustración y arrojó el martillo con todas sus fuerzas contra el suelo de cemento del garaje. El martillo rebotó en el suelo y se estrelló en la pared. Seguramente habría provocado algún desperfecto, pero a Lily no podía importarle menos en aquel momento. Se agarró el lastimado pulgar y lo apretó fuertemente para sofocar el dolor. Al no tener éxito, se lo metió en la boca y empezó a chuparlo con ahínco.

Y así fue como la encontró Nick, chupándose el pulgar y al borde de las lágrimas. Seguramente había oído su grito o el choque del martillo contra el suelo. Al ver que Lily se encontraba relativamente bien se detuvo, tal vez temeroso de acercarse más.

—No te preocupes. No voy a arrojarte nada a la cabeza —le dijo ella.

—¿Lo prometes? —preguntó él con la boca torcida, como si estuviera reprimiendo la risa.

—Si te ríes de mí, lo haré —lo amenazó ella.

Entonces él se echó a reír, y ella, profundamente

consternada, no pudo contenerse más y empezó a llorar allí mismo.

Nick la miró con expresión horrorizada.

—Lily, cariño... Lo siento. No sabía que te hubieras hecho daño.

Corrió hacia ella y empezó a palparle los brazos, en busca de algún hueso roto.

—No me he hecho daño —dijo ella, sorbiendo con fuerza—. Sólo me he lastimado el pulgar con el martillo. ¡Estoy furiosa, nada más!

Por un momento, Nick pareció atónito e inseguro. Pero enseguida se acercó y la levantó en brazos.

—Vamos. Déjame que te lleve adentro y te ponga un poco de hielo en el dedo.

Lily desistió y permitió que él la llevara. Incluso se permitió apoyar la cabeza en su pecho e intentó serenarse. Él la sentó en la encimera de la cocina, buscó un trapo para llenarlo de hielo y envolvió el pulgar de Lily, sujetándolo con sus propias manos.

—¿Mejor? —le preguntó dulcemente.

Lily asintió, sintiendo las lágrimas por las mejillas.

—¿Un mal día?

—Sí —susurró ella.

—¿Una mala semana?

—Sí.

—No eres tan dura como pareces, ¿eh? —dijo él, guiñándole un ojo. Ella levantó el mentón bruscamente—. No, no te lo tomes a mal. Quiero decir que pareces capaz de todo. Siempre sabes lo que hay que hacer y cómo hay que hacerlo, sin necesitar ayuda de nadie. Pero una parte de ello sólo es pura fachada, ¿verdad?

—Todo es pura fachada —admitió ella—. Nunca estoy segura de nada. Siempre estoy cansada, furiosa y... sola —era la confesión más difícil—. Especialmente desde que viniste a vivir aquí... No me malinterpretes. Me encanta que Jake y tú viváis aquí al lado, pero... también me hace añorar cosas.

—¿Qué clase de cosas? —le preguntó en voz baja. Parecía muy interesado.

—Ya sabes. Echo de menos tener a un hombre en mi vida. Antes no lo sabía, pero ahora sí.

Él asintió lentamente.

—Lo siento.

—No lo sientes —dijo ella con el ceño fruncido—. Tú quieres cosas de mí, y me haces desear esas mismas cosas. Todo era mucho más fácil cuando yo no deseaba nada de eso...

Él se encogió de hombros.

—Jake y yo podríamos marcharnos, si eso te ayuda.

Lily no pudo evitar una débil carcajada. Sabía que estaba siendo ridícula, y él también lo sabía.

—Me sentía más segura cuando no estabas... Cuando no deseaba lo que me haces desear ahora.

—¿Podríamos concretar qué quieres exactamente, y por qué no te permites tenerlo? —preguntó él.

—Porque... Ahora mismo no sé por qué. Porque tengo miedo, supongo. El año pasado fue espantoso. Ahora estoy empezando a sentirme segura otra vez, y no quiero que vuelvan a hacerme daño.

—Lo entiendo —dijo él, asintiendo—. Pero estás sola. Eres una mujer joven, bonita y sexy, y estás sola. Podrías ponerle remedio si quisieras, ¿no?

—No lo sé. No es tan sencillo. Tengo a las niñas y muchas cosas que hacer. Siempre estoy ocupada y... ¡y no me gustan mis piernas!

—¿Cómo es posible, Lily? —preguntó él con una media sonrisa.

—A ninguna mujer le gustan sus piernas.

—Pero yo he visto las tuyas. Las he visto cuando

te pones esos pantalones cortos los días de mucho calor. Me gustaría que fueran aún más cortos, pero me encanta lo que veo.

A Lily le gustó oír aquello, pero seguía angustiada.

—Y si tuviera que desnudarme contigo cuando... ya sabes.

Nick se quedó pensativo un momento.

—¿Quieres que te diga que puedes dejarte la ropa puesta? Porque si eso es lo que quieres, no tengo ningún problema, cariño. Preferiría que estuvieras desnuda, naturalmente, pero si insistes...

—Bueno, quizá si estuviéramos a oscuras... —concedió ella—. No sé... Yo también quiero verte a ti.

Él se echó a reír.

—Lily, cariño. Haría cualquier cosa para que te sintieras cómoda Estoy dispuesto a quitarme toda la ropa y a que tú permanezcas vestida. Pero no sé cómo vamos a hacerlo, si tú quieres estar a oscuras y verme al mismo tiempo. ¿Quieres que la mitad de la habitación esté iluminada y la otra mitad...?

—¡Déjalo! —gritó ella—. Ya me siento bastante ridícula.

Él volvió a reírse y la envolvió con sus brazos, y ella también lo abrazó, olvidándose por completo del pulgar. El trapo se desprendió del dedo y el hielo se desparramó por el suelo mientras Nick se inclinaba para besarla. Y todos los temores y dudas de Lily se disiparon al instante, al recordar lo maravilloso que era tener a un hombre fuerte y sexy en sus brazos.

En aquel momento le pareció imposible haber pasado tanto tiempo sin uno, porque de repente se veía incapaz de soportar un minuto más sin aquella sensación incomparable.

Lo besó con una pasión denodada, rodeándolo con las piernas y tirando de él hacia ella.

Él gimió y le puso las manos en las caderas para apretarla contra su cuerpo, y Lily pudo sentir la fuerza de su creciente respuesta masculina. La sensación fue tan intensa y vertiginosa que le hizo desear arrancarle la ropa allí mismo, en la cocina.

Para Lily no fue más que un pensamiento fugaz, pero Nick la sorprendió y maravilló al quitarse la camiseta por la cabeza y arrojarla al suelo, regalándole una gloriosa y suculenta imagen de su torso desnudo y poderoso.

Lily se estremeció y se debatió entre la posibilidad de explorar aquella piel con sus manos y su boca y la idea de suplicarle que la llevara a su habitación, o quizá al sofá del salón.

Era una decisión muy difícil, sobre todo porque él la estaba besando con una voracidad insaciable y empujando de vez en cuando entre sus muslos abiertos. Una versión reducida y enloquecedora de lo que ella quería realmente que hiciera.

Finalmente, él se retiró lo suficiente para hablarle en voz baja y ronca.

—¿Dónde te gustaría verme desnudo, Lily? ¿Y para cuándo lo tenías pensado? Por favor, dime qué estabas pensando en este mismo momento...

Ella bajó las manos por su ancha espalda, lo agarró por las caderas y tiró de él.

Él volvió a gemir y apoyó la frente contra la suya. Lily lo miró a los ojos y luego se deleitó la vista con su cuerpo. Una fina capa de vello le cubría el pecho y se iba estrechando en una línea que desaparecía bajo los vaqueros. Lo besó en los pectorales y siguió la línea de vello con una mano. Él se puso rígido y con la mirada le dijo que estaba avanzando por un terreno muy peligroso, pero ella había olvidado todas sus dudas y deslizó la mano sobre la cintura de sus vaqueros.

Encontró un bulto impresionante y lo agarró en su palma, sin dejar de mirarlo a los ojos. Él entornó la mirada, ahogó un gemido y la dejó explorar a su antojo, y ella lo frotó ligeramente y deslizó la mano en el interior de los vaqueros, provocándole un jadeo y una risa entrecortada. Deseaba tenerlo dentro de ella, sentir su dureza y su calor palpitante.

—De acuerdo —dijo—. Me desnudaré si tienes un preservativo a mano.

—En el bolsillo —susurró él.

—¿Llevas siempre preservativos contigo? —le preguntó, satisfecha y sorprendida.

—Desde la última noche que estuve contigo en esta cocina. Me pareció que debía ir preparado —la besó en el cuello y empezó a desabrocharle los pantalones.

—Alguien podría vernos, Nick —protestó ella.

Él se giró y miró por la ventana de la cocina.

—Para eso tendrían que pasar entre tu casa y la mía.

Esperó, con las manos en la cintura de Lily, hasta que ella cerró los ojos y cedió al riesgo.

—Muy bien. Vamos a vivir al límite.

Él sonrió, terminó de desabrocharle los vaqueros y la levantó con un brazo para quitarle las braguitas con el otro. Se bajó los pantalones y se enfundó el preservativo mientras ella se quitaba la camiseta, y bajó la mirada a su sujetador, esperando.

—¿En la cocina? —preguntó ella.

—Sí, Lily —respondió él, asintiendo mientras la besaba—. En tu cocina. La próxima vez lo haremos en una habitación con la puerta cerrada. Te lo prometo.

La promesa complació a Lily tanto como le horrorizaba estar desnuda en la cocina. Pero desnuda se quedó al quitarse el sujetador y arrojarlo al fregadero.

Él le sonrió maliciosamente y la apretó contra su cuerpo. Ella cerró los ojos y pensó en el día que lo vio por primera vez, semidesnudo y sudoroso. Y ahora lo tenía allí, desnudo ante ella, besándola con avidez y moviéndose contra su entrepierna, dándole tiempo para que se acostumbrara a la sensación. Entonces le puso las manos en las caderas y se introdujo fácilmente en su interior.

Lily gimió débilmente.

—¿Voy muy rápido? —le preguntó él.

—No... Más rápido —respondió ella, deseándolo cada vez más.

Y entonces Nick la penetró con una fuerte embestida, haciéndole proferir un incontenible y fuerte gemido que casi se transformó en un grito de placer.

Él la sujetó con firmeza y empezó a moverse en su interior, multiplicando con cada roce la exquisita sensación que la invadía. Lily respiraba con dificultad entre pequeños jadeos y temía que las lágrimas estuvieran afluyendo a sus ojos, tales eran las emociones y sensaciones que la invadían.

Los dedos de Nick se clavaron en sus caderas, como si intentara controlar los movimientos de ambos.

—Lily —la avisó, porque ella no podía permanecer quieta, o quizá porque se movía demasiado rápido, o tal vez sólo fuera su manera de atormentarla y hacerla enloquecer.

Fuera como fuera, se transformó en un duelo de voluntades, para ver cuál de los dos era el primero en llevar al otro hasta el límite.

Lily empleó los músculos de sus muslos para apretarse contra él y lo besó frenéticamente, recorriéndole el cuerpo con las manos.

—Eres mala... —le dijo él, viendo que se negaba a dejarle marcar el ritmo.

Ella le sonrió, y él redobló la intensidad de sus besos y embestidas hasta que el cuerpo de Lily alcanzó un grado de tensión máximo. Por un instante pareció que todo se detenía a su alrededor, y entonces se vio invadida por una ola tras otra de incontenible placer. Gimió con más fuerza y enterró la cara en el pecho de Nick, sintiendo sus últimas acometidas y estremecimientos mientras él jadeaba en busca de aire y pronunciaba su hombre con voz ahogada.

—Lily, Lily, Lily...

Permanecieron inmóviles, abrazados el uno al otro.

Lily estaba completamente exhausta, le dolían las piernas y las lágrimas no dejaban de afluir a sus ojos. Él la abrazó con fuerza y ternura al mismo tiempo, y ella se acurrucó contra su pecho y deseó que estuvieran en algún otro lugar, íntimo y oscuro.

Pero estaban en la cocina, y él intentaba averiguar qué le pasaba.

—¿Por qué lloras? —le preguntó, intentando escudriñar su rostro.

—No estoy llorando —respondió ella—. ¿Nunca se te han saltado las lágrimas por alguna sensación abrumadora? —él negó con la cabeza—. Pues a mí sí... ¿Podemos ir ahora a otro sitio?

—Claro. Dame un segundo.

Se separó ligeramente de ella para quitarse el preservativo y subirse los pantalones. A continuación, la levantó en brazos y la llevó hacia las escaleras.

Lily se acurrucó contra su pecho y cerró los ojos, intentando no pensar que habían tenido sexo en su cocina, a plena luz del día, y que no sentía el menor remordimiento al respecto.

Lo hizo pasar por la primera puerta a la derecha y

él la llevó hasta la cama, bajo las sábanas, y se inclinó para besarla. Ella le echó los brazos al cuello cuando se dispuso a retirarse, temiendo que pudiera desaparecer y que todo no hubiera sido más que un sueño. Nick, su amante de ensueño. Era más fácil creer en una fantasía que en haberlo hecho desnudos en la cocina.

—Tengo que ir a mi casa a por una cosa —dijo él, sonriéndole.

—¿Otro preservativo?

—Quiero estar preparado...

—Hay una caja en el cuarto de baño. En el cajón de la derecha, al fondo. Mi hermana me los dio después de haberte visto.

—Recuérdame que le dé las gracias a tu hermana la próxima vez que venga de visita —dijo él con una sonrisa mientras se dirigía hacia el cuarto de baño.

—¡No tiene gracia! —le gritó Lily—. ¡No te atrevas a hacerlo, Nick!

Pero descubrió que Nick se atrevería a cualquier cosa.

Volvió al dormitorio como si estuviera en su propia casa, cerró los postigos para satisfacer su deseo de oscuridad y, con la lámpara de la mesilla encendida, la observó fijamente mientras él volvía a desnudarse.

Lily se ruborizó sin poder evitarlo. Era un hombre increíble. Alto, musculoso y bronceado, y con una expresión de seguridad y satisfacción en sus ojos oscuros.

Y la deseaba de nuevo. Su cuerpo no dejaba lugar a dudas.

A Lily se le aceleró la respiración y ansió volver a tocarlo por todas partes.

—¿Has visto suficiente? —le preguntó él al cabo de un momento.

—No.

—Oh, estaré encantado de dejar la luz encendida. Sólo intento darte lo que quieres, Lily.

Ella lo miró con irritación, porque Nick sabía que ya le había dado lo que quería y mucho más, y se disponía a volver a dárselo.

Pero ella también quería darle algo si pudiera, de modo que alargó el brazo para apagar la lámpara y, una vez a oscuras, encontró un muslo fuerte y musculoso.

Él dejó escapar una exhalación, pero no dijo nada más. Lily presionó la punta de la nariz contra el muslo y empezó a recorrerlo arriba y abajo. Lo mordisqueó ligeramente y se deleitó con su sabor.

—Lily... —murmuró él.

—¿Qué?

Se puso de rodillas en el borde de la cama y se abrazó a su cintura, apretando los pechos contra sus piernas. Lo besó en el pecho y luego echó la cabeza hacia atrás para recibir su beso.

Él la levantó de la cama, volvió a envolverse con sus piernas y le apretó las caderas mientras se frotaba contra ella.

—Hoy no tengo la paciencia necesaria —dijo, descendiendo con ella hacia la cama y acostándola de espaldas para colocarse encima—. Lo siento.

—¿Lo sientes? —repitió ella entre un beso y otro.

—Será mejor la próxima vez —prometió él.

Lily separó los muslos, ofreciéndole su cuerpo para que la tomara a su gusto, y un momento después él volvía a estar dentro de ella. Y esa vez fue aún mejor que la anterior, si tal cosa era posible. Era delicioso sentir el peso de Nick sobre ella, la fuerza y la tensión de sus músculos al avanzar y retroceder. Lily se aferró a él lo mejor que pudo, dejando que impusiera su propio ritmo. Empezó a gemir cuando las embestidas aumentaron a una velocidad frenética, y le clavó las uñas en la espalda cuando creyó que ya no podría recibir más.

Pero entonces abandonó todo resto de control o reserva y se entregó por completo a él y a las sensaciones que la colmaban, como si no existiera nada más que ellos dos y el placer que los fundía en un solo cuerpo.

Entonces lo oyó gemir al tiempo que la penetraba una vez más, sintió cómo se estremecía y palpitaba en su interior y ella lo siguió con una violenta convulsión que la dejó exhausta y profundamente satisfecha.

Él se desplomó sobre ella, respirando con dificultad, y por un largo rato permaneció inmóvil, intentando aferrarse a los últimos restos del placer. Lily también se hubiera aferrado a él, de haber tenido la fuerza necesaria. Lo único que podía hacer era quedarse allí tumbada, con los brazo inertes a ambos lados.

Poco a poco, Nick empezó a besarle el cuello, la oreja y la mejilla, aún jadeando por el esfuerzo. Con mucho cuidado se tumbó de costado y esperó un momento, antes de levantarse y dirigirse al cuarto de baño. Volvió poco después, se acostó junto a ella y la apretó contra él, y Lily se acurrucó a su lado y apoyó la cabeza en su pecho.

Él la besó en la frente, le dijo que descansara y todo se desvaneció a su alrededor.

Capítulo 11

LILY se despertó sumida en una lánguida y placentera sensación de calor y cansancio.

Estaba tan relajada como si se hubiera tomado alguna pastilla. Una pastilla fabulosa, desde luego. Rodó de costado en la cama, sintiendo la exquisita suavidad de las sábanas en la piel desnuda e irradiando felicidad por todos los poros.

—¿Lily? —oyó una voz profunda y masculina y sintió el áspero tacto de una mejilla contra la suya—. ¿A qué hora llegan las niñas a casa?

—¿Las niñas?

Debía de estar soñando, pues nunca se había sentido tan bien al despertar.

Entonces recordó a su amante de ensueño y a su amante real, Nick, tan seguro de sí mismo y tan eficaz y exhaustivo a la hora de conseguir lo que quería.

Como había hecho en su cocina... donde habían quedado sus ropas.

—¡Oh, Dios mío! —exclamó, abriendo los ojos de

golpe y mirando los dígitos iluminados del reloj despertador—. ¿Las tres y diez? —soltó un chillido y se levantó de un salto, pero entonces se dio cuenta de que estaba desnuda.

—¿Es grave? —preguntó Nick, incorporándose en la cama.

Lily se quedó boquiabierta por un momento, temiendo oír el inminente portazo y las pisadas en la escalera. Al no oír nada, miró a Nick y le espetó una orden frenéticamente.

—¡Baja a la cocina y tráeme la ropa! ¡Rápido!

Él se levantó sin rechistar y salió disparado hacia la puerta... completamente desnudo. Se detuvo en el umbral y se volvió para recoger sus vaqueros del suelo. Se los puso rápidamente y se los abrochó mientras salía por la puerta.

Mientras tanto, Lily sacó ropa interior del cajón y se puso los vaqueros del día anterior y una camiseta del cesto de la ropa sucia. Hizo la cama lo más rápido que pudo y bajó corriendo las escaleras. No sabía dónde habían dejado la ropa. Sólo recordaba que su sujetador había salido volando hacia el fregadero de la cocina.

Apenas había llegado al pie de la escalera cuando la puerta se abrió y las niñas irrumpieron en la casa como un vendaval, sin apenas prestarle atención a su madre salvo para lanzarle un saludo. Dejaron las mochilas y los zapatos en un rincón y corrieron hacia la cocina.

—¡Niñas! —las llamó Lily, y consiguió que se detuvieran y se giraran hacia ella.

—¿Estás bien, mamá? —preguntó Ginny.

—Pues claro. ¿Por qué lo preguntas?

—Tienes un aspecto muy raro —dijo la niña en tono suspicaz—. Con el pelo despeinado...

Lily se alisó los cabellos lo mejor que pudo, lamentándose por no haberse mirado al espejo.

—He estado trabajando mucho —dijo con una sonrisa nerviosa.

Entonces apareció Nick en la puerta de la cocina. Él también estaba despeinado, pero al menos iba enteramente vestido, gracias a Dios. Parecía confuso y desconcertado, sin saber qué hacer con las niñas en casa. ¿Habría encontrado su ropa interior, al menos?

—¿Y mi ropa interior? —le gesticuló con los labios.

—¿Qué? —preguntó Ginny al instante.

Nick negó con la cabeza y frunció el ceño. ¿Significaba que no la había encontrado o que no sabía lo que le estaba preguntando?

No había tiempo para averiguarlo. Le indicó la puerta con la cabeza y le hizo un gesto con la mano para que se marchara inmediatamente.

—¿Mamá? —la llamó Brittany, acercándose a agarrar la mano que Lily estaba agitando.

—Estoy bien, cariño. Es que... me muero de hambre —dijo, y se dio cuenta de que era cierto.

Se había saltado el almuerzo y había consumido un montón de calorías en la cocina y en la cama.

¿Cómo había podido hacer eso en su propia cocina? Nunca más podría volver a pisarla sin pensar en lo que Nick y ella habían hecho allí.

—Yo también tengo hambre —dijo Brittany.

—Y yo —añadió Ginny.

—Estupendo. ¿Qué tal si salimos a tomar una pizza? —sugirió Lily. De ninguna manera iba a entrar en la cocina en ese momento. Además, la pizza era una treta infalible para conseguir distraer a sus hijas en momentos delicados.

Como era de esperar, las niñas volvieron a ponerse rápidamente los zapatos y corrieron hacia la puerta. Y Lily las siguió, respirando aliviada.

De momento, estaba a salvo.

Después de la cena temprana en una pizzería, Lily consiguió que las niñas subieran a su habitación nada más llegar a casa. Estaba registrando frenéticamente la cocina en busca de su ropa interior cuando su hermana entró por la puerta trasera.

—¿Se puede saber qué te ha pasado hoy? —le preguntó Marcy, seguida de Stacy, su hija menor.

Lily se quedó de piedra, haciéndose esa misma pregunta. Todos sus años de vida doméstica no le servían para encontrar su ropa interior.

Tal vez Nick la había encontrado antes y se la había llevado consigo.

Abochornada sólo de pensarlo, se giró hacia el fregadero para intentar refrescar algo más que sus manos. Las niñas no sospechaban nada, pero a Marcy no se le pasaría nada por alto.

—Lo... lo siento —balbuceó—. ¿He hecho algo malo?

—Te olvidaste de mí, tía Lily —gritó Stacy al borde de las lágrimas.

—¡Oh, no! —exclamó, recordándolo todo—. Lo siento, cariño... Hoy ibas a venir aquí después del colegio, ¿verdad?

Stacy asintió. Por su cara parecía haberse quedado huérfana, en vez de haberse perdido una tarde de juegos en casa de su tía mientras su madre iba al dentista.

—Tuve que irme a casa con Angelica, y ella no me gusta —dijo Stacy en su tono más acusatorio—. Y su madre dice que eres una irre.... irre....

—¿Irresponsable? —sugirió Lily. La niña asintió con vehemencia—. Tiene razón. Lo siento mucho, Stacy. Se me olvidó por completo. Estuve trabajando en el friso del comedor y perdí la noción del tiempo. Y luego las niñas y yo salimos a tomar una pizza.

—¿Pizza? —repitió Stacy tristemente.

«Genial», pensó Lily. Lo acababa de empeorar todo aún más.

—La tía Lily encontrará la manera de compensarte, Stacy —dijo Marcy—. Mientras tanto, ¿por qué no vas arriba a jugar con Brittany?

—Está bien —aceptó Stacy, aunque su mirada le advirtió a Lily que esperaba una compensación por todo lo alto.

Lily había acabado de lavarse las manos y se las estaba secando con una meticulosidad excesiva, preguntándose si el rubor de sus mejillas se debía al escozor por la barba incipiente de Nick y si éste le había dejado una marca en el cuello.

Pero Marcy no necesitaba pruebas tan evidentes para hacerse una idea de lo ocurrido.

—¿Qué has hecho esta tarde, Lily? —le preguntó con un brillo en los ojos.

—Nada —respondió ella—. Quiero decir... He estado trabajando. Tenía mucho que hacer.

—Yo diría más bien que alguien... te ha trabajado a ti —observó Marcy.

«A fondo», pensó Lily, intentando que no se le notase en la cara.

—Finalmente lo ha conseguido, ¿eh? —preguntó su hermana con una sonrisa de oreja a oreja.

—Marcy... en serio...

Marcy se acercó a ella como si quisiera arrinconarla.

—Se me olvidó lo de Stacy. Lo siento mucho. Pero no es nada...

Y entonces Marcy alargó el brazo sobre la cabeza de Lily y recogió el sujetador rosa de lo alto de la nevera.

—¿Buscabas esto? —le preguntó, con la prenda de encaje colgando de su mano.

Lily se la arrebató rápidamente y se la metió en el bolsillo, pero no tenía bolsillos en el pantalón, de modo que la guardó en un cajón.

—¿Te quitó el sujetador en la cocina? —preguntó Marcy, riendo.

—Hizo todo lo que quiso en la cocina —respondió Lily, decidiendo que era mejor contar la verdad.

Al menos tuvo la satisfacción de ver la expresión de absoluta incredulidad que puso Marcy.

—No me lo creo.

—Como quieras. No hizo nada.

—No, espera —insistió Marcy—. Quiero saberlo todo. Soy tu hermana y llevo acostándome con el mismo hombre durante veinte años. Necesito saber cómo ha sido... por favor, Lily. ¿Ha estado bien?

Lily asintió. No sabía cómo relatar aquella locura descontrolada.

Marcy ahogó un gemido en la garganta y se apoyó en la encimera.

—Bueno... Si no puedo ser yo, me alegro de que hayas sido tú, cariño. Te lo mereces.

—No sé cómo manejar una relación de este tipo —dijo Lily—. Si es que puede llamarse relación...

—Ni idea. Puedo preguntárselo a mi vecina. Sus hijos veinteañeros sabrán cómo llamarlo.

—¿Y qué vamos a hacer a partir de ahora?

—Lo que vosotros queráis —respondió Marcy—. Pero espera, antes de que se nos olvide... ¿Has encontrado tus braguitas? ¿O tenemos que buscarlas antes de que bajen las niñas?

—¿Qué has hecho hoy? —preguntó Jake aquella noche, mientras él y Nick cenaban comida china.

—¿A qué te refieres? —replicó Nick, intentando parecer completamente inocente.

—Pareces... —Jake se metió un gran pedazo de pollo y siguió hablando con la boca llena— no sé... muy contento.

Nick se apresuró a tomar el último trozo de carne antes de que Jake se lo tragara todo.

—No he hecho nada —mintió entre dientes—. Hacía un día muy bueno. Soleado... agradable...

Jake lo miró como si no se creyera una palabra, y Nick se palpó el bolsillo de los vaqueros donde tenía las braguitas rosas de Lily. Había escondido la camiseta, los vaqueros y el sujetador sobre el frigorífico, pensando que allí no podrían encontrarlos las niñas. Pero le había resultado más difícil encontrar las braguitas, y cuando finalmente las localizó las niñas ya habían entrado en casa, por lo que no le quedó más remedio que guardárselas en el bolsillo.

Intentó adoptar una actitud hosca y huraña y le dijo a Jake que tenía que sacar la basura y limpiar su habitación. Jake se encogió de hombros, como si no se dejara engañar, y llevó su plato y su vaso al fregadero. Se disponía a subir a su habitación a hacer los deberes cuando sonó el teléfono. Nick se dio más prisas de las habituales en responder, lo que también llamó la atención de Jake.

—¿Diga? —seguramente le salió un tono demasiado esperanzado, pensando que podía ser Lily.

—Nick, al fin te encuentro —dijo una voz nada contenta.

—Hola, Joan.

Jake puso una mueca. Joan era la hermana mayor de su padre, y la pariente que más se oponía a que Nick se hiciera cargo de su custodia.

—Si no te conociera, pensaría que estás ignorando mis llamadas —dijo ella en tono acusatorio.

—Jake está bien —dijo Nick—. De hecho, está aquí mismo...

Jake estaba sacudiendo la cabeza como un poseído, gesticulando amenazas a su tío si éste se atrevía a pasarle el teléfono.

—No he llamado para hablar con Jake, sino para hablar contigo —dijo Joan.

Nick le hizo un gesto a Jake, diciéndole que se había librado por esa vez y que subiera a su habitación, e intentó armarse de paciencia para hablar con Joan.

—¿Sigues decidido a hacerte cargo de los chicos? —le preguntó ella.

—No ha cambiado nada, Joan. Seguimos aquí y estamos bien. No tienes que preocuparte por nada —insistió Nick, preguntándose cómo había podido soportar su hermana a su cuñada. Joan era la típica entrometida que creía saberlo todo, incluyendo la mejor educación para los adolescentes.

Jake huía de ella como si de una plaga se tratara, y no le faltaban motivos. Nick casi podía percibir su hostilidad al otro lado de la línea.

—Muy bien. Ya veremos si dentro de unos meses sigues pensando lo mismo —dijo Joan—. Te llamo por lo siguiente... Creo que es muy importante que los chicos pasen el Día de Acción de Gracias con su familia. Se me ocurrió que quizá podría cocinar y servir la comida en su casa.

Lo primero que pensó Nick fue que preferiría comer delante del televisor mientras veía un partido de fútbol, y sospechaba que Jake secundaría su plan. Nick había pasado Acción de Gracias con ellos haciendo precisamente eso, hasta que su hermana los apartaba del televisor para comer en el salón.

Joan se habría puesto echa una furia, pero su hermana vivía en una casa llena de hombres y entendía que quisieran pasar el tiempo viendo la televisión y jugando al fútbol en el jardín.

—¿Y bien? —lo acució Joan.

—Lo pensaré —respondió Nick—. Les preguntaré a los chicos qué quieren hacer y te lo haré saber.

Cortó la llamada lo más rápido que pudo y maldijo en voz alta. Intentaba no hacerlo delante de Jake, pero cuando se dio la vuelta vio al muchacho con expresión preocupada.

—Sigue intentando que renuncies a la custodia, ¿verdad?

—No —dijo Nick, satisfecho al ver que Jake quería quedarse con él—. Quiere que pasemos Acción de Gracias con ella.

—¡Oh, no! —exclamó Jake—. No nos dejaría ver un partido en la tele.

Nick se encogió de hombros.

—Intentaré ser más diplomático que tú cuando rechace su invitación.

—Estaba pensando que podríamos pasar Acción de Gracias con Lily. ¿Crees que nos invitará?

—No lo sé. Puede que tenga planes con su familia. Su hermana vive a media hora de aquí.

—Apuesto a que Lily cocina como nadie en Acción de Gracias.

Aquel comentario hizo que Nick se imaginara a Lily en la cocina... haciendo otras cosas aparte de cocinar. Cosas que no debería estar imaginándose delante de Jake.

—Tienes que hacer los deberes —le recordó al muchacho—. Vamos.

Y Jake se marchó.

Nick estuvo ordenando las facturas y el papeleo pendiente, mientras veía cómo las luces de casa de Lily iban apagándose una por una. Hasta que finalmente la vio entrar en la cocina.

Eso significaba que ya había acostado a las niñas, de modo que cruzó el jardín y llamó a su puerta. Ella lo miró a través del cristal por un momento, antes de abrir. Parecía dubitativa y avergonzada.

—No sabía si me dejarías pasar —dijo él.

Ella se puso colorada y desvió la mirada, mordiéndose los labios, y Nick se echó a reír, sintiéndose más feliz y dichoso que nunca. Se metió la mano en el bolsillo y sacó un extremo de las braguitas.

—Lo puse todo en el armario que hay sobre la nevera.

—No, todo no. El sujetador se quedó fuera. Mi hermana lo encontró.

—Oh... Lo siento. Creí haberlo escondido todo, pero todo sucedió demasiado rápido.

¿Estaba furiosa o sólo avergonzada? Era imposible saberlo.

—No quería contarle nada a Marcy, pero me resultó imposible con el sujetador como prueba —dijo ella—. La has conocido. Ya sabes cómo es...

Seguía sin mirarlo a los ojos, pero él no iba a permitir que se escabullera. Se acercó un paso más y la arrinconó contra la encimera, sujetándola entre sus brazos, aunque sin llegar a tocarla.

—¿Estás enfadada, Lily?

—No —dijo ella, mirando al suelo.

—¿Crees que te obligué a hacer algo para lo que no estabas preparada?

—No.

—¿Algo que no querías?

—Viendo lo sucedido, no creo que haya ninguna duda sobre el deseo que siento por ti.

Sí... Nick lo sabía, pero necesitaba oírlo de sus labios.

—¿Y qué deseas ahora? —le preguntó, porque también necesitaba saber qué sería lo siguiente.

—Las niñas están arriba.

—Lo sé. Pero no siempre estarán en casa —dijo él, observando cómo tomaba y expulsaba el aire y deseando cubrir la escasa distancia que los separaba. Era una mujer fascinante. Tranquila y discreta de cara al exterior, pero con una sexualidad y una pasión ocultas que lo habían dejado anonadado.

—No, no siempre estarán en casa —corroboró ella.

—Pero yo sí podría venir siempre que quisieras... y para lo que tú quieras.

Lily soltó una risa nerviosa.

—Vaya, un hombre a mi servicio y entera disposición. Eso sí que es ideal.

Nick también se rió, pero ella lo hizo callar poniéndole un dedo en los labios

—Las niñas aún no se han dormido, y no quiero que sepan nada de esto.

—De acuerdo. Lo siento —se disculpó él—. Y ahora bésame si quieres recuperar tus braguitas.

Lily lo rodeó con los brazos y se entregó a él con el mismo anhelo, pasión y dulzura que le había demostrado aquella mañana.

Al cabo de unos momentos, Nick consiguió apartarse. Le entregó las braguitas y se marchó, convencido de que aquella noche soñaría con ella.

Capítulo 12

POR desgracia soñar con ella no fue suficiente. Al día siguiente era sábado y el ex marido de Lily volvió a olvidarse de sus hijas. Se las llevó el domingo, pero Jake siempre parecía estar al acecho.

De modo que Nick tuvo que esperar hasta el lunes por la mañana, cuando las hijas de Lily se marcharon al colegio y Jake al instituto. Se tomó una taza de café y esperó un poco más, intentando no parecer tan desesperado como se sentía.

Veinte minutos después, se presentó en su casa y la encontró pintando la madera que usaría para el friso. Ella levantó la mirada hacia él, con una brocha en la mano y una mancha de pintura blanca en la nariz.

—No recuerdo haberte llamado.

—Bueno... puede que me hubieras llamado y no me hubiese enterado —bromeó él.

—¿Así que has venido para asegurarte de que no te he llamado?

—Y luego... se me ocurrió una idea.

—Nick, tengo que acabar esto.

—Lo sé. Pero no se me da mal el bricolaje, y estaba pensando en echarte una mano. Entre los dos acabaríamos mucho antes, y tendríamos la tarde libre para... lo que tú quieras.

—¿Para lo que yo quiera?

—Espero que sea lo mismo que quiero yo...

—¿Crees que voy a pasarme todas las tardes contigo en la cama? —preguntó ella, como si fuese una idea absurda.

—Nunca hay que perder la esperanza...

Ella se echó a reír y blandió la brocha empapada de pintura delante de él.

—Si piensas que puedes venir aquí y hacerme olvidar todo lo que tengo que hacer...

Él le arrebató la brocha con una mano y la sujetó con el otro brazo, sosteniendo el arma fuera de su alcance.

—Nick...

—No me hagas usar esto —la amenazó él, apuntándola con la brocha.

—Lo digo en serio. Tengo que trabajar —intentó apartarlo, pero él no la soltó—. Tengo que reformar esta casa y venderla para sacar algún beneficio. Necesito el dinero para cuidar a mis hijas...

—Hagamos un trato.

—¿Un trato? ¿Tengo que negociar por...?

—Por tiempo, cariño. Tenemos que organizarnos para hacer durante el día lo que ambos queremos, ya que por la noche es imposible.

—Suena razonable.

—Soy un hombre razonable.

Ella volvió a reírse y él la acercó a sus labios para besarla. Tuvo que recordarse a sí mismo que estaban en el garaje, con la puerta abierta, y que no eran ni las diez de la mañana.

—De acuerdo —aceptó ella cuando él dejó de besarla—. Hagamos un trato.

—Bien. ¿Qué tienes que acabar hoy? —le preguntó, y Lily le enumeró la lista—. Muy bien. Una vez que hayamos acabado con todo eso, tendremos el resto del día para nosotros, ¿trato hecho?

—Trato hecho.

A las doce y media estarían en la cama, y las niñas no volvían a casa hasta las tres. Sería una manera bastante satisfactoria de pasar el tiempo.

La vida de Lily estaba en plena decadencia.

Se pasaba unas pocas horas al día trabajando en la casa con Nick, y unas cuantas horas acostándose con él.

Una mañana fue a la tienda de lencería y se compró un conjunto nuevo de ropa interior. Cuando Nick lo descubrió, intentó arrancarle la promesa de que le permitiese acompañarla a la tienda la próxima vez, y así poder ayudarla con la selección. Ella se negó rotundamente, y él empezó a enviarle la ropa interior por correo, envuelta en papel marrón. Lily se moría de vergüenza cada vez que iba al buzón, convencida de que sus vecinas se olían algo.

Nick siempre conseguía que se olvidara de sus tareas y que se saltaran el almuerzo, por lo que los dos estaban muertos de hambre cuando las niñas volvían a casa. Lily adquirió la costumbre de preparar una comida a las tres, lo que extrañó a las niñas y a Jake, aunque nadie protestó. Tampoco entendieron por qué volvía a darles de comer a las ocho, pero no pareció importarles.

Richard le preguntó algo sobre el cambio de horario de las comidas, y ella se imaginó la cara que pondría si le confesara que el motivo era pasar más tiempo con nuevo amante. No tuvo el valor de decírselo, pero la expresión de su rostro hablaba por sí sola.

—¿Estás viendo a alguien? —le preguntó él después de meter a las niñas en el coche, en una de esas raras ocasiones que cumplía con sus obligaciones de padre.

—Veo a mucha gente —respondió ella. «Pero sólo me acuesto con un hombre que es todo lo opuesto a ti».

En las reuniones de vecinos, todo el mundo la bombardeaba a preguntas sobre la vida amorosa de Nick, pero ella se limitaba a sonreír y a decir que no sabía nada, salvo que era un hombre encantador, al igual que su sobrino. Y no podía ir al supermercado sin que alguien le dijera que debía de haber algo jugoso entre Nick y Audrey Graham.

Pobre Audrey... Lily sentía lástima por ella, pues se estaba perdiendo una maravillosa experiencia.

Nunca había guardado un secreto más delicioso ni había llenado el tiempo de manera más placentera. Una parte de ella sabía que aquello no podía durar. Sabía que Nick albergaba serias dudas sobre sus cualidades para ser el padre que Jake necesitaba, y que Jake tenía una tía, Joan, que estaba aún más convencida de que Nick no era el tutor más indicado para los chicos. Sabía que Nick echaba de menos su trabajo en Washington y que sólo estaba allí porque sentía que así se lo debía a su hermana, no por Lily.

Y sin embargo, otra parte de ella se estaba enamorando de él y deseaba todo lo que Nick nunca le había prometido. Todo lo que él nunca había querido de una mujer. Pero se esforzaba al máximo para no pensar en eso e intentaba vivir el momento, sobre todo cuando estaban a solas.

Las semanas pasaron y llegó Halloween. Lily se disfrazó como una hippie de los años setenta y Brittany le dijo a Nick que si quería jugar al truco o trato con ellas, él también tenía que disfrazarse. Se puso un impecable traje negro y unas gafas de sol, se sujetó la placa a la pechera y le dijo a Brittany que era un agente del FBI. La niña no le prestó mucha atención, hasta que él se sacó unas esposas del bolsillo.

Al día siguiente consiguió convencer a Lily para esposarla a la cama. La provocó diciéndole que no tendría agallas para hacerlo y luego se aprovechó de ella por completo.

El día de Acción de Gracias estaba a la vuelta de la esquina. Jake estaba entusiasmado por ver a sus hermanos, que venían de la universidad. Por su parte, Nick no quería ni imaginarse el escándalo que reinaría en casa o la cantidad de comida que consumirían los tres jóvenes, y Lily supuso que no podría verlo durante cinco largos días, lo que le parecía una eternidad.

¿Cómo había podido vivir sin él toda su vida? Con Richard jamás había sentido un placer semejante, ni siquiera en los primeros días de su relación.

Nick era exigente y generoso por igual, paciente cuando debía serlo e impaciente cuando era necesario. Siempre prestaba atención a los detalles más sutiles, aprendiendo todo lo que a ella le gustaba y cómo le gustaba, y enseñándole lo que quería exactamente de ella y cuándo. Podía ser alocado y divertido, o ejercer la clase de autocontrol que a ella le volvía loca.

Lily se compadecía de todas las mujeres que nunca podrían tenerlo como amante, pero no estaba dispuesto a compartirlo con nadie.

Una tarde de noviembre Jake abrió la puerta y se encontró con la madre de Andie, quien le dedicó una radiante y una sonrisa extraña.

—Señora Graham... Hola.

De pie en el umbral, sobre unos tacones ridículamente altos, con una minifalda negra y un top escotado, parecía estar ofreciendo sus pechos para el placer visual del espectador. Jake intentó no mirar.

—Hola —respondió ella en voz cálida y sensual, y entró en el salón sin ser invitada—. Hazme un favor, cariño. Dile a Phillip que estoy aquí.

—¿Phillip? ¿Quién es Phillip?

Ella soltó una carcajada tentadora.

—Ya sabes... Phillip. No me espera, pero siempre se alegra de verme.

Jake cerró la puerta y la siguió por la casa mientras ella llamaba a alguien llamado Phillip.

—Señora Graham, creo que se ha equivocado de casa —había estado allí tres o cuatro veces, coqueteando con su tío. ¿Cómo era posible que se hubiera olvidado de ellos y de su casa?

Ella se dirigió hacia las escaleras, tropezó en el segundo escalón y casi perdió el equilibrio. Jake la agarró a tiempo y la ayudó a sentarse en el peldaño. Al hacerlo, recibió una bocanada de su aliento y supo que había estado bebiendo... ¿A las cuatro de la tarde?

—Estoy bien —dijo ella—. Y no voy a marcharme hasta que consiga verlo.

—De acuerdo —respondió Jake—. No está aquí, pero puedo llamarlo y decirle que venga a casa.

Le pareció la opción más sensata, salvo que fue Andie a quien llamó. Sabía su número de memoria porque había pensado en llamarla un millón de veces, pero nunca se había atrevido.

Andie respondió al primer toque. Parecía ansiosa y preocupada, y Jake recordó las dos veces que la había visto frente a su casa. ¿Sería aquél el problema? ¿Una madre alcohólica y errática?

—¿Andie? Soy Jake. Jake Elliott.

—¿Quién?

—Tu vecino. Dos calles más abajo. Vamos al mismo instituto —explicó, intentando ignorar la humillación de ser un completo desconocido para ella.

—Ah, sí... No puedo hablar ahora. Estoy muy ocupada. Lo siento —se disculpó, y colgó antes de que Jake pudiera decir nada más.

—Genial —masculló él, y colgó el teléfono para volver a marcar el número.

—Oye —dijo ella al responder—. Ya te lo he dicho. Tengo que ocuparme de algo. No puedo hablar contigo ahora. Adiós.

Jake maldijo en voz baja y colgó. Tendría que ocuparse él mismo de llevar a su madre a casa.

Entonces se dio cuenta de que había desaparecido.

—¿Señora Graham? —la llamó, buscándola por toda la planta baja.

La encontró en la cocina, con una botella de whisky que su tío guardaba al fondo de la despensa y que sabía a rayos. Jake lo sabía porque casi había vomitado al probar un sorbo.

La señora Graham encontró un vaso y se sirvió un trago. Jake intentó arrebatarle la botella, pero ella no cedió y el whisky del vaso se derramó en la camisa de Jake. Ella dejó caer el vaso, que se hizo añicos al impactar en el suelo.

—Ups —exclamó, riendo.

Era peor que los idiotas de sus amigos cuando se emborrachaban, pensó Jake.

La agarró con fuerza, temiendo que diera un traspié sobre los cristales rotos y se cortara.

—Tenga cuidado... ¿Por qué no se sienta en la encimera mientras recojo los cristales? Luego la llevaré a casa.

—Ayúdame —le pidió, tendiéndole los brazos.

Jake le puso las manos en la cintura y la levantó sin problemas, pero entonces ella se agarró con fuerza y se resistió a soltarlo.

—Eres un chico tan guapo... —dijo, revolviéndole el pelo con una mano.

Jake cerró los ojos e intentó recordar que aquella mujer tenía edad suficiente para ser su madre, que además era la madre de Andie y estaba bebida. Intentó no fijarse en sus piernas, porque las piernas de una mujer bastaban para derretir su cerebro masculino. Tenía que ser fuerte y sacarla de allí.

—Tengo que llamar a Phill —le recordó—. ¿Tienes un teléfono a mano?

Ella sacó un móvil de su falda ajustada y se lo dio. Jake buscó rápidamente el número de Andie en la lista de contactos y la llamó.

—¡Mamá! —respondió ella—. ¿Dónde estás? Te he buscado por todas partes. ¿Estás bien?

—Está en mi casa —dijo Jake.

Al principio hubo un silencio sepulcral al otro lado del teléfono.

—¿Qué? —preguntó Andie con voz muy débil.

—Soy Jake Elliot. Cree que alguien llamado Phillip vive en mi casa, y no consigo hacerle entender que se ha equivocado. Parece que ha estado bebiendo —esperó, pero no recibió respuesta—. Lo siento. Pensé que tal vez a ti sí te escucharía. No sabía qué más hacer.

Oyó que Andie murmuraba algo para sí misma.

—Voy enseguida —dijo finalmente—. No dejes que se vaya a ninguna parte.

—De acuerdo —respondió él. Colgó y volvió a mirar a la señora Graham, que le sonreía descaradamente mientras jugueteaba con su top.

Andie no tardó en llegar, y la expresión de su rostro al ver a su madre... revolviéndole el pelo a Jake y
alabándole sus músculos... lo dijo todo. La agarró de
la mano y tiró de ella.

—Vamos, mamá. Tenemos que irnos a casa.

Su madre se balanceó sobre sus tacones.

—¿Dónde está Phillip?

Andie miró desconcertada a Jake.

—Todo este tiempo he pensado que estaba con tu
tío.

¿Todo ese tiempo? Jake se encogió de hombros,
sin saber qué decir.

—¿Phillip? Debe de ser... Oh, no... Phillip Wren-
cher. Vive en la casa que hay detrás de la tuya. Puede
que se haya colado en tu jardín para entrar en el suyo...
Mamá, está casado.

Su madre estaba mirando a Jake y haciéndole un
guiño. Andie puso una mueca de desesperación y miró
a Jake con expresión suplicante.

—Supongo que... no hablarás con nadie de esto,
¿verdad?

—Descuida. ¿Quieres que te ayude a llevarla a casa?

—No, no es necesario. Siento lo ocurrido.

Jake se encogió de hombros.

—No pasa nada. Yo me encargo de limpiarlo todo.
Siento lo de... tu madre.

Por un momento pareció que Andie iba a echarse a
llorar, pero entonces agarró a su madre de la mano y
la sacó de allí.

Jake aún estaba limpiando la cocina cuando su tío
llegó a casa.

Nick se sorprendió a sí mismo silbando de camino
de casa de Lily a la suya.

Silbando... Una canción de la que no recordaba el autor ni la letra... Algo sobre una larga espera que acababa en un día perfecto.

Se pasó la mano por la mandíbula y sintió el escozor de la barba incipiente. Si seguían a aquel ritmo tendría que empezar a afeitarse dos veces al día para no lastimar la suave piel de Lily. No quería hacerle el menor daño. Ya sufría él bastante, teniendo que abandonarla antes de que llegaran las niñas a casa, y luego esperando a solas en su propia cama hasta que pudieran volver a encontrarse.

Abrió la puerta y entró en la cocina, siendo recibido por un fuerte hedor a alcohol. Vio a Jake con una escoba, intentando recoger los cristales rotos esparcidos por el suelo.

Qué demonios...

Jake se quedó de piedra, con la escoba y el recogedor lleno de cristales y el cubo de basura abierto. Era evidente que llevaba un rato barriendo.

—Hola —lo saludó tímidamente.

—Jake... —dijo Nick, intentando no gritar—. ¿Qué ha pasado aquí?

—No es lo que parece. Te lo prometo.

—¿Ah no?

—Puedo explicártelo —echó los cristales al cubo de basura y permaneció inmóvil. Parecía más angustiado a cada instante—. Bueno... te lo explicaría, si pudiera.

—Oh, claro que vas a explicármelo —dijo Nick. Le quitó la escoba y el recogedor y lo llevó al salón—. Siéntate.

Jake permaneció de pie.

—He prometido que no diría nada. Pero... no he sido yo. No estaba bebiendo, te lo juro.

Nick le agarró la camisa, empapada, y la olió.

—Apestas a whisky.

—Lo sé, pero no he bebido. Intentaba impedir que lo hiciera ella...

—¿Ella? ¿Tenías a una chica aquí, bebiendo? —aquella posibilidad lo golpeó como un puñetazo en el estómago—. ¿Qué demonios has estado haciendo mientras yo estaba fuera?

—Nada. Ya te lo he dicho. Lo único que hice fue intentar detenerla...

—Oh, claro. No has bebido nada, aunque apestes a alcohol, pero has invitado a una chica a casa que quería beber y sólo intentabas detenerla... ¿Ésa es tu historia?

—No.

—Bien, ya nos vamos entendiendo...

—No he invitado a ninguna chica a casa. Apareció sin más.

Nick maldijo entre dientes, deseando sacudir al chico para hacerlo confesar. La verdad podía ser mucho peor de lo que se imaginaba... ¿Jake y una chica bebiendo en casa y haciendo Dios sabe qué a escondidas? ¿Cómo era posible que no se hubiera dado cuenta de nada?

—Vamos a ver... —dijo, mirándolo fijamente a los ojos y confiando en que el temor que sentía se reflejara en forma de enojo—. ¿Había una chica aquí...?

—Bueno, no era realmente una chica.

—¿Que no era realmente una chica? —repitió Nick, más irritado por momentos—. ¿Y qué era? ¿Medio chica y medio qué?

—No, quiero decir que no era una chica de mi edad.

—¿Me estás diciendo que tienes una relación con una mujer lo bastante mayor para beber?

—¡No! No lo entiendes —gritó Jake. Parecía a punto de echarse a llorar—. ¡Creía que confiabas en mí! ¡Creía que todo iba a ir bien!

—Yo también lo creía —replicó Nick—. Y ahora dime, ¿qué demonios has hecho?

—¡He bebido! —exclamó—. Si es eso lo que quieres creer, adelante. Me he emborrachado, estaba intentando limpiarlo todo antes de que vinieras y me has pillado. Fin de la historia.

Se dirigió hacia la puerta como si no hubiera más que hablar, pero Nick lo agarró del brazo. Jake se retorció con más fuerza de la que Nick esperaba, obligándolo a emplearse a fondo para sujetarlo.

—Te lo juro por Dios, Jake, si no me dices...

—Ya lo te lo he dicho —chilló Jake—. Suéltame.

Nick estaba furioso, asustado y decidido a impedir que se marchara, pero tampoco quería hacerle daño. Siguieron forcejeando y entonces Nick resbaló con el whisky y los cristales rotos que cubrían el suelo. Perdió el equilibrio y cayó de espaldas, y Jake aprovechó para salir corriendo.

Capítulo 13

AL levantarse del suelo, se quitó la camisa, que olía tan mal como la de Jake, y limpió a fondo la cocina mientras intentaba calmarse.

A continuación llamó al móvil de Jake, y el pánico lo invadió cuando saltó su buzón de voz.

—¡Jake, vuelve aquí inmediatamente! —dijo en tono severo, pero enseguida se arrepintió y volvió a llamar para dejar otro mensaje más tranquilo—. Vamos a hablar de esto, ¿de acuerdo? Vamos a tranquilizarnos y a solucionar esto. No puedes... no puedes irte así, Jake. No puedes.

Había trabajado en la unidad de desaparecidos durante año y medio, y había visto a muchos chicos metiéndose en serios problemas tras huir de casa. Y nunca volvían.

Seguramente estaba exagerando, pero tenía miedo.

Sacó una hoja con los nombres y números de teléfono de los amigos de Jake y llamó a los tres primeros de la lista. Todos ellos le juraron que no habían visto a Jake ni sabían dónde estaba.

Entonces pensó en Lily y fue rápidamente a su casa. El chico adoraba a Lily, después de todo.

—¿Qué ocurre? —preguntó ella, mirándolo asustada por los fuertes golpes que dio a la puerta.

—Jake se ha ido. Tuvimos una discusión y se ha marchado. Tenía la esperanza de que estuviera aquí.

—No, no lo he visto. ¿Por qué habéis discutido?

—Lo he fastidiado todo, Lily. Volví a casa y lo encontré apestando a alcohol. Él intentó explicarme que todo era un malentendido. Se puso furioso cuando no lo creí y salió corriendo.

—De acuerdo —dijo ella, poniéndole las manos en los brazos—. Intenta calmarte. Los jóvenes tienden a dramatizarlo todo en exceso. Seguramente necesita un poco de tiempo para tranquilizarse antes de volver a casa, y entonces podréis resolver esto.

—¿Y si no vuelve? —preguntó Nick, expresando su mayor temor.

—Pues claro que volverá. No es estúpido, sólo está furioso.

Nick intentó respirar hondo para calmarse. Lily le sonrió, como si sus preocupaciones fueran absurdas, y lo rodeó con sus brazos. Se sentía ridículo por necesitar que alguien lo consolara, pero aun así la apretó con fuerza contra él.

—Es terrible, lo sé —dijo ella—. Quieres tanto a tus hijos que no puedes imaginarte querer a nadie más, pero a veces descubres que no puedes hacer nada por protegerlos. Es una sensación aterradora.

Nick se apoyó en la pared, asimilando las palabras lo mejor que podía.

¿Quería a Jake? Por supuesto que sí. Era un buen chico con el que había jugado al fútbol y a algún que otro videojuego cuando estaba en casa de su hermana. Nada más.

Pero Lily se refería a algo completamente distinto.

Lily estaba hablando de amor. La clase de amor incondicional que llevaba a un padre a hacer lo que fuera por su hijo, pero que Nick nunca había creído experimentar por sí mismo.

¿Quería a Jake de esa manera?

—Nick, no pensabas que podrías hacerte cargo de Jake sin vivir situaciones como ésta, ¿verdad?

—No... No pensé en nada. Todo sucedió muy rápido. Alguien tenía que ocuparse de ellos tras morir sus padres. Es lo que mi hermana hubiese querido, y aquí estamos.

Lily asintió, sonriendo, como si todo tuviera sentido para ella.

—Bienvenido a la paternidad. A veces es realmente dura.

—El chico se ha ido —gritó él—. No sé dónde está. No sé qué hacer...

Lily le puso una mano en la boca, intentando acallarlo y tranquilizarlo al mismo tiempo, cuando todo lo que él quería era gritar. ¿Por qué ella no podía entenderlo?

—Lo sé —dijo Lily.

—Entonces dime qué debo hacer. Dime cómo arreglar esto, porque yo no tengo ni idea...

—¡Mamá! —la voz de Ginny los interrumpió, y ambos se separaron bruscamente—. ¿Estáis discutiendo por Jake? —les preguntó la niña, mirándolos con extrañeza.

—No... No estamos discutiendo. Jake se ha marchado y su tío está preocupado por él. Eso es todo.

—Parecía que estabais discutiendo —insistió Ginny.

—Lo siento —dijo Nick—. Es cierto. Estaba gritando, pero no estoy enfadado con tu madre. Sólo estoy... asustado, y cuando me asusto, grito.

Ginny frunció el ceño, como si no estuviera muy convencida, pero al final aceptó la explicación.

—Está bien. Pero no vuelvas a hacerlo. Has asustado a Brittany —entonces mostró el teléfono inalámbrico que llevaba en la mano—. Es Jake.

Nick intentó agarrarlo, pero Ginny se lo puso detrás de la espalda.

—Quiere hablar con mamá. Dice que ha oído tus gritos y quiere que dejes de gritar enseguida.

Ginny le dio el teléfono a su madre después de haberle bajado los humos a Nick, y éste apoyó las manos en la encimera y miró por la ventana. Lily tenía abiertas las ventanas de la cocina, lo que significaba que, para haber oído sus gritos, Jake debía de estar escondido en la casa o en los jardines.

Nick intentó convencerse de que el chico estaba a salvo y que la crisis se había superado, pero no consiguió tranquilizarse.

—Está en la casa del árbol —anunció Lily, bajando el teléfono—. Voy a hablar con él.

—No. Esto es cosa mía. Yo hablaré con él.

—Nick, confía en mí, ¿de acuerdo? No estás preparado para arreglar esto, y él no quiere hablar contigo en estos momentos. Lo que haya pasado no tiene que resolverse esta misma noche. Jake está bien. Se encuentra a salvo y yo me ocuparé de que no vaya a ninguna parte.

—Pero...

—Ya sé. Quieres ir a por él y zanjar el asunto ahora mismo. Pero es mejor que esperes a mañana, cuando ambos estéis más calmados y podáis ver esto desde otra perspectiva.

Nick se sentía como si su cuerpo fuera un motor a

cien mil revoluciones por minuto, y lo que más necesitaba era ver a Jake y solucionarlo todo en ese preciso momento. Pero al mismo tiempo se sentía tan blando y debilitado como un fideo, invadido por un alivio que consumía sus fuerzas.

Respiró hondo una y otra vez, pero no le sirvió de nada. Había querido hacer las cosas bien, por su hermana y por Jake, pero no había conseguido estar a la altura de las circunstancias.

—Quédate aquí hasta que yo vuelva, ¿de acuerdo? —le dijo Lily.

—De acuerdo —concedió él finalmente.

La vio atravesar el jardín y subir por la escalera de mano hasta la cabaña. Se había imaginado al chico haciendo autostop hasta Alaska o algo así, y lo más lejos que había llegado había sido a la casa del árbol del jardín vecino.

—Los mayores son muy raros —dijo Ginny, mirándolo con expresión de disgusto.

—¿En serio?

Ginny asintió y lo tomó de la mano.

—Vamos. Tienes que hablar con Brittany. Le gustas mucho por haber construido su ridícula casa en el árbol, pero la has asustado por gritarle a mamá. Tienes que decirle que lo sientes y que parezca que tus disculpas son sinceras.

—Son sinceras —insistió Nick. No tenía derecho a volcar sus miedos ni su furia en Lily, y nunca había sido su intención asustar a las niñas.

—Tú intenta que Brittany se lo crea —dijo Ginny, como si ella no pudiera creerse sus disculpas, pero confiara en que su hermana sí lo hiciera.

Jake nunca se había sentido más desgraciado, ni siquiera el día que sus padres murieron en el accidente. Porque en aquella ocasión su tío le había asegurado que se ocuparía de todo, y Jake lo había creído.

Luego descubrió que sus padres habían dispuesto que, en el caso de que algo les ocurriese, fuera Nick quien se hiciera cargo de él. Sería una situación muy dura, pero al menos tendría a su tío.

Pero ahora no tenía a sus padres y tampoco podía contar con su tío. No tenía a nadie que lo creyera, a nadie que confiara en él, a nadie que estuviese a su lado. No había sensación más horrible.

Entonces oyó que alguien subía por la escalera de mano, y pensó en saltar por el balcón para no tener que enfrentarse a su tío. Pero cuando se acercó a la abertura, vio que se trataba de Lily.

Volvió a su rincón, agradecido por la oscuridad, y se secó las lágrimas con el dorso de la mano. Lily no era como su madre, quien tenía que comportarse como un sargento, firme pero justa, para educar a tres chicos. Lily era más amable y tranquila, y realmente encantadora.

Ella entró en la casa del árbol y se sentó a su lado, de espaldas a la pared, sin mirarlo directamente.

—Siento que te haya gritado —dijo él.

—No pasa nada. Sólo estaba asustado.

—Estaba furioso...

—Sí, pero porque estaba asustado —insistió ella.

—Pero no tenía que pagarlo contigo.

—No lo ha pagado conmigo, Jake. Te lo prometo. Y ahora, ¿por qué no me cuentas lo que ha pasado?

—No me cree. Eso es lo que ha pasado. ¡Le dije la verdad y no me creyó!

Lily suspiró.

—Bueno, tienes que admitir que es una historia muy difícil de creer. Nick llega a casa y te encuentra empapado de alcohol. Es evidente que alguien había estado bebiendo y...

—¡Tú tampoco me crees! —gritó él.

—No he dicho eso. Sólo digo que intentes verlo desde su punto de vista. La situación no tiene buena pinta.

—Podría haberme creído —insistió él—. Yo nunca le miento. Sé que en el fondo no quiere ocuparse de mí, aunque nos llevábamos bien y yo me esforzaba por hacérselo fácil. Pero cuando algo se tuerce como ahora, pierde los nervios.

—Jake, si no quisiera ocuparse de ti, no lo haría...

—No... No fue idea suya. Fueron mis padres los que decidieron que se ocuparía de mí y de mis hermanos si algo les pasaba a ellos. Él se quedó tan sorprendido como nosotros al enterarse, pero era la voluntad de su hermana y no se podía negar.

—Está bien, está bien... —se acercó a él y le pasó un brazo alrededor del hombro.

Jake no quería recibir su consuelo. Quería ocuparse de todo él mismo aunque... No sabía por qué, pero se alegraba de que Lily estuviera allí.

—Jake, tienes que ser más indulgente con él. Los padres no siempre saben lo que deben hacer, y para Nick es aún más difícil, pues nunca ha sido padre.

—Mi madre me habría creído.

—¿Estás seguro?

—Sí —afirmó él, y empezó a llorar de nuevo.

—Oh, Jake... Lo siento. Lo siento mucho.

Y entonces él se rindió y apoyó la cabeza en el hombro de Lily para seguir llorando.

Habían llegado a una especie de tregua para pasar la noche.

Jake se negó a ir a casa, y Nick se negó a marcharse sin él. Lily pensó que eran los dos hombres más testarudos que había conocido, y finalmente se hartó de mediar entre ellos. Se llevó a Brittany a su dormitorio, le ofreció a Jake la cama de la niña y a Nick el sofá del salón.

A Ginny le pareció todo muy extraño, y Lily acabó invitándola también a ella a dormir en su cama. Cuando las niñas se durmieron y Jake se acostó, se deslizó escaleras abajo para ir al salón.

Nick estaba sentado a oscuras y mirando al vacío, completamente rígido, como si temiera moverse. Lily se sentó en el extremo del sofá y lo observó por un momento.

—Es difícil ser padre —dijo finalmente.

—Querrás decir aterrador.

—A veces —admitió ella, asintiendo—. Pero casi siempre es maravilloso. Jake está bien, Nick. Está arriba, apretujado en una cama de niña y con media docena de peluches vigilándolo. Superaréis esto, ya lo verás.

—¿Qué sería de nosotros si no estuvieras aquí?

—No lo sé, pero eso no importa, porque estoy aquí y no me voy a ninguna parte.

—Lily, no...

Ella había acabado de hablar. Lo rodeó con los brazos y tiró de él, tendiéndose en el sofá y colocando la cabeza de Nick en su hombro.

—Cierra los ojos y recuerda que Jake está arriba —le dijo—. Y está a salvo.

—Tus hijas...

—Están durmiendo en mi cama. Me quedaré aquí contigo hasta que te duermas.

Lo besó en la cabeza, en la frente y en los labios, y luego apretó los brazos para deleitarse con la sensación de consolar a un hombre grande, fuerte y, por una vez, increíblemente vulnerable.

Se dijo a sí misma que no era amor y que no debía enamorarse de él. Tendría que conformarse con disfrutar de su mutua compañía.

Él ni siquiera sabía si quería a Jake, aunque ella no tuviera ninguna duda al respecto. Según la manera en que se lo había contado Jake, Nick seguía pensando que sólo estaba allí por deber y obligación. A un hombre así no se le pasaría por la cabeza la idea de amar a una mujer o quedarse con ella.

Podría haberse echado a llorar hasta quedarse dormida, pero no se lo permitió. Estaba allí para consolar a Nick y ayudarlo a que todo fuera mejor con Jake.

Al día siguiente pensaría en la manera de mejorar su propia situación y en cómo podía protegerse de ambos... si tal cosa seguía siendo posible.

Jake volvió a casa a la mañana siguiente, seguido por su tío. La cocina seguía oliendo a whisky, y sin decir palabra los dos se pusieron a limpiarlo todo. Al acabar, Jake subió a darse una ducha y se marchó al instituto.

No iba a pedir disculpas por algo que no había hecho. De ninguna manera.

Iba de camino de casa de su amigo Brian, cuya madre los llevaba en coche al instituto, cuando un BMW plateado se detuvo junto a él. Una ventanilla se bajó y vio a Andie al volante.

Cielos... Nunca hubiera creído que algo así pudiera sucederle aquella mañana. La vida estaba llena de sorpresas, y no todas eran malas.

—¿Quieres que te lleve? —le preguntó ella.

—Claro —respondió él, subiendo rápidamente.

Andie parecía haber pasado una noche tan mala como
la suya—. ¿Tu madre llegó a casa sin problemas?

Ella asintió. No parecía que quisiera hablar del tema.

—Bonito coche —dijo Jake. Y realmente lo era.
Nunca se había subido nunca a un BMW, y se moría
de ganas por sacarse el carné de conducir.

—Es el coche de mi madre —dijo ella—. Y no
creo que vaya a necesitarlo hoy. Seguramente no se
levante de la cama hasta que yo vuelva a casa.

—No le he contado nada a nadie, si es eso lo que
te preocupa —le aseguró Jake—. Y no se lo contaré a
nadie. Te lo prometo.

Ella no parecía creerlo, pero él no podía hacer
nada para convencerla. Andie tendría que esperar y
verlo por sí misma.

—Siento mucho lo que hizo mi madre... Vi cómo
se comportaba contigo. Se pone a tontear con todo el
mundo cuando bebe. Es asqueroso. A veces me gustaría que se muriera y... Oh, Dios mío... Lo siento. Quería decir... Tus padres... Había oído que... Lo siento.
No debería decir eso de mi madre.

Jake se encogió de hombros, intentando quitarle
importancia. No sabía cómo tratar la muerte de sus
padres con chicos de su edad, así que nunca decía
nada.

—Los dos tenemos problemas, pero no tienes que
preocuparte. No voy a decir nada de tu madre. Y si
necesitas que alguien te ayude con ella en cualquier
momento, puedes llamarme. No me importará.

Confiaba en que no se desatara la Tercera Guerra
Mundial entre él y su tío.

Nick esperó a que Jake se marchara y entonces
empezó a registrar la casa a fondo. Sentía que tenía la

obligación de hacerlo y comprobar qué más se le había pasado por alto.

Empezó por la cocina, intentando recordar cada gota de licor que había llevado a casa. El whisky lo había llevado un compañero de los marines al funeral de la hermana de Nick. Habían tomado juntos una copa y la botella había acabado en una de las cajas de la mudanza.

A continuación, fue a la habitación de Jake. No tenía más remedio. Tenía que saber lo que estaba haciendo Jake. Tenía que mantenerlo a salvo.

Entonces miró por la ventana y vio cómo Jake se subía a un BMW plateado.

¿Qué demonios? Nick no conocía a nadie que condujera un coche como aquél. Un minuto más tarde, estaba siguiéndolos en su propio coche, acosado por un sinfín de escalofriantes posibilidades.

El BMW se detuvo junto al instituto y de él se apearon Jake y una chica rubia y muy atractiva. Debía de ser la misma chica que había estado el otro día en la habitación de Jake.

—Maldita sea —murmuró Nick. Ningún chaval de quince años podría pensar con la cabeza junto una chica semejante. ¿Sería la misma a la que le gustaba el whisky?

Volvió a casa rápidamente y registró palmo a palmo la habitación de Jake. No encontró ni drogas ni alcohol. Tan sólo unos preservativos y unas cuantas revistas, lo que era normal en un muchacho.

Estaba pensando por dónde podía seguir buscando cuando sonó el teléfono.

Lo agarró con la esperanza de que fuera Lily, pero sólo era Joan, dispuesta a echarle en cara sus defectos como padre.

Como si él no los supiera, pensó amargamente.

Capítulo 14

AQUEL día no tenía intención de ver a Lily, pensando que sería mejor apartarse un poco para pensar y asegurarse de que estaba haciendo lo correcto con Jake, en vez de ir a divertirse con ella.

Al fin y al cabo, estaba allí para cuidar de Jake, no para enamorarse de una mujer a la que necesitaba como el aire que respiraba.

Y sin embargo, así era. Su relación había avanzado hasta un punto que lo distraía de otras cosas verdaderamente importantes, como su responsabilidad hacia Jake. Nunca había eludido sus obligaciones por culpa de una mujer, y no iba a hacerlo ahora, por mucho que le gustara estar con ella.

Por ello tenía que solucionar la cuestión ahora, antes de que se implicaran más en aquella incipiente relación y él acabara haciéndole daño. Nunca había querido herirla, y no era justo seguir con aquello cuando... No, no era justo.

Se apoyó en el marco de la puerta de la cocina y

miró a través del jardín. Vio a Lily en su cocina, mirándolo a su vez. Sabía y veía demasiado. Quería más de lo que él estaba dispuesto a darle. Otra cosa más que había fastidiado y que necesitaba arreglar.

Abrió la puerta y se dirigió hacia su casa. Ella mantuvo la cabeza alta e intentó sonreír. Nick se sintió como un canalla, pero se obligó a seguir. Tenía que hacerlo.

—Jake iba esta mañana camino al instituto cuando se subió a un coche con una chica. Un BMW plateado último modelo. Creo que era la misma chica que estuvo en nuestra casa el otro día. ¿Andie Graham tiene un BMW plateado?

—No —respondió Lily—. Pero su madre sí. ¿Iban al instituto? —le preguntó al ver su cara.

—Sí. Los seguí y vi cómo entraban. Luego volví a casa y registré su habitación.

—¿Y has encontrado algo?

—No, pero eso no significa que no haya escondido nada en algún otro momento.

—Cierto, pero Jake parece un buen chico, Nick. Siempre que no está en el instituto está en casa contigo. No tendría ocasión de hacer nada malo.

—Podría hacerlo si quisiera encontrar la manera. Los chicos siempre encuentran la manera, y sus padres no se dan cuenta de nada hasta que es demasiado tarde. Estoy harto de verlo, Lily. Sé cómo es el mundo.

—No, tú conoces lo peor de este mundo, pero no sabes cómo son los chicos —arguyó ella. Se acercó a él y le puso una mano en el brazo. Nick se había mantenido a distancia, sin permitirse tocarla—. Quizá hayas visto demasiadas cosas horribles, Nick.

—Así es —admitió él.

—Mira, deberías saber que Jake está convencido de

que no quieres ser su tutor. Que sólo estarás con él durante unos meses y que luego volverás a tu vida y él se
irá con otra persona. Puede que anoche estuviera muy
afectado, pero eso fue lo que me dijo, y pensé que debías saberlo.

Nick asintió, intentando recordar lo que había dicho exactamente delante del chico. Su hermana muriéndose. Su cuñado muriéndose... Los dos entregándole la responsabilidad de Jake.

«Lo intentaremos durante seis meses a ver cómo
sale», eso fue lo que había dicho.

A él le había parecido una actitud sensata y razonable, pero no debía de resultarle muy tranquilizador a
un chico de quince años que se veía ante un futuro in-
cierto.

También intentó recordar lo que le había ofrecido a
Lily. Sólo le había dicho que la deseaba y que podía ir
a acostarse con ella cuando las niñas y Jake no estuvieran en casa.

No era mucho para una mujer, pero eso era lo que
le había ofrecido.

—Lo siento, Lily —dijo, reprendiéndose a sí mismo por hacerle daño también a ella.

No necesitaba decir más, porque ella lo entendió al
instante.

—Anoche me di cuenta de que Jake estaba en problemas, y yo no me había percatado de nada porque
estaba demasiado absorto contigo. Ha sido muy bonito, Lily, pero no estoy aquí por lo que hay entre nosotros. Estoy aquí porque tengo que cuidar de Jake y lo
estoy fastidiando todo. Esto tiene que acabarse.

—Claro —dijo ella en tono irónico—. Al fin y al
cabo, no te invadió el pánico al descubrir que quieres
realmente a tu sobrino o al darte cuenta de que podrías
perderlo. No te has acostumbrado a tenerlo en tu vida,

cuando nunca te habías visto en esta situación. Y anoche no acudiste a mí, sino que te quedaste a soportar
tú solo el vendaval. Me necesitabas. Por un breve espacio de tiempo aceptaste mi ayuda, y eso es algo que
no estás dispuesto a permitir.

Él la miró fijamente por unos segundos.

—He dicho que fue bonito, ¿de acuerdo? Fue muy
bonito, pero tú sabías que no iba a durar. Por eso no
quisiste nada al principio, ¿recuerdas?

Ella asintió. Tenía los ojos llenos de lágrimas, pero
mantuvo la compostura con aquella dignidad y forta-
leza que él tanto admiraba.

—Tienes miedo, Nick. Eso es todo.

Pero era más que eso. Se trataba de él, de la persona que siempre había sido, y de la que siempre sería.

—Lo siento mucho, de verdad —volvió a decir.

Ella asintió.

—Bien.

—Lily...

—Pero espero que sepas que no te va a resultar tan
fácil alejarte de Jake como alejarte de mí.

Nick no dijo nada. Se sentía fatal por lo que había
hecho.

Jake llegó a casa y vio que su habitación había
sido registrada a fondo. Enfadado, fue al garaje en
busca de su tío, quien estaba haciendo algo bajo el
capó del coche.

—¿Encontraste lo que andabas buscando? —le espetó.

—Ya sabes que no —respondió Nick, irguiéndose
ante él. Jake tuvo que contenerse para no darle un puñetazo, porque sabía que saldría perdiendo.

—¿Y bien? ¿Ya estás satisfecho, sabiendo que no

he hecho nada? ¿O va a ser así de ahora en adelante? —pensó en lo que había dicho y se sintió aún peor—. No, de ahora en adelante no... ¡Hasta que te canses de todo y decidas marcharte!

—Jake...

—¿Va a ser así? Es lo único que quiero saber. Al fin y al cabo, estamos hablando de mi vida.

—Dime qué pasó ayer realmente —le pidió su tío.

—Ya lo hice, y no me creíste. Sigues sin creerme, aun después de registrar mi habitación y no encontrar nada. Así que... cree lo que quieras. A mí ya me da igual.

Volvió a su habitación y cerró con un portazo tras él.

Lily estuvo trabajando como una esclava durante los siguientes días, sintiéndose más sola y desgraciada que nunca.

«Maldito cabezota», se repetía una y otra vez mientras arrancaba el viejo empapelado de la habitación de Brittany, volcando su frustración en la tarea. A las niñas no les haría gracia, porque tendrían que compartir habitación por un tiempo, mientras Lily cambiaba los suelos de madera, pintaba e instalaba nuevos enchufes.

—¡Estupido! —murmuró, dándole una patada a un montón de tiras y viendo cómo caía con un ruido sordo al pie de las escaleras—. ¡Idiota, estúpido!

El siguiente montón de tiras que tiró escaleras abajo estuvo a punto de alcanzar a Jake, que estaba de pie en su salón.

—¿Eso iba dirigido a mi cabeza? —preguntó el chico.

—No. Lo siento. No sabía que estabas ahí.

—He llamado a la puerta, pero... creo que estabas gritando y no me oías.

—Estaba desahogándome con el papel de las paredes. ¿Quieres ayudarme?

—Claro —respondió él, esquivando los destrozos que Lily había hecho y subiendo las escaleras.

—¿No deberías estar en clase? —le preguntó ella.

—Sí —admitió él, encogiéndose de hombros, como si no tuviese una buena explicación.

—A tu tío no va a gustarle.

—¿Y?

Lily le lanzó una severa mirada de advertencia, intentando no demostrarle lo mucho que se compadecía de él a la hora de tratar con su testarudo tío.

—Todo el mundo comete errores, Jake. No puedes ignorarlo por ello.

—¿Por qué no? Él nos ha ignorado a ti y a mí.

Así que el chico lo sabía...

—Bueno, pero yo a vosotros no —declaró.

Estaba dolida, se sentía sola y furiosa, y tal vez fuera una estúpida, pero no se había rendido. Aún tenía la esperanza de que Nick entrase en razón y descubriera que podía tener una vida allí.

—¿Crees que antes era feliz, cuando sólo tenía su trabajo y nada más? —le preguntó a Jake.

—No lo sé. Nunca había pensado en ello... ¿Por qué iba a llevar esta vida si no le gustara?

—Porque... quizá no sabía qué más hacer. Porque no sabía que su vida podía ser diferente y que podía encontrar algo que le gustase más.

—Creía que todo esto sería muy aburrido para él, comparado con lo que siempre ha hecho —repuso Jake—. Ha estado por todo el mundo, y nos enviaba regalos fantásticos de los lugares más exóticos. Siempre me pareció el mejor.

Pero, a pesar de todo, era posible que Nick se hubiera sentido solo y que quisiera un cambio en su vida, pensó Lily. ¿Sería mucho pedir que lo admitiera?

—Vamos a llevar los papeles al coche, para tirarlos más tarde —dijo, y los dos se dirigieron al garaje con los brazos llenos de tiras de papel.

—Siento que se portara tan mal contigo —dijo Jake mientras metían la basura en el coche—. Le daría su merecido si pudiera, pero...

Lily se echó a reír y le dio un rápido abrazo.

—Mi héroe... Eres encantador.

Jake se puso colorado e hizo una mueca. Parecía tan perdido y triste como ella se sentía.

—Estaba pensando que... una vez que mi tío se haya marchado... ¿podría quedarme aquí? Podría echarte una mano con la casa, y cuidar a las niñas si tienes que salir. No te daría ningún problema, te lo juro.

—Oh, Jake... —dijo ella, revolviéndole el pelo.

—¿No? —preguntó él, con el rostro encogido por el pánico.

—No. Quiero decir... No te estoy diciendo que no. Pero es... complicado. Tus padres nombraron a tu tío como tutor, y no puedes irte libremente con otra persona. Las cosas no funcionan así.

—Pero él no quiere quedarse conmigo...

—Eso no lo sabes. Sólo habéis tenido una discusión, como les pasa a todos los jóvenes con sus padres o tutores. ¿Nunca discutías con tus padres?

—Sí, pero ellos nunca me habrían abandonado —dijo él con la voz ahogada.

—Oh, Jake... —lo abrazó con fuerza mientras el chico se echaba a llorar desconsoladamente.

Entonces levantó la mirada y vio a Nick en la puerta de su casa, observándolos con una expresión que parecía tallada en piedra, como si fuera a resquebrajarse si mostrara la menor emoción.

¡Maldito y testarudo idiota!

—Jake, te prometo que encontraremos una solución. Siempre tendrás a alguien que te quiera y que se ocupe de tú. Es lo más importante que tienes que saber. Nunca estarás solo en el mundo.

Pero el pobre chico siguió llorando como si estuviera solo en el mundo.

Jake volvió a casa, sintiéndose como un estúpido crío por llorar delante de Lily y suplicarle que le permitiera vivir con ella.

Al entrar en la cocina, se encontró a su tío hablando por teléfono.

—No puedo obligarlo a hablar contigo, Joan —estaba diciendo.

Jake había estado evitándola con éxito durante las últimas semanas, pero en aquel momento tendió la mano hacia el teléfono. Su tío le indicó que no tenía por qué hacerlo, pero él le arrebató el auricular con fuerza.

—Tía Joan... ¿Cómo estás? —sabía que no podía montar una escena con su tío mientras estuviera hablando con ella.

La estuvo escuchando unos minutos, hasta que se excusó alegando que tenía que hacer los deberes. Dejó el teléfono y se dispuso a encerrarse en su habitación durante horas, pero su tío lo agarró del brazo y lo hizo girarse.

—¿Todo tiene que ser una batalla, Jake? —le preguntó, mirándolo directamente a los ojos.

Jake se encogió, un poco intimidado, pero todavía furioso.

—Me da igual.

—Bueno, pues a mí no me gusta. ¿No podríamos hacer que las cosas fueran como antes?

—¿Como antes... cuando creía que confiabas en mí y pensaba que ibas a quedarte?

—Eh, no me he ido a ninguna parte —protestó Nick—. Sigo aquí.

—Te has alejado de Lily. Le diste la espalda y te apartaste de ella. ¿Cómo has podido hacerle eso? Es una mujer preciosa y muy especial. No entiendo mucho de mujeres, pero Lily... ¿De verdad piensas que puede haber algo ahí fuera mejor que ella? ¿Alguien que sea mejor para ti? Estas últimas semanas casi parecías humano... y feliz. Pero si ni siquiera puedes quedarte aquí por ella, tampoco podrás quedarte por mí.

—Jake, estamos hablando de ti y de mí, no de lo mío con Lily...

—Estamos hablando de tu vida —le gritó Jake—. ¿Siempre vas a estar buscando algo que sea mejor que lo que ya tienes? Algo más emocionante, más peligroso, más... no sé. Algo más. ¿Qué crees que puede estar esperándote ahí fuera y que aún no hayas probado?

—Tú y yo, Jake. Vamos a hablar de nosotros...

—Una cosa es no querer vivir con un adolescente al que nunca has querido. Pero podrías tenerla a ella. Podrías vivir aquí. Sus niñas aún son pequeñas y necesitan un padre. Son revoltosas y siempre están molestando, pero es muy divertido estar con ellas, y es muy fácil hacerlas felices. Tú les gustabas mucho, hasta que le gritaste a su madre la noche que discutimos. Podrías tener todo eso y sin embargo lo rechazas. Nunca podré entenderlo, pero espero que desaparezcas de nuestras vidas y podamos seguir adelante sin ti.

—¿Eso es lo que quieres? —le preguntó Nick—. ¿Quieres que me vaya?

—Nunca he pensado que fueras a quedarte —admitió Jake.

Había esperado equivocarse, pero en el fondo nunca lo había creído.

Había estado esperando que llegara ese día.

—No hemos acabado —dijo Nick, pero Jake ya salía de la cocina—. ¡Jake!

Jake no le hizo caso y se encerró en su habitación, vació la mochila del instituto y empezó a llenarla de ropa. No sabía adónde iría, pero tenía que irse de allí. Esperaría a que oscureciera y su tío se hubiera acostado, y entonces se marcharía.

Se había quedado dormido, esperando que se hiciera de noche, cuando lo despertó su teléfono.

—¿Diga? —preguntó con voz pastosa.

—¿Jake? Soy Andie.

Se incorporó de un salto, preguntándose si estaría soñando.

—Hola. ¿Qué pasa?

—Siento molestarte —dijo ella. Estaba llorando—. No sabía a quién llamar...

—¿Qué ocurre?

—Necesito ayuda. Necesito tu ayuda. ¿Puedes venir a buscarme?

Capítulo 15

NICK no estaba seguro de qué lo había despertado. Tal vez fuera un instinto desarrollado a lo
largo de los años.

Algo no iba bien. El reloj marcaba las 2:43 de la mañana. Esperó un momento a que sus ojos se adaptaran a
la penumbra y sacó la caja fuerte que guardaba debajo de
la cama. Tecleó el código y extrajo la pistola que conte-
nía. Entonces oyó un portazo y el motor de un coche.

Se movió silenciosamente hasta la ventana, y al
abrir los postigos vio un coche alejándose.

¿Su propio coche? No podía ser. Bajó rápidamente
las escaleras mientras se ponía los vaqueros y salió a la
calle. ¿Le habían robado el coche en sus propias narices?

¿O era algo peor? Asaltado por una inquietante
duda, volvió a subir las escaleras y entró en la habitación de Jake. Estaba vacía, con los cajones abiertos y
los libros de texto en el suelo.

Minutos después, completamente vestido y tras haber guardado la pistola, intentó llamar a Jake en tres

ocasiones, sin recibir respuesta. Además había desaparecido un juego de llaves.

Entonces llamó a Lily.

—¿Diga? —respondió ella, medio dormida.

—Lily, soy yo. Jake se ha vuelto a marchar.

—¿Qué? —exclamó ella, desperezándose enseguida—. ¿No está en la casa del árbol?

—Aún no lo he comprobado. No quería asustarte,
llamo por si acaso te despertabas y veías a alguien en
tu jardín. ¿Puedes mirar si Jake está en tu casa? Quizá
haya entrado de alguna manera...

—De acuerdo. Lo haré enseguida.

Colgó, y Nick volvió a pensar en las acusaciones
de Jake, echándole en cara que hubiera abandonado a
Lily y, peor aún, que nunca hubiera tenido intención
de quedarse con él.

Subió a la casa del árbol, pero también estaba vacía, de modo que fue a casa de Lily. Ella le abrió la
puerta de la cocina con el pelo alborotado y vestida
con un ligero pijama de algodón, y Nick tuvo que
apartar la mirada.

—No está aquí —dijo ella.

—¿Te importa si echo un vistazo... por si acaso?

—Claro. Adelante —respondió ella, apartándose
de la puerta—. ¿Qué ha pasado? ¿Habéis tenido otra
discusión?

—Sí —empezó a registrar la casa, abriendo los armarios y mirando en todos los rinconera.

—¿Sobre qué? —le preguntó ella, siguiéndolo.

—Por haberos abandonado a ti y a él —dijo Nick,
disgustado consigo mismo y con todo el mundo.

—Yo no le dije nada de nosotros —le aseguró Lily.

—Lo sé, pero el chico lo sabía. Te tiene mucho cariño, Lily, y ve lo que pasa a su alrededor.

Fueron al piso de arriba y miraron silenciosamente

en las habitaciones de las niñas y también en la de Lily, sin encontrar nada.

—¿Qué vas a hacer ahora? —le preguntó Lily.

—Despertar a sus amigos y a los padres de sus amigos. Necesito que me prestes tu coche. Jake se ha llevado el mío.

—¿Qué? —exclamó ella, tan horrorizada como él.

—Me despertó un ruido y vi mi coche alejándose. Me temo que lo conducía Jake.

—¿Y has venido a registrar mi casa, aun sabiendo que Jake se llevó tu coche?

—Confiaba en estar equivocado —admitió, sabiendo lo ridícula que era su actitud—. Jake ni siquiera sabe conducir... A menos que alguien le haya enseñado a escondidas. Lamento haberte despertado.

—No te preocupes por eso.

—No sé qué he estado haciendo estos últimos meses. Lo he echado todo a perder.

—Tranquilo —le dijo ella, abrazándolo por un momento—. Ahora no puedes pensar en eso. Concéntrate en buscar a Jake y llámame cuando lo encuentres, porque dudo mucho que pueda volver a dormirme. Estaré alerta por si acaso vuelve a casa.

Nick posó la cabeza en su hombro, incapaz de ocultar sus temblores. No merecía a aquella mujer, ni su bondad o comprensión, y sin embargo allí estaba, necesitándola desesperadamente.

Le dio un rápido beso y se apartó.

—Tengo que irme —dijo, y Lily agarró unas llaves que colgaban de un gancho en la puerta.

—Aquí tienes las llaves. Vamos, vete. Te llamaré si Jake aparece por aquí.

Lily no pudo volver a dormirse, de modo que preparó un poco de té y se sentó junto a la ventana a esperar, pero Jake no apareció.

Finalmente, decidió llamar a su hermana. Marcy se levantaba a las seis menos cuarto para hacer aerobic, y Lily le pidió que fuera a casa para que ella pudiera acompañar a Nick en su búsqueda.

Marcy llegó a las seis y media, al mismo tiempo que un exhausto y preocupado Nick. Lily le sirvió una taza de té y lo obligó a sentarse un rato. Marcy lo miraba con cara de pocos amigos; sin duda se imaginaba lo que había pasado entre ambos, pero afortunadamente no abrió la boca.

—¿Has ido a casa de todos sus amigos? —preguntó Lily.

—De todos los que conozco. He llamado a los gemelos. Jake no ha tenido tiempo para llegar a su residencia, pero me llamarán si se pone en contacto con ellos. También he llamado a unos amigos de la policía local y del FBI en Richmond. Jake no ha sido arrestado ni ha ingresado en un hospital en ochenta kilómetros a la redonda —sacudió la cabeza—. No sé qué más hacer. Me gano la vida encontrando a personas desaparecidas, pero no puedo encontrar a mi propio sobrino.

—¿Y su antigua casa? —sugirió Lily.

—Es uno de los primeros lugares que he comprobado. No estaba allí.

—¿Hace cuánto tiempo?

—Un par de horas, ¿por qué?

—Vamos a volver —dijo Lily—. Es su hogar. Allí era feliz y se sentía seguro. ¿Adónde irías tú si te sintieras solo y perdido? —Nick le lanzó una mirada que ella no logró descifrar, pero parecía haber abierto una herida muy profunda—. Voy contigo. Marcy se quedará para llevar a las niñas al colegio.

—Gracias —le dijo Nick a Marcy.

—No te lo mereces —dijo ella—. Pero Jake me gusta mucho. Así que encuéntralo.

Nick condujo a una velocidad endiablada, absolutamente concentrado en la carretera. Lily iba sentada a su lado y con una mano en su rodilla, sin decir nada e intentando no mostrar su pánico cuando se acercaban demasiado a otro coche.

—Lo siento —dijo él, cuando se dio cuenta de que la estaba asustando.

—No pasa nada.

—Lily, te agradezco mucho que vengas conmigo. Marcy tiene razón. No lo merezco, pero me alegra que estés aquí —dijo, sin apartar los ojos de la carretera.

—Quiero a Jake, y me temo que tengo parte de la culpa. Ayer me preguntó si podía vivir conmigo y con las niñas después de que tú te marcharas, y... no le dije que no, pero tampoco que sí. Intenté explicarle que no dependía de nosotros, que tú eres su tutor y... Si hubiera sabido que estaba pensando en huir, le habría dicho que sí. No sabía que era tan grave. ¿Qué ocurrió?

—Nada. No sé qué he podido hacer para acabar así, pero se ha marchado y se ha llevado ropa con él.

—Lo encontraremos —le aseguró ella, deseando que él la creyera.

Nick sacudió la cabeza y giró con tanta brusquedad que hizo chirriar las ruedas.

—Muchos chicos no aparecen nunca.

—No empieces a pensar en eso. Ya sé que has visto cosas horribles, pero ése es tu trabajo, Nick. Por eso eres incapaz de ver esta situación desde otra perspectiva.

—Si no está en casa al mediodía, podremos contar con un equipo del FBI.

—No va a ser necesario.

Esquivaron otro vehículo por escasos centímetros y Lily no pudo seguir mirando. Cerró los ojos y los mantuvo cerrados hasta que el coche se detuvo.

Esperaba estar en el camino de entrada, pero descubrió que sólo era un semáforo en rojo.

—¿No vas a saltártelo? —le preguntó a Nick, pues ya se había saltado unos cuantos.

—Éste no —respondió él, muy serio—. Fue aquí donde murieron mi hermana y su marido. Su casa esta ahí, en esa esquina.

Lily se giró y miró. Era una vieja e imponente casa de ladrillo con enredaderas en las paredes. Ofrecía una imagen sólida y fuerte, arraigada a la tierra y su entorno, y Lily pensó que Jake debía de sentirse seguro en ella.

—La habitación de Jake es la primera ventana del segundo piso. Desde allí tenía una vista perfecta de este lugar... —le dijo Nick.

—Hiciste lo correcto al sacarlo de aquí —dijo Lily.

El semáforo se puso en verde y Nick aparcó en el camino de entrada. El coche de Nick no se veía por ninguna parte. Fueron hasta la entrada lateral, junto al garaje, y Nick se dispuso a abrir la puerta.

—No está cerrada con llave —observó—. Ni siquiera está cerrada del todo.

—¿Hay alguna alarma?

Nick asintió y entró con cuidado para dirigirse al panel de la alarma.

—Está desconectada.

—Entonces... ha debido de estar aquí, ¿no?

—Pero en ese caso, ¿por qué no cerró con llave ni conectó la alarma?

Llamó a Jake, pero no recibió respuesta. Manteniendo a Lily detrás de él, empezó a registrar habitación por habitación, hasta llegar al salón.

—¿Lo sientes? Hace más calor aquí que en el resto de la casa —se acercó a la chimenea y extendió una mano—. La han encendido hace poco.

Lily vio un montón de mantas y almohadas sobre el sofá y un sillón, como si alguien hubiera estado durmiendo allí. ¿Significaba eso que Jake no estaba solo?

—Si ha estado celebrando una fiesta o algo así, voy a matarlo por darnos este susto —dijo Nick.

—Y yo te ayudaría encantada —corroboró Lily—. Pero si fue eso lo que pasó, ¿por qué no te dijo que iba a pasar la noche con un amigo en vez de robarte el coche en mitad de la noche?

—Voy a mirar arriba. Enseguida vuelvo.

Lily se quedó en la planta baja, sintiéndose como una intrusa. Todo estaba en su sitio, como si los padres de Jake fueran a entrar por la puerta en cualquier momento.

Nick volvió al poco rato, sin haber encontrado nada.

—Ahora sí que no sé qué más hacer —dijo. Parecía cargar con el peso del mundo a sus espaldas.

Lily lo tomó de la mano y lo llevó al sofá del salón. Ella se dispuso a sentarse en el sillón, pero él tiró de su mano y la sentó en su regazo. La abrazó y respiró temblorosamente.

—Vas a encontrar a Jake —le prometió ella—. Y todo va a salir bien.

En ese instante sonó su teléfono y se apresuró a responder, rezando porque fuera Jake.

—¿Alguna noticia? —preguntó Marcy.

—No —respondió ella, casi gritando de frustración.

—Bueno, no sé si esto tendrá que ver con Jake, pero has recibido tres llamadas esta mañana de varias vecinas, preguntando si sabías lo último sobre Audrey

Graham. Parece que anoche estaba en una fiesta y se peleó con una mujer del barrio con cuyo marido se había acostado. Y al parecer su pobre hija lo vio todo. ¿No me dijiste que Jake estaba colado por la hija de Audrey?

—Sí, así es —afirmó Lily, y se volvió hacia Nick—. ¿Probaste a llamar a Andie Graham anoche?

—Sí. No obtuve respuesta. Incluso me pasé por su casa, pero parecía estar desierta. ¿Por qué?

—Nada importante —dijo ella—. Algo sobre una pelea de Audrey con la mujer de un amante. Aunque... espera un momento. ¿Marcy? ¿Esa fiesta era para la recaudación de fondos?

—Sí, en efecto. ¿Phoenix Rising o algo así?

—El Club Phoenix. Gracias. Vamos a comprobarlo —cortó la llamada y se volvió otra vez hacia Nick—. La madre de Andie estuvo anoche en un baile benéfico y se peleó con una mujer con cuyo marido se estaba acostando. Parece que su hija lo presenció todo. ¿No crees que si Andie tuviese un problema llamaría a Jake para pedirle ayuda?

—No lo sé. Sólo tiene quince años. ¿Por qué iba a llamar a alguien que tendría que robar un coche para ir a verla?

—Tal vez ella no sabía que tuviera que robarlo, o que no tenía carné de conducir. En cualquier caso, es mejor quedarse con esa posibilidad a pensar que ha huido.

—¿Sabes dónde viven?

—Sí. Vamos.

Salieron por la puerta y se encontraron con un coche de policía aparcando en el camino de entrada. Lily sintió cómo se quedaba sin aire al ver la expresión de Nick. Los dos se quedaron inmóviles mientras el agente salía del coche y se acercaba a ellos.

—¿Todo en orden por aquí? —les preguntó.

Nick le mostró su placa del FBI y le explicó lo que estaban haciendo, aclarando que fue él quien le había pedido a la policía que vigilara aquella casa.

—Por eso está usted aquí, ¿verdad? —le preguntó al agente.

—No. La verdad es que estaba atendiendo una llamada de emergencia.

Lily ahogó un gemido y se agarró al brazo de Nick. Lo notó tenso y rígido.

—¿Qué emergencia? —preguntó Nick.

—Una posible intoxicación etílica con problemas respiratorios. La operadora estaba intentando obtener la información necesaria, pero la comunicación no era buena y la persona que llamaba dijo que no hacía falta avisar a una ambulancia, que llevarían ellos mismos a la víctima.

—¿Cuándo se recibió esa llamada? —preguntó Nick.

—Hace cuarenta minutos, aproximadamente. Habría venido antes, pero me mandaron a un caso de robo a cinco manzanas de aquí. Entonces, ¿no hay nadie en la casa?

—No —respondió Nick—. ¿Quién hizo la llamada?

El agente hojeó sus notas.

—No me han dado un nombre, pero era una mujer. Su número era 5556685. ¿Cree que la llamada era por su sobrino?

—Creíamos que estaba aquí. ¿A qué hospital fueron?

—Espere. Iremos en mi coche —ofreció el agente—. No creo que esté en condiciones de conducir.

Nick y Lily ocuparon el asiento trasero, agarrados de la mano. Ninguno dijo nada hasta que se encontraron con un accidente de tráfico. Un sedán negro de aspecto familiar se había empotrado contra un poste de teléfono.

—Creo que ése es mi coche —murmuró Nick, completamente pálido.

El agente agarró la radio y pidió información sobre el accidente.

—Un Black Ford registrado a nombre de... Nicholas Malone. Matrícula de Washington —Nick asintió y el agente pidió que le confirmaran el estado de los pasajeros—. Los chicos parecen estar bien, pero la mujer está inconsciente.

—¿Mujer? —preguntó Lily, y el agente preguntó los nombres por la radio.

—Jacob Elliott, Andie Graham y Audrey Graham —les dijo.

—Son ellos... Gracias —dijo Lily, apretando el brazo de Nick—. Los hemos encontrado.

Capítulo 16

NICK ya había hecho ese camino antes, como el agente que ayudaba a encontrar al chico desaparecido. Pero por muy tranquilizadora que fuera la información que tenía para los padres, éstos nunca se relajaban realmente hasta que tenían al chico en sus brazos.

Y él se sentía exactamente igual en esos momentos. No se creería que Jake estaba bien hasta que pudiera verlo con sus propios ojos. Hasta entonces, ninguna otra cosa importaba en el mundo. Necesitaba a aquel chico como al aire que respiraba, y necesitaba a la mujer que iba a su lado. Necesitaba que esa mujer permaneciera junto a él, que lo creyera, que lo perdonara, que confiara en él y, sobre todo, que lo amara.

—Respira —le dijo Lily.

Todo daba vueltas a su alrededor. Un torbellino de luces, ruidos y confusión. Pero entonces se vio caminando por un pasillo y entrando en una habitación dividida con cortinas, y allí estaba Jake, tendido en una

cama, con un chichón en la frente, la mejilla magulla-
da, un corte en el labio y una expresión de incertidumbre, como si no supiera qué clase de recibimiento iba
a recibir.

—Creo que te he destrozado el coche —fue lo único que dijo.

Lily empezó a llorar.

Y Nick lo agarró y lo abrazó con fuerza.

—De modo que ¿todo esto ha sido por una chica?
—preguntó Nick con incredulidad, una vez que el médico les confirmó que las heridas de la cabeza no eran
graves.

—No una chica cualquiera. Es Andie —declaró
Jake, como si hubiera una gran diferencia.

Nick se volvió hacia Lily y la miró con expresión
suplicante, pidiéndole ayuda.

—Jake, ¿qué ha pasado con Andie? —preguntó
ella, intentando reprimir una sonrisa.

—Somos... amigos. Y me gusta. Me gusta mucho.

—Ya me lo imagino —dijo Nick.

—Bueno, ella tenía problemas y yo intentaba ayudarla —miró directamente a su tío—. Dijiste que un
hombre tiene que cuidar a una mujer...

—Tú aún no eres un hombre. Sólo tienes quince...

—Dijiste que teníamos que proteger a Lily. Que no
íbamos a quedarnos al margen mientras...

—Está bien, de acuerdo. Sigue —aceptó Nick,
pensando que un voto de silencio era necesario.

—Pues eso es. Estaba intentando ayudarla. Había
pasado algo muy grave...

—¿Con su madre? —probó Lily.

—Le prometí que no se lo diría a nadie —declaró
Jake.

—Mira —dijo Nick, rompiendo el voto de silencio—. Estás en el hospital, te fuiste de casa en mitad de la noche, me robaste el coche, lo condujiste sin carné y lo estrellaste con dos personas más en su interior. No hay promesa que valga. ¿Entendido?

Lily le puso una mano sobre la suya para tranquilizarlo.

—Jake... Esta mañana recibí tres llamadas para preguntarme si sabía algo de la escena que montó Audrey con la mujer de Phillip Wrenchler, por la aventura que estaba manteniendo con su marido. Si eso es parte del secreto, todo el mundo lo sabe.

—Oh —murmuró el chico, perplejo.

—Y ahora cuéntalo todo —le ordenó Nick.

—No es sólo por ese Phillip —admitió finalmente—. Desde que los padres de Andie se divorciaron hace meses, su madre empezó a beber. A veces desaparecía sin decir nada y Andie se asustaba, por eso venía a nuestra casa en busca de su madre. Yo sabía que no estaba contigo, porque creía que Lily y tú estabais... bueno... que estabais...

—Sí, Lily y yo. Sigue.

—Al parecer, la madre de Andie estaba viendo a un tipo que vive detrás de nosotros. Atravesaba nuestro jardín para que los vecinos no la vieran. Pero un día estaba demasiado bebida y se confundió de casa. Entró en nuestra cocina, buscándolo, y antes de que yo pudiera hacer nada se había servido un trago de whisky. Cuando intenté arrebatarle el vaso, se derramó por todas partes.

Nick se dio la vuelta y maldijo contra la cortina verde, antes de girarse otra vez hacia Jake.

—¿Quieres decir que todo esto ha sido por la madre de Andie? ¿No podías decírmelo?

—Andie estaba muy avergonzada. Tuve que lla-

marla para que viniera a por su madre. Ella estaba coqueteando conmigo delante de su hija y... —el pobre
chico se puso colorado.

—Sigue —lo apremió Nick. Aún le costaba creer
que todo aquello hubiera sido por una chica.

—Nada más. Andie no le había contado a nadie
más lo de su madre, pero yo era como un desconocido
y me lo contó, haciéndome prometer que no se lo diría
a nadie. Es una chica tan... —en ese punto esbozó una
amplia sonrisa.

Nick se volvió hacia Lily, suplicándole ayuda en
silencio.

—Es una chica preciosa, Jake —dijo Lily—. Y me
alegra que pudiera contar con tu ayuda. Pero este problema no lo podéis resolver vosotros solos. Deberías
habérnoslo contado.

—Ella no quería que nadie lo supiera —insistió
Jake. Parecía completamente convencido y dispuesto
a hacer lo mismo.

Nick tuvo que contenerse para no gritar. Aún tenía
el corazón acelerado y los músculos temblorosos. Era
un milagro que pudiera mantenerse en pie. Miró al techo y puso una mueca.

Lily le apretó la mano para darle ánimos.

—Cuéntanos qué pasó anoche, Jake —le pidió al
chico.

—Andie me llamó. Su madre estaba en una fiesta,
se había emborrachado y se había peleado con la mujer de Phillip. Andie intentó sacarla de allí, pero su
madre no recordaba dónde había aparcado el coche ni
dónde tenía las llaves. Andie estaba llorando y me pidió que fuera a por ellas.

—¿Y no se te ocurrió decirle que no sabes conducir?

—Sí sé conducir —protestó él.

—No tienes carné —gritó Nick. Jake puso una mueca de dolor y tristeza—. De acuerdo, lo siento. Aún estoy un poco... Por Dios, Jake, ¿querías matarme de un susto?

—Pensábamos que te habías marchado —dijo Lily en su tono más suave y maternal.

—Nada de eso —declaró él, como si fuera una idea absurda.

—Te habías llevado ropa —le recordó Nick.

—Oh, sí... Bueno, metí algo de ropa en mi mochila —admitió—. Pero no me habría marchado.

—Pero eso nosotros no lo sabíamos —rugió Nick—. Y te fuiste sin decir nada ni responder al teléfono...

—Jake, tu tío te oyó salir de casa hace ocho horas. Desde entonces hemos estado buscándote e imaginando toda clase de cosas horribles.

—Bueno, lo único que hice fue llevarlas a nuestra vieja casa para que se ocultaran durante un tiempo. Andie no quería que nadie viera a su madre en ese estado. Yo sabía que te pondrías furioso, pero también lo estaba contigo, por no haber confiado en mí. No sabía qué decirte, así que... no respondí al teléfono. Eso es todo.

—¿Eso es todo? —repitió Nick, intentando tomar aire—. ¿Y la llamada al 911?

—Esta mañana Andie intentó despertar a su madre, pero ella no respondía y apenas respiraba. Nos asustamos y llamamos al 911. Pero nos dijeron que la ambulancia tardaría unos diez minutos en llegar, y no creíamos que pudiéramos esperar tanto tiempo. Por eso decidí llevarla al hospital.

—Claro, como anoche no te habías estrellado, ¿por qué no intentarlo de nuevo? —espetó Nick sin poder evitar el sarcasmo, y cerró los ojos para no fulminarlo con la mirada—. ¿Y luego qué?

—No estoy muy seguro. Estaba conduciendo sin problemas, pero tomé una curva demasiado rápido y me salí del carril, chocando con un poste de teléfono. ¿Me he metido en un lío por eso?

Nick abrió los ojos y lo miró atónito. ¿Acaso los adolescentes no tenían sentido común? El chico no era estúpido, de eso no había duda. Sólo era imprudente y se rebelaba contra la figura paterna.

Entonces pensó en Joan... Aquello le iba a encantar. Era justo lo que necesitaba para arrebatarle a Nick la custodia del chico.

Lily se inclinó hacia Jake y le dio un abrazo.

—Estábamos muy preocupados por ti —le dijo, en el tono que el chico necesitaba.

—Disculpen —dijo una voz de chica.

Nick se volvió y vio a la diosa adolescente de Jake. Andie Graham en plena esplendor. Rubia, preciosa y de piernas largas. Con algunas magulladuras, pero entera.

Nick quiso suplicarle que no volviera a acercarse a Jake, y explicarle a su sobrino lo peligrosas que podían ser las mujeres.

—Sólo quería asegurarme de que Jake estaba bien —dijo ella.

Jake resplandeció de entusiasmo en la camilla y puso una mueca de dolor, aunque quizá sólo estuviera fingiendo.

—Estoy bien —dijo—. ¿Y tú?

Ella asintió y esperó junto a la cortina.

—¿Cómo está tu madre, Andie? —le preguntó Lily.

La chica se mordió el labio y pareció avergonzada.

—Bien. Los médicos dicen que se pondrá bien.

—Estupendo —dijo Lily, y le dio otro abrazo a Jake—. Estaremos fuera unos minutos.

Nick no tenía intención de ir a ninguna parte, pero

Lily lo agarró de la mano y lo llevó a un lugar relativamente tranquilo.

—¿Crees que ha sido buena idea, dejarlo a solas con ella? —preguntó él.

—¿Qué vas a hacer? —dijo Lily, riendo—. ¿Encerrarlo en su habitación hasta que cumpla veintiún años?

—¿Puedo hacer eso, siendo su tutor legal? Porque no me parece mala idea...

Lily volvió a reírse y lo abrazó con fuerza. Nick se derrumbó contra la pared a su espalda, como si no pudiera tenerse en pie. Un profundo alivio lo invadía, dejándolo débil, exhausto y asustado.

—¡Oh, Dios mío! Lily... —murmuró, enterrando el rostro en su pelo—. Se estrelló contra un poste de teléfono... Podría haber matado a esa chica y a su madre mientras intentaba salvarlas. Y él también.

—Lo sé. Pero nadie ha muerto. Jake está bien y...

—¿Cómo puede ser tan estúpido? ¿Es que sólo hacen falta unas piernas y una melena rubia para hacerle perder la cabeza?

—¿Nunca has hecho nada estúpido por una chica? —le preguntó ella.

—No algo como esto... —empezó a decir, pero sabía que no era cierto. Respiró hondo e intentó que la cabeza dejara de darle vueltas. Entonces miró a Lily y trató de convencerse de que la noche había pasado, que Jake estaba a salvo, que superarían todos los problemas y que Lily estaba a su lado—. En realidad, yo también tuve a mi preciosa rubia de piernas largas, y creí que podría alejarme de ella sin problemas.

Lilly le dedicó una bonita sonrisa a través de sus lágrimas.

—Dime que todo este tiempo has sabido que era un estúpido por creer que podía alejarme de ti, Lily.

Porque odiaría pensar que me creías capaz de hacerte tanto daño.

—Esperaba que no pudieras hacerlo.

—Tenías razón —le dijo él—. ¿Podrás perdonarme? ¿Por haber pensado que podía vivir sin ti?

—No lo sé... —respondió ella, sonriendo y con un brillo en sus bonitos ojos azules—. ¿Cómo vamos a estar seguros de que has aprendido la lección?

—No puedo educar a ese chico sin tu ayuda —admitió él—. No quiero hacerlo. No quiero hacer sin ti, Lily.

Ella le dio un beso, seguido de otro. Pero él se apartó y le tomó el rostro en las manos.

—Creo que lo he sabido desde el primer momento que te vi. Sabía que me causarías muchos problemas y que debía mantenerme alejado de ti...

—¿Yo? ¿Problemas? —repitió ella, fingiendo estar indignada.

Nick asintió.

—Pero no pude resistirme, y menos cuando me ayudaste a librarme de Audrey, aquel día en tu cocina. No podía dejar de pensar en ti, ni en tu cuello.

—Fuiste tú quien provocó todos esos problemas...

Nick se echó a reír y la besó.

—Pero cuando realmente supe que no había vuelta atrás fue cuando quisiste ir a casa de Jake para volver a buscarlo y me preguntaste adónde iría yo si estuviera asustado y me sintiera solo en el mundo. Ahora me doy cuenta de lo fácil que es la respuesta. Iría contigo.

Lily ahogó un gemido y empezó a llorar.

—Y todo empezaría a ir mejor —siguió él—, porque tú estarías a mi lado. Necesito que estés siempre conmigo, Lily. Te quiero... Nunca se lo había dicho a otra mujer, y te prometo que serás la única a quien se lo diga.

—Yo también te quiero —dijo ella, besándolo tan rápidamente como caían sus lágrimas.

—Puedes tomarte todo el tiempo que necesites para que tus hijas y tú os acostumbréis a la idea de estar juntos. Pero ahora quiero que me prometas que te casarás conmigo.

—Lo haré —prometió ella.

—Piensa que tendremos que dormir en la misma cama toda la noche.

—En el caso de que me dejes dormir —replicó Lily con una sonrisa—. Y tienes que dejarme trabajar de vez en cuando, Nick. Hay mucho trabajo que hacer.

—Lo haremos. Aunque tendrás que admitir que es muy agradable pasar las tardes en la cama... cuando estemos solos.

—Te advierto una cosa —dijo Lily—. He oído que las chicas son mucho peores que los chicos al llegar a la adolescencia.

Nick soltó un gemido.

—Me tomas el pelo...

Lily negó con la cabeza.

—Ya es demasiado tarde para echarse atrás.

JULIA

STELLA BAGWELL
AMOR TRAIDOR

La periodista Juliet Madsen había sufrido varios desengaños amorosos y, de hecho, había huido de Dallas y se había instalado en un pueblecito de Texas huyendo del amor, pero no contaba con conocer al ganadero Matt Sánchez.

Matt era inteligente, sensual, leal a su familia y muy entregado a su hija adolescente, cualidades que ella siempre había buscado en un hombre.

El problema era que su jefe le había pedido que escribiera un artículo sacando a la luz ciertos trapos sucios de la familia de Matt y Juliet sabía que si él se enteraba, ella perdería lo que siempre había querido tener: una familia.

N.º 470

TERESA HILL
CARICIAS MUY ÍNTIMAS

Para Lily Tanner los hombres atractivos eran como los dulces: deliciosos, irresistibles y peligrosamente adictivos. Como Nick Malone, su nuevo vecino, toda una tentación para chuparse los dedos...

Sin embargo, después de un matrimonio horrible, Lily no quería saber nada más de los hombres. Aunque no le quedó más remedio que ayudar a Nick cuando éste se vio acosado por todas las mujeres del vecindario. El plan de Nick era muy simple: hacerse pasar por su pareja para contener a sus admiradoras. Pero sus métodos, a base de íntimas y profusas caricias, estaban causando estragos en la férrea determinación de Lily.

Secretos de verano
Maureen Child

Esperando un hijo tuyo

El cirujano Sam Lonergan tenía una vida sin ningún tipo de ataduras… hasta que conoció a Maggie Collins, la joven y atractiva ama de llaves del rancho de su familia. Tuvieron un encuentro increíblemente apasionado, tras el cual Maggie descubrió que estaba embarazada.

Aunque se estaba enamorando, Maggie sabía que él no era de los que se casaban…

Seducida por el jefe

Harta de que el hombre del que llevaba años enamorada ni siquiera la viera, Kara Sloan decidió hacer las maletas y marcharse. Pero justo cuando estaba a punto de irse, Cooper Lonergan, su adorado jefe, la sorprendió con una noche de pasión.

No podía dejar que se le escapara la única mujer que ponía orden en su caos. El plan de Cooper era hacer todo lo que estuviera en sus manos para que Kara no saliera de su vida… incluyendo llevársela a la cama.

Ahora y siempre

No se habían vuelto a rozar desde aquella noche de hacía quince años, pero Donna Barreto aún reconocía el deseo en los ojos de Jake Lonergan. El deseo y la culpa. Tenía remordimientos por haber tratado de hacerla suya mientras ella era la novia de su primo. Aquel había sido su secreto… hasta que ella se había marchado de la ciudad con un secreto aún mayor.

Ahora Jake pretendía darle al hijo de Donna el apellido que merecía por derecho, el honor le obligaba a hacerlo. Pero era la pasión la que lo impulsaba a luchar por la mujer con la que solo había estado una vez.

Las mejores novelas de...

MATRIMONIO DE CONVENIENCIA

SHARON KENDRICK

Luna de miel griega

Finn Delaney era un tipo muy guapo; un irlandés alto y moreno que la londinense Catherine Walker encontraba irresistible. Entre ellos había surgido una pasión irrefrenable... y semanas después Catherine había descubierto que estaba embarazada. No se imaginó que el millonario Finn le hiciera una proposición de matrimonio, pero no se hacía la menor ilusión de que fuera por amor; no, aquello no era más que el típico matrimonio de conveniencia. Sin embargo, no les disgustaba lo más mínimo tener que compartir el lecho...

LINDSAY ARMSTRONG

Perlas de amor

Alex Constantin aceptó aquel matrimonio de conveniencia con Tatiana Beaufort porque se sentía intrigado por aquella mujer bella e ingenua. Pero la noche de bodas Tatiana le pidió un año antes de consumar su unión... Hasta entonces dormirían en camas separadas.

Un año después, el deseo estaba haciéndose irresistible y Tattie se sintió tentada cuando su guapísimo y enigmático marido le sugirió que se convirtieran en amantes de una vez por todas. Pero ella estaba empeñada en no convertirse en una verdadera esposa hasta que él no estuviera locamente enamorado de ella.

N.º 88

¡YA EN TU PUNTO DE VENTA!

JAZMÍN™

JUDITH McWILLIAMS
ENAMORADA DE SU JEFE

Poco podía imaginar el director general de la empresa que aquella mujer que lo miraba con cara de amor no era otra que su secretaria, Jocelyn Stemic. Cuando empezó a recuperar la memoria, Lucas Forester se dio cuenta de que nada de lo que recordaba hacía pensar que Jocelyn fuera su esposa... Lo que sí sabía era que deseaba ser el marido de aquella encantadora dama por encima de todo.

REBECCA WINTERS
EL HÉROE DE SUS SUEÑOS

El millonario Payne Sterling estaba acostumbrado a ser famoso, pero no esperaba encontrarse su foto en la portada de varias novelas románticas. Jamás había posado para tal retrato y estaba empeñado en localizar a quien tanto lo había avergonzado. Rainey Bennett había visto la fotografía de Payne entre las que había tomado su hermano en las vacaciones; ahora aquel hombre quería llevarla a juicio... hasta que le propuso otra manera de compensarle por el daño.

N.º 575

CAROLINE ANDERSON
AMOR VERDADERO

Tras la muerte de su hermana, Claire Franklin se había quedado al cuidado de su pequeña sobrina y pensaba que Patrick Cameron era el padre de la niña, por mucho que él lo negara. Con la sospecha de que tal vez su difunto hermano fuera el padre, Patrick insistió en ayudar a Claire y a la pequeña Jess. A medida que iba formando parte de sus vidas, Patrick se dio cuenta de que la obligación se había convertido en devoción por Jess... y atracción hacia Claire.

MICHELLE WILLINGHAM

El silencio del vikingo

Caragh O'Brannon se había defendido valientemente ante la llegada del enemigo. Y, al final, se había encontrado a solas con un vikingo. Un vikingo furioso…

Styr Hardrata había navegado hasta Irlanda con la intención de comerciar, pero jamás se habría imaginado a sí mismo hecho cautivo y encadenado por una hermosa doncella irlandesa.

El salvaje y atractivo guerrero aterrorizaba y atraía a Caragh a partes iguales, pero le estaba totalmente prohibido. Era un enemigo, y además estaba casado. Aun así, Styr poseía muchos secretos por desvelar…

La tentación del vikingo

El guerrero vikingo Ragnar Olafsson había sido testigo de cómo su mejor amigo había reclamado a la mujer que más deseaba.

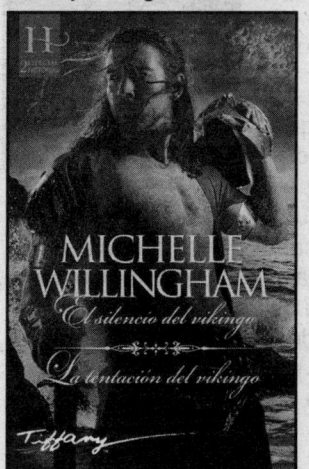

Solo había un modo de ahogar la profunda oscuridad que habitaba en su interior: convertirse en un despiadado guerrero.

Elena había sido hecha prisionera y Ragnar lo había arriesgado todo por salvarla. Aislados, sin nada más que su respectiva compañía, cada deseo, cada mirada, cada caricia se volvería de repente prohibida. Elena podría haber tentado a un santo, y el pecador Ragnar sabía que no iba a poder aguantar mucho tiempo…

No. 81

¡YA EN TU PUNTO DE VENTA!

DESEO
PEGGY MORELAND

CINCO HERMANOS Y UN PROBLEMA

Al ver a aquella mujer con un pequeño en sus brazos, Ace comenzó a preguntarse qué iban a hacer sus cuatro hermanos y él con una niña tan pequeña.

Lo único que había hecho Maggie había sido entregar una niña huérfana a la familia a la que pertenecía por derecho. Pero Ace le había pedido que viviera con ellos..., así que poco tiempo después el atractivo ranchero y ella comenzaron a compartir algo más que los biberones a media noche.

N.º 544

TÚ SERÁS MÍA

La familia Tanner estaba a punto de adoptar a una pequeña, solo quedaba que Woodrow Tanner se lo comunicara a la doctora Elizabeth Montgomery, la única familiar que podía reclamar también la custodia del bebé. Pero él sabía perfectamente cómo conseguir lo que deseaba de una mujer. Claro que no había contado con que desearía tanto de aquella mujer...

Elizabeth siempre había querido tener una verdadera familia y cuando aquel atractivo cowboy le dio noticias de la pequeña, pensó que aquello era más de lo que habría podido soñar.